베이컨트

vacant

베이컨트 1

김남훈 판타지 장편 소설

초판 1쇄 찍은 날 § 2002년 2월 6일
초판 1쇄 펴낸 날 § 2002년 2월 15일

지은이 § 김남훈
펴낸이 § 서경석

편집장 § 문혜영
편집책임 § 박영주
편집 § 장상수 · 김희정 · 권민정
마케팅 § 정필 · 강양원 · 김규진

펴낸곳 § 도서출판 청어람
등록번호 § 제1081-1-89호
등록일자 § 1999. 5. 31
· 어람번호 § 제1-0207호

주소 § 경기도 부천시 원미구 심곡1동 350-1 남성B/D 3F (우) 420-011
전화 § 032-656-4452 팩스 § 032-656-4453
http://www.chungeoram.com
E-mail § eoram99@chollian.net

값 7,500원

ISBN 89-5505-290-1 (SET)
ISBN 89-5505-291-X 04810

베이컨트

Vacant

김남훈 판타지 장편 소설

1

Chapter
귀 환

도서출판
청어람

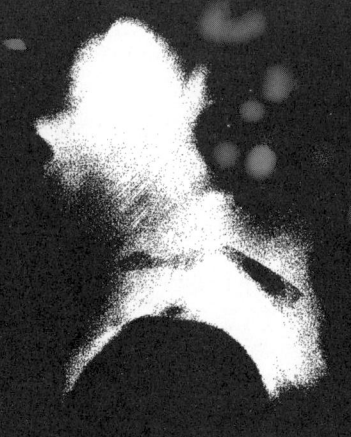

목차

작가의 말

누군가 살면서 겪어가는… 허무한 이야기?

　Vacant라고 쓰고 베이컨트라고 읽는 이 단어의 의미는 공허, 허무, 혹은 무(無) 등으로 쓰이는 단어입니다. 대부분의 사람들이 이 단어의 뜻을 모르는지 제목의 뜻을 물어보곤 하더군요. 그리고 그럴 때마다 저는 부끄러움에 그분들에게 영어 사전을 찾아보라고 권유하거나 우물거리며 그 뜻을 말하곤 합니다.

　이때 저는 대부분 다시 한 번 질문을 듣게 됩니다. 정말로 제가 쓰는 이야기가 허무한 이야기냐고. 저는 그 질문에는 쉽게 답하지 못합니다. 대신 이렇게 말합니다.

　봐달라고.

　그리고 평가해 달라고.

　제가 쓰는 글은 정말로 허무할지도 모릅니다. 또는 완전히 정반대일 수도 있습니다. 베이컨트라는 글은 재미있을 수도 있고 없을 수도 있습니다.

　이 글을 보고 있는 당신은 제가 아닙니다. 당신은 저와 다른 인간이며, 그것은 당신이 저와 또 다른 인격체라는 것을 의미합니다. 그렇기에 저는 당신에게 감히 이 글이 정말로 재미있다거나 재미없다고는 말하지 못합니다.

　하지만 분명히 말해 둘 수 있는 것은, 저 자신은 이 글을 적으면서 재미를 느꼈다는 사실입니다. 만약 저 스스로가 이 글을 재미없어했다면 이렇게 출판을 하기는커녕 계속 연재하는 것도 무리였을 것입니다.

　저는 당신에게 감히 이 글을 볼 것을 권유하겠습니다. 그리고 이 글이 당신의 취향에 맞지 않으시다면… 별수없겠죠. 저는 단지 저의 부족함을 탓할 수밖에 없을 것입니다.

　이제 책은 나왔습니다. 저는 김남훈이라는 제 이름 석 자를 걸고 베이컨트라는 제목의 글을 끝까지 써 나갈 것입니다.

　그것이 제 자신과 제가 쓰는 글에 대한 도리이며 제 자신이 바라는 일일 테니까…….

　제가 책을 낼 때까지 저를 협박하거나 도와주시고 갈궈주신 분들이 너무 많아 그 이름을 전부 적지 못하는 것을 양해해 주시기 바라며, 제가 책을 낼 때까지 저를 협박해 준 나우누리 동호회 비상의 동생들, 채찍과 당근의 재미난 분들, 마법성의 몇 안 되는 활동 회원 여러분, 소쇄원의 무서운 여러분, 그리고 지금은 연락이 잘 안 돼서 안타까운 겜퀴모의 형님, 누님들, 그 외의 통신에서 저를 아시는 모든 분들, 중학교 때나 고등학교 때부터 잘 놀아줬던 몇몇 친구 녀석들, 군대 가서 한창 구르고 있을 녀석들, 호남대학교 채팅 동아리의 선배님들, 그리고 제 책을 읽어주시는 모든 분들, 발등에 불 떨어져서 바쁘게 수고하신 담당자님, 마지막으로 언제까지나 저를 봐주시는 어머니에게 감사의 말씀 올립니다.

　모두들…
　늘, 그리고 언제나 즐거운 시간 되시기들…….

　　　　2002년 싸늘한 밤 공기에 하염없이 뒹굴거리는 아진군 올림.

Vacant…

과거 모든 것이 무(無)였던 시대가 있었고

인간은 후에 역사를 기록할 수 있는 능력이 생겼을 때,

그 시대를 가리켜 베이컨트라고 명명했다.

아무것도 존재하지 않는 외로운 공간.

신과 인간은 그 베이컨트의 시대를 지나서 태어났으니……

프롤로그

쾅—! 쾅—!

발석차에서 던져지는 사람 몸통만한 바위 덩어리는 험준한 산등성이에 아슬아슬하게 세워져 있는 성벽—이라고 부르기에는 상당히 조잡한—에 균열을 만들어냈다. 그리고 조금씩 부서지기 시작한 성벽은 곧이어 연쇄 작용으로 인하여 걷잡을 수 없이 무너져 내렸다. 무너지는 성벽은 더 이상 성으로써의 역할을 하지 못한다. 무너진 성벽의 틈 사이로 쏟아져 나오는 적들을 바라보던 병사들은 침을 삼켰다.

"돌격! 성 밖으로 나오는 적을 섬멸해라!"

우렁찬 목소리로 공격 신호가 떨어지자 근육을 긴장시키며 달려오는 적을 바라보던 병사들은 일제히 고함을 지르며 각종 무기를 치켜들고 적을 향해 돌격했다. 네스트의 최강 기사단이라고 불리는 지옥기사단이 세 부대나 참전한 이 전투에서 진다는 것은 왕의 권위에 상처를 입히는 일이었다. 어떠한 일이 있어도 이번 전투에서 적의 숨통을 완전히 끊어놔야 했다.

지옥기사단의 가장 큰 특징은 부대의 특성화였다. 검을 쓰는 자들, 혹은 포격술이나 궁술에 능숙한 자들로 각각 짜여져 있는 지옥기사단은 신분에 연연하지 않고 힘과 기술, 능력이 있다면 누구나 기사단으로 받아들였다.

"우어어어!!"

반마족이나 반괴수의 피를 가진 자들로 이루어진 지옥기사단 5부대 킬링 아머는 전투의 선두에 서서 적과 맞서 싸우고 있었다. 이들은 일반 병사같이 서로 열을 맞추고 대열을 갖추면서 싸우지 않았다. 이들은 상대방의 대열을 깨부수고 안쪽으로 들어가 적의 대열을 무너뜨리는 역할을 맡고 있었다. 괴수나 마족 특유의 강함은 그것을 가능하게 만들었다.

거대한 덩치를 지닌 하프 오거 전사가 오거 특유의 괴력으로 검이라 부르기에도 어색한 길다란 쇠뭉치를 휘둘렀다. 근 2m에 달하는 양손검이 휘둘러지자 얄팍한 하드레더로 몸을 감싸고 있던 병사들은 제대로 공격을 막을 생각도 하지 못했다.

"아아… 아… 아……!"

하체가 날아간 모습으로 땅을 긁으며 괴성을 질러대던 병사의 머리가 부서지며 뇌수와 뇌 조각이 휘날렸다. 다치고 죽어가는 병사들의 비명 소리는 칼과 칼이 부딪치는 소리와 함성 소리에 묻혀 희미하게 사라질 뿐이었다.

부대 전원이 검은 투구를 쓴 지옥기사단 6부대. 위시 오브 블러드도 각자 특이한 무기로 병사들의 틈에 섞여 적이라고 짐작되는 모든 존재를 난도질하고 있었다.

일명 죄수 기사단이라고 불리는 6부대는 죄수들 중 힘을 가지고 있
는 자들을 사면하는 대신 기사단에서 싸우게 했다. 대부분 그들의 죄
명은 살인이나 방화 등 사형이 당연한 범죄들이었기에 그들은 군말하
지 않고 6부대에 예속되어 싸웠다.

지옥기사단 이외의 일반병들도 적과 치열한 전투를 벌이고 있었다.
여름의 파릇파릇한 풀들은 밟히고 짓눌러져 뭉개졌고, 그 위로 쏟아진
내장이나 피는 병사들의 걸음을 더욱 힘들게 만들었다. 하지만 그런 풀
위를 날듯이 전진하는 자들이 있었다. 전투에는 신경 쓰지 않고 자신에
게 들어오는 검을 쳐내며 무너진 성벽의 안으로 조용히 스며 들어가는
자들. 지옥기사단 3부대 소드 맨들은 일반적인 전투를 치르기에는 체
력이 뛰어나지 않았다. 그들의 임무는 오직 하나, 이 산성의 주인이자
국왕에게 반역한 죄인 터렐 아벨루드의 목을 베는 것이었다. 터렐의 목
만 베어진다면 이 싸움은 더 이상의 살육 없이 끝낼 수 있을 것이다.

3부대의 대장인 제마이드는 자신을 향해 롱 소드를 찔러들던 병사의
목을 베며 날렵하게 걸음을 옮겼다.

'이만큼이나 버틴 것도 용하지.'

터렐이 이끄는 자유 용병단—대부분의 국민들은 반란군이라고 말하지
만—은 이제 더 이상 싸울 기력이 없었다. 3개월 동안이나 계속된 전투
는 공격하는 자와 방어하는 자 모두를 지치게 만들었다. 최후가 가까
이 다가왔다는 것을 육감적으로 알아차린 터렐은 오늘 전투가 벌어지
기 전 살고 싶은 녀석들에게는 항복하라고 미리 권고해 두었다.

살려고 하는 자들은 몰래 산성을 넘어 국왕의 군대에게 투항했다.

국왕의 군대는 투항하는 자들을 거부하지도 않았고 그 틈을 타서 산성을 공격하지도 않았다. 얼마 지나지 않아 성안 병사들의 숫자는 거의 절반 정도로 줄어 있었다. 하지만 남은 이들은 도망간 이들을 원망하지 않았다. 죽는다는 것이 얼마나 비참한지 아는 그들은 오히려 도망간 자들을 이해했다.

3개월을 아무런 보급 없이 왕의 군대와 싸웠다는 것은 그들 스스로도 믿을 수 없는 일이었다. 하지만 비참한 모습이라는 생각이 드는 건 어쩔 수 없었다. 터렐 아벨루드. 바로 며칠 전까지만 해도 베루온 산맥의 지배자로 군림했던 남자는 자신의 앞에서 감히 검을 들고 있는 청년을 향해 낮게 외쳤다.

"네놈이 선봉인가?"

커다란 자연 동굴을 깎아서 만들어놓은 방은 빠져나갈 틈이라고는 존재하지 않았다. 굳이 말한다면 비상시를 위한 통로 한두 개쯤은 준비해 뒀지만 산 전체가 국왕의 기사단으로 둘러싸인 지금에서는 도망친다는 것 자체가 우스운 말이었다. 터렐은 이곳에서 죽을 생각이었다. 이미 국왕에 반하여 수도를 뛰쳐나온 자신에게 다른 길은 존재하지 않았다.

"겁을 상실했군. 비록 내가 정부의 함정에 빠져 이 신세가 됐지만 너 같은 애송이에게 당할 정도는 아니다. 조용히 물러가면 뒤를 치지는 않겠다."

터렐은 마지막으로 온정이라는 것을 베풀어보려고 했다. 하지만 청년은 말없이 늘어뜨리고 있던 검을 바로 잡아 터렐을 당황하게 했다. 적어도 검을 휘두르는 삶을 살아왔다면 터렐의 이름을 모르는 이는 네스트에서 존재하지 않았다. 십수 년 간 네스트의 베루온 산맥 부근을 지배해 온 터렐 아벨루드의 이름은 용병들에게 있어서 거의 전설에 가까운 이름이었다.

"겁을 상실한 게 아니라면 물러나라. 내가 아무리 늙고 상처 입었다고는 하나, 아직 너 같은 애송이에게 당해줄 만큼 만만한 상대는 아니다."

복수일지도 몰랐다. 수많은 살인을 저지른 터렐에게 원한을 가진 이는 너무나도 많았다. 터렐 자신도 그것을 알고 있었기에 항시 복수의 칼로부터 몸을 보호하는 데 신경을 써왔다. 간혹 무사히 터렐의 침실에까지 침입한 복수자들도 있었지만, 그들은 터렐의 검에 허무하게 스러져 갔다. 실력이 받쳐 주지 않는 복수의 칼은 무디고 약했으니까.

어쩌면 이 청년도 그런 복수자 중 한 명일지도 모른다. 하지만 복수의 대상을 눈앞에 둔 자의 얼굴이라고 하기에 청년의 얼굴은 너무나도 평온했고 침착했다.

"질문 하나 해도 되겠습니까, 터렐 아벨루드?"

동굴 벽에 걸려 있는 횃불에 청년의 왼팔을 휘감고 있는 철갑이 뭉툭하게 빛나며 청년의 의지를 대변했다. 터렐은 직감적으로 청년이 어떤 생각을 하고 있는지 눈치 챌 수 있었다. 이 청년은 절대로 자신의 말을 들을 생각이 없다. 결국 터렐은 마지막으로 온정을 베풀려고 했던 생각을 접어두고 자신의 검을 움켜잡았다.

"질문?"

"당신은 국왕에 대항하며 베루온 산맥의 지배자로 군림했었습니다. 많은 권력을 가지고 그 권력을 휘둘렀습니다. 어째서 그렇게 살 수 있었던 겁니까?"

청년의 어투는 여전히 무미건조했다.

"당신은 왜 살았던 겁니까? 사는 게 뭐가 좋았던 겁니까?"

"스무 살도 안 되는 것 같은 애송이의 입에서 나오는 말치고는 꽤나 시금털털한 말이로군. 흰머리가 희끗희끗한 학자 놈들에게서나 들을 질문을 너 같은 녀석한테서 듣다니……"

"대답하십시오."

청년은 터렐의 말을 끊었고, 터렐은 그런 청년의 태도에 약간 당황했다. 하지만 터렐은 곧 대답 대신 자신의 바스타드 소드를 쳐들고 턱짓을 했다.

"무슨 뜻입니까?"

"내가 어떻게 살았든 그건 내가 산 방법이다. 너 같은 녀석에게 권해주고 싶지는 않군."

"…부족합니다."

투앙—

터렐이 자세를 바로잡자 청년은 단단한 돌을 깎아 만든 타일이 깔려 있는 바닥을 박차고 터렐에게 달려들었다. 청년의 몸은 군더더기없는 빠른 움직임으로 터렐에게 쇄도해 들어갔다. 터렐은 그런 청년의 움직임에 감탄을 표하지 않을 수 없었다. 어릴 때부터 교육을 받은 자들이 사용할 수 있는 그런 움직임, 뼈와 살을 깎는 수련의 고통이 존재하지 않고서는 저런 움직임을 보일 수 없는 것이다. 이미 마물과의 전쟁이 끝난 지 수십, 수백 년이 흐른 지금과 같은 시대에 이런 실력을 가진 자는 찾아보기 힘들었다. 하지만 터렐의 눈에 보이는 청년의 공격은 너무나도 깨끗했다.

쿠당탕—

"용병 생활을 한 지 얼마 되지 않았나 보군. 그런 움직임으로는 변칙 공격에 대응하기 힘들지. 실력은 좋지만 경험의 차이야. 물러나라."

터렐이 자세를 바로잡을 시간까지 내버려 두었다는 것 자체가 용병으로서는 낙제점이었다. 하지만 벽에 처박혔던 청년은 터렐의 말에는 상관하지 않고 다시 자세를 잡더니 터렐을 향해 달려들었다. 이번에는 오른손에 쥐고 있던 검이 왼쪽 손등 위에서 화살과 같이 튀어 나가 터렐의 복부를 노렸다. 살기도 투기도 느껴지지 않는 묘한 공격. 하지만 분명히 청년은 터렐의 목숨을 노리고 있었다. 터렐의 복부를 향해서 매섭게 찔러 들어가는 검끝이 그것을 증명하고 있었다. 터렐은 몸을 옆으로 비키면서 허공을 향해 찔러진 청년의 검을 쳐올렸다. 청년의 몸은 완전히 무방비가 되어버렸고 터렐은 그런 빈틈을 놓치지 않았다. 자신의 목숨을 노리는 상대에게 얌전히 죽어줄 생각은 눈곱만큼도 없었다.

"어리석은……."

터렐의 검이 텅 비어버린 청년의 가슴을 쳐올렸다. 청년의 건틀릿과 터렐의 검이 부딪치며 밝은 불꽃이 튀어 올랐고, 청년의 몸은 터렐의 힘에 버티지 못하고 동굴 벽으로 날아갔다. 하지만 청년은 여전히 무표정한 얼굴로 검을 움켜잡고 다시 한 번 터렐에게 달려들었다. 한 번, 두 번, 세 번… 숫자를 셀 수 없을 만큼 청년은 터렐의 검에 의해 내던져졌고, 던져진 수만큼 자리에서 일어났다.

청년은 거친 숨을 내쉬고 있었다. 주위는 온통 난장판이었고 이미 문을 부수고 안쪽으로 들어온 병사들은 주위에 둘러서 두 남자의 사투를 지켜보고 있었다. 터렐은 자신의 목숨이 이곳에서 끝날 거라고 예상하고 있었다. 하지만 이런 젊은 청년에 의하여 자신이 공포를 느낄 거라고 예상하지는 못했었다.

"도대체 넌 뭐지?"

"…인간, 아마도."

"그런 대답을 바란 게 아니다!"

터렐은 으르렁거리며 다시 자신에게 공격해 오는 청년을 벽면으로 걷어차 날려 버렸다. 청년은 터렐에게 수십 번이나 공격을 했지만 그 공격은 대부분 실패했다. 몇몇 공격은 간신히 성공해서 터렐의 몸에 작은 상처를 만들었지만 청년의 몸은 그 몇 배에 달하는 충격을 입고서 튕겨져 나가야 했다. 원래대로라면 죽었어도 이상하지 않을 정도일 것이다. 적어도 뼈 5, 6개는 부러졌을 테고 팔과 몸, 다리에서는 당장이라도 출혈 과다로 쓰러져도 이상하지 않을 정도의 피를 흘리고 있었으며, 강한 각력으로 몇 번이나 걷어차여진 복부는 내장 파열이 의심스러웠다. 그런데도 저 청년은 여전히 무표정한 얼굴과 투기나 살기없는 검으로 자신을 공격해 오고 있었다.

'두렵다.'

간혹 높은 수준의 암살자들은 자신의 살기나 투기를 지우고 상대방을 노리곤 한다. 상대방의 몸에 검을 심어 넣을 때까지. 하지만 저 청년은 이미 죽어 쓰러졌다가 살아난 언데드 같은 모습으로 터렐이 평생 동안 느껴보지 못한 오싹오싹한 느낌을 뿜어내고 있었다. 아무런 투기도, 살기도, 광기도 없지만 상대방은 확실하게 자신을 죽이려 하고 있었다.

'죽는다.'

소드 맨들은 온몸에 피 범벅을 한 모양으로 터렐과 청년의 모습을 보고 있었다. 이곳까지 들어오는 것만으로 이미 수많은 인간을 베어 넘겨야 했던 그들은 자신들의 진정한 목표가 눈앞에 있음에도 불구하고 함부로 발을 떼지 못하고 있었다.

청년은 자신이 처한 위기 상황을 인식 못하는 건지, 상처로 도배한 몸을 이끌고 다시 자리에서 일어서서 자세를 바로잡았다. 그리고 이미 자신에게 생명이란 것은 중요하지 않다는 것을 부르짖는 듯 터렐의 빈틈을 노리며 몸을 날릴 준비를 했다.

그런 청년의 모습을 바라보는 제마이드는 다른 소드 맨들과 같은 생각을 머리 속으로 떠올렸다.

'뭐냐! 저 괴물은!'

터렐은 자신의 온몸이 청년의 눈빛에 훑어지는 것을 느끼자 심한 공포를 느꼈다. 청년의 검은 터렐을 교란시키려는 듯 천천히 흔들리고 있었고 청년의 몸도 천천히 움직이며 터렐과 자신의 거리를 측정하고 있었다.

"너는 도대체… 도대체 뭐냐!"

처음으로 터렐의 몸이 먼저 움직였다. 죽는다는 느낌이 척추에 스며들어 뇌에 다다르자, 과거 사신이라고 불리던 남자의 몸은 본능적으로 반응하며 자신의 적을 없애려고 빠르고 강하게 검을 내려쳤다. 거대한 터렐의 검이 겨우 몸을 가누고 있는 청년의 머리로 떨어지자, 청년과 터렐을 바라보던 소드 맨들은 그제야 정신을 차리고 몸을 움직이려고 했다. 하지만 이미 때는 늦어 터렐의 검은 청년의 머리 위로 떨어지고 있었다.

키이잉ㅡ!

그때 순간 청년의 눈이 크게 떠지며 몸이 짧게 앞으로 달렸고 청년의 머리를 노리던 터렐의 검은 목표를 상실해 버리고 말았다. 하지만 터렐은 청년이 자신에게 뛰어들어 검을 피해내려고 하자 육감적으로 위험을 느끼고 검의 궤도를 수정했다.

퍼억!

청년의 몸이 힘없이 허물어졌다. 터렐의 검은 청년의 왼쪽 어깨에서 가슴까지 이어지는 큰 상처를 만들어냈다. 하지만 잠시 동안 검을 내려친 자세 그대로 서 있던 터렐도 청년의 앞에 무릎을 꿇었다.

땡그랑—

청년의 상처는 크게 보였지만 치명적인 상처는 아니었다. 청년의 검에 의해 깨끗이 잘려진 터렐의 검날은 청년의 어깨와 가슴에 걸쳐지는 얇고 긴 상처를 남겼다. 터렐은 자신의 심장을 정확히 꿰뚫고 등 쪽으로 끝을 내민 청년의 검을 이해가 안 된다는 듯이 바라보았다. 막 움직이려고 하던 소드 맨들은 그대로 움직임을 멈췄다. 기적이 일어났다. 어디서 굴러먹다 온지도 모르는 이름없는 용병이 터렐 아벨루드를 쓰러뜨린 것이다.

"너, 너… 어째서?"

과거 사신이라 불리던 남자의 육체가 서서히 허물어져 가는 거성처럼 주저앉았다. 하지만 죽음을 목전에 앞둔 그의 의식만큼은 재빨리 돌아가고 있었다. 이 청년이 어째서 자신의 목숨을 간절히 원했는지 알 수 없었다. 왜 스스로의 목숨을 걸어가면서 터렐 아벨루드라는 사내의 목숨을 원했던 건지 알 수 없었다.

"대답해라… 네놈……."

마지막까지, 완전히 몸이 부서져 버릴지도 모르는 상황을 참으며 완전한 빈틈이 날 때까지 청년은 냉정하게 검을 휘둘렀다. 너무나도 무정하게. 마치 지금 다루고 있는 육체가 자신의 것이 아니기라도 한 듯. 마지막의 마지막, 검이 자신의 심장을 뚫고 들어오는 것을 느꼈을 때 터렐은 그 사실을 알 수 있었다. 청년의 어수룩한 태도는 최후를 위해서 위장된 것이었다는 것을.

터렐은 심장에 검이 박혀 격렬한 통증을 느끼면서도 청년의 멱살을 잡아 올렸다. 주위에 있는 다른 이들은 터렐을 말려야 한다는 것을 알고 있었지만 죽기 직전의 터렐이 뿜어내는 기세는 그런 그들의 움직임을 딱딱하게 굳혀 버릴 만큼 강한 것이었다.

"대답하란 말이다! 너는… 너는 뭐… 컥?!"

그때였다. 어디선가 날아온 도끼가 터렐의 머리에 박혔고, 터렐은 더 이상 자신의 몸을 가누지 못하고 쓰러졌다. 희미해져 가는 의식 속에서 터렐은 누군가가 뛰어오는 소리를 들었다. 둘에게 다가온 그 누군가는 아직 청년의 멱살을 잡고 있는 터렐의 손을 쳐내며 주위에 지옥기사단이 버티고 서 있다는 것에 대해서는 생각하지도 않는지 크게 소리를 질렀다.

"룬! 룬! 괜찮은 거냐! 말할 수 있겠어? 이 자식… 말 좀 해보란 말이다!"

'룬… 그것이… 나에게 달려들던……?'

터렐은 자신의 얼굴을 바라보고 있는 청년의 눈과 자신의 눈을 마주쳤다. 그리고 그 순간 그는 삶과 자신을 연결시켜 주고 있는 마지막 의식의 한 가닥을 놓쳐 버렸다.

그의 눈에 마지막으로 비춰진 것은 아무것도 없는 공허. 끝없이 펼쳐진 무(無)의 세계였다.

"후……."

바닥에 누워 있던 검은 머리의 청년은 천천히 눈을 뜨고 한숨을 내쉬었다. 흔히 사람들이 말하는 악몽이라는 것은 청년에게 공포나 분노를 끓어오르게 만들지 못했다. 검이 자신의 몸을 찢고 들어오며 뼈를 부수는 느낌이 아직도 생생했지만 청년은 그저 한차례 심호흡을 했을 뿐 식은땀조차 흘리지 않았다.

"……."

몽마는 사람의 머리 속 깊은 곳에 묻혀 있는 나쁜 기억을 꺼내어 그 주인에게 비추어준다. 그리고 그 기억의 주인이 느끼는 공포와 두려움을 양식으로 살아간다. 하지만 지난밤 룬에게 찾아왔던 몽마는 아무런 소득도 얻지 못했을 것이다. 그는 아무런 고통도, 두려움도 느끼지 않았으니까. 아니, 정확히는 느끼지 못했으니까.

그는 몸을 일으키려다가 다시 몸을 눕혔다. 몸을 일으키려고 하자 엄청난 근육통과 함께 뼈가 깎이는 듯한 고통이 몰려든 것이다. 그때 누군가 천막의 입구를 가리고 있는 천을 걷더니 안쪽으로 들어왔다.

"어이, 일어났냐?"

"예."

어두운 천막의 내부에 횃불의 빛이 비치자 청년은 눈살을 살짝 찌푸리며 자신의 파트너이자 선배인 리테일을 맞이했다. 갈색 머리카락과 수북한 수염, 며칠 동안 제대로 씻지 못한 것 같은 더러운 피부가 그를 저질 3류 용병으로 만들고 있었지만 룬은 리테일의 외모에 대해서 별로 신경을 쓰지 않았다. 지금 자신의 모습도 리테일에 비해 더했으면 더했지 못하지는 않을 것이다.

"끝… 난 겁니까?"

"그래, 잘 끝났다. 네놈 때문에 우리 용병대의 가격이 뛴 걸 제외하면 말이지."

"비꼬시는 거군요."

"그래! 비꼬는 거다, 이 머저리 같은 놈아! 도대체 뭐 하려고 그 사신하고 정면으로 붙은 거냐? 정말로 죽었으면 어떻게 하려고? 지옥기사단 놈들이 너의 신상 같은 것을 생각해 줄 것 같았냐?"

리테일은 룬이 아무 말도 하지 않고 눈만 깜빡이자 우그러진 얼굴로 한숨을 쉬었다.

"…설마 왜 사냐고 물어본 거냐? 그 사신에게?"

"예."

"이 망할놈… 목숨을 생각해라, 목숨을."

"하지만… 궁금했습니다."

여전히 무미건조해서 물이라도 좀 뿌려주고 싶은 얼굴이었지만 진지했다. 리테일은 그런 진지한 룬의 태도를 잘 알고 있었기에 더 이상 말하지는 않았다. 사실 보통 사람한테 당신, 왜 사느냐고 물어보면 돌아올 것은 욕밖에 없을 것이다. 그런 질문이 죽음과 삶의 양쪽을 넘나들며 전투를 치르는 용병한테 하는 말이라면―용병의 경우에는 반인륜적인 욕설과 함께 검이 춤추는 사태가 벌어진다―그 파급 효과는 기대할 만한 것이다.

"그것도 썼지?"

"예."

"그거 위험하니까 쓰지 말라고 했지? 그게 사악한 이블 아티팩트라면 네 녀석의 목숨을 값을 수도 있다는 거 누누이 말하지 않았냐?"

물론 룬이 그 점에 대해서 생각할 거라고 생각하지는 않았다. 흔히 아티팩트라고 불리는 것들, 룬의 검인 이터는 그런 마법 무기의 한 종류였다. 이블 아티팩트는 사용자에게 좋지 않은 제약을 가하며 보통 아티팩트는 사용자의 정신력을 소모하기에 그 위력에 비례하여 일반 검사들은 사용하기조차 힘든 무기들이었다. 비록 이터가 이블 아티팩트인지 보통 아티팩트인지는 룬 자신도 알지 못했지만 룬은 그런 것에 신경 쓰고 있지 않았다. 단지 이터의 능력을 사용하면 적을 더욱 쉽고 효과적으로 쓰러뜨릴 수 있다는 사실만을 확실히 인식하고 있었다.

"마지막까지 이렇게 꼭 속을 썩혀야겠냐?"

"죄송합니다."

"어쨌든."

리테일은 천막에서 몸을 빼서 바깥으로 나갔다. 두터운 가죽에 기름을 먹여 만든 임시 천막은 바깥에서 하는 말이 안쪽으로 쉽게 들어올 수 있었다.

"마지막으로 말하는 거다. 살아라. 반드시 살아남아라. 알겠냐, 룬? 죽어도 죽지 말고 살아남는 거다. 아무리 어쩌고저쩌고해도 반드시 살아남아라. 더러워도 일단 살아야 하는 거다."

몇 년 전 검 하나만을 몸에 지닌 채 용병단에 들어왔던 한 소년. 그 소년은 어느새 이렇게 커다랗게 자라서 떳떳한 용병이 되어 있었다. 그리고 룬을 만났을 때부터 그를 봐오고 돌봐준 리테일은 룬을 아들처럼 생각하고 있었다. 그리고 리테일은 이제는 룬과 잠시 동안 헤어져 있어야 할 때라고 생각했다. 더 이상 자신이 룬을 잡고 있어봤자 룬은 성장하지 못한다. 육체적으로나 정신적으로나. 그는 그 사실을 간과하지 않았다.

"리테일."

"응?"

"그동안 감사했습니다. 반드시… 찾아뵙죠."

대답 대신 리테일의 인기척이 천막에서 점점 멀어지기 시작했다. 룬은 억지로 자리에서 몸을 일으키고 천막을 걷어냈다. 뒤도 돌아보지 않고 걸어가는 리테일의 뒷모습이 보였다. 룬은 막 몸이 닥쳐오는 아픔에 다시 몸을 눕히고 나지막이 중얼거렸다.

"살아봐라… 인가?"

룬은 눈을 감았다.

며칠 후, 베루온 정벌에 참가했던 흑풍 용병단은 발칵 뒤집혔다. 터렐 아벨루드를 베어낸 젊은 전사가 사라진 것이다. 무기나 짐 같은 것도 그대로 있었기 때문에 일부 말하기 좋아하는 용병들은 그가 죽은 터렐의 저주를 받아 스스로 절벽에서 몸을 던졌다던가, 아니면 터렐의 영혼이 그의 몸에 빙의되었다고 말하기도 했다. 하지만 그런 소문은 다른 헛소문들과 같은—네스트의 지하에는 길이 수십 미터짜리 드래곤이 잠들어 있다고 하는—전혀 신빙성없고 쓸모없는 종류의 것이었다.

조금 더 눈이 좋은 용병들은 그 청년이 모두 잠든 새벽, 작은 배낭하나만을 멘 채 야영지를 빠져나가는 것을 볼 수 있었다. 하지만 그들이상으로 눈이 좋은 청년은 그들을 쉽게 발견했고, 그들은 청년이 쥐여준 돈에 의하여 입막음되어 있었다.

흑풍 용병단의 대장은 며칠 간 그 청년의 이름으로 국가에서 내려올 포상금을 도로 물려야 하나 말아야 하나를 고민해야 했다. 흑풍 용병단의 용병들은 남겨진 청년의 짐과 무구들을 각자 나눠 가졌다. 그리고 얼마의 시간이 지나자 그들은 그 청년의 일에 대해서 망각해 버린 채 평소와 다름없이 의뢰를 기다리며 평화로운 나날을 보냈다.

Chapter 1 귀환

뭔가가 돌아왔을 때,
당신은 그것을 두려워하지 않을 자신이 있는가?

Chapter 1 귀환

1

카앙— 카앙—

쇳조각과 망치가 서로 부딪치며 나는 소리는 작고 좁은 대장간 안에서 오랫동안 맴돌았다. 처음 울리던 금속음이 사라지고 나면 두 번째 금속임이 그 뒤를 따라 울리며 그 안에 있는 사람의 귀를 울린다. 새빨갛게 달구어진 쇳조각은 모루 위에 놓아지고 망치는 쇳조각을 두들긴다. 어느 정도 두드려져 모습이 조금씩 잡혀가는 쇳조각은 물속에 들어가 뜨거운 김을 내뿜으며 몸을 식힌 다음 화염 속에서 다시 몸을 달군다. 검은 머리카락이 어지럽게 눈앞을 가리는 청년은 그 쇳조각이 달구어지는 동안 다른 쇳조각을 집게로 집어 모루 위에 올려놓았다.

"후우……."

화로에서 나오는 뜨거운 열기 때문에 밖에서 불어오는 차가운 가을 바람은 감히 대장간의 안으로 들어오지 못했다. 청년은 잠시 팔을 쉬면서 이마를 지나 눈 속으로 흘러 들어가려 하는 땀을 닦아냈다. 그렇게 잠시 땀을 닦아내던 청년이 다시 망치를 잡았을 때 누군가가 청년의 뒤로 천천히 다가왔다.

"룬, 잘돼가고 있나?"

"예, 엠슨 씨."

룬은 모루질을 계속하면서 무심하게 대답했다. 그냥 듣기에는 굉장히 성의없이 들리는 대답이지만 그 말을 한 본인도, 그리고 그 말을 듣는 엠슨도 말투에 대해서 신경 쓰지는 않았다. 엠슨은 룬의 저런 대답이 결코 성의가 없지 않다는 것을 알고 있었다.

"어디 좀 보세."

흰 백발과 수염을 짧게 기르고 있는 노인. 어디에서나 볼 수 있는 늙은 남성의 모습을 한 엠슨은 룬이 두들기고 있던 쇳조각들을 집게로 조심스럽게 집어 들더니 한참 동안이나 그것을 바라보았다. 마치 보석을 감정하는 감정사나 명검을 바라보는 전사의 눈빛과 흡사한 그 태도에도 룬은 전혀 긴장을 하지 않았다.

"사람은 다 천직이 있기 마련이네."

"예."

"하지만 역시 대장장이 일은 자네의 천직은 아닌가 보이. 이 정도면 쓸 만하게 만들었으니 괜찮겠지만……."

불합격인지 합격인지 애매모호한 판정. 하지만 아무래도 상관은 없었다. 룬은 엠슨의 말을 듣기 위해서 잠시 멈췄던 모루질을 계속했다. 모루질을 오랫동안 그만두고 있으면 두들겨지다 만 쇳덩이는 아무것도 되지 못한다는 것을 룬은 잘 알고 있었다.

2년 전. 룬은 자신이 가지고 있던 과거의 조각을 버렸다. 아쉬움이라는 느낌이 처음으로 룬의 뇌리로 스며들었던 그때, 룬은 그때의 기분을 잊지 못했다. 인간들이라면 누구나 가지고 있는 감정. 그리고 욕구. 자신이 자신의 존재를 인식함으로써 느낄 수 있는 그런 감정과 욕구를 룬은 전혀 가지고 있지 않았다. 그저 적이 나타나면 베어 쓰러뜨리고 계속 앞으로 나가고, 배가 고프다고 생각되면 뭐든지 먹으면서 살아가는, 짐승과 인간의 경계를 왔다 갔다 하는 삶. 그러던 룬은 어느 날 문득 어떤 욕구를 느끼게 되었다.

왜 나는 살려고 하는 거지?

처음으로 궁금하다는 욕구가 생겨났다. 룬은 모두에게 왜 사느냐고 물었지만 돌아왔던 것은 재수없는 놈이라는 말이나 분노뿐. 룬은 그들이 왜 그렇게 반응하는지 알지 못했다. 희로애락의 기본적인 감정을 가지고 있지 않은 룬에게는 당연한 일일지도 몰랐다. 오직 리테일 혼자만이 룬이 처음으로 그런 궁금증을 가졌다는 것에 대해서 기뻐했다.

그는 룬에게 살라고 말했고 룬은 나름대로 리테일의 말을 해석했다. 살육, 살육, 살육. 오직 살육과 죽음, 그에 따른 공포만이 모든 것을 지배하고 있는 공간. 룬은 그 안에서 룬 크리셔드라는 존재가 오랫동안 살아남을 수 있는 능력이 없다고 판단했다. 그렇기 때문에 룬은 살기 위해서 검을, 이터를 버렸다. 오래된 과거와 현재의 자신을 이어주는 단 하나의 끈이며 자신이 싸우기 위해 사용한 도구. 룬은 과감하게 그 끈을 버리고 전장의 한복판에서 탈출했다.

도망자나 다름없는 삶. 룬은 마치 죄를 짓고 달아나는 범죄자처럼 도망쳤다. 리테일의 말대로 살아가기 위해서. 살아남기 위해서는 힘이 다해 지쳐 죽을 때까지 죽음의 구렁텅이에서 빠져나오려고 발버둥 쳐야 하고, 다른 이를 대신 그 구덩이에 빠뜨려야 하는 그곳에서 벗어나야 했다. 룬에게 남은 건 리테일을 따라다니며 자신의 물건을 넣어서 다니던 질기고 낡은 가죽으로 된 배낭 하나뿐이었다.

하지만 어색했다. 그곳에서 계속 살았었던 자신이 그곳에서 벗어나서 무엇을 할 수 있을까라는 의심의 감정이 피어 올랐다. 과거와 현재의 자신을 이어주는 유일한 끈. 그것을 버린 자신이 바보처럼 생각되었다. 마치 원래 붙어 있었던 팔이나 다리가 하나 없어져 버린 것처럼 어색하고 고통스러운 느낌에 룬은 자신이 두려움과 공포, 의심 같은 감정을 조금이나 느꼈다는 것에 대해서 놀라워할 틈도 없었다.

땡— 땡—

얼마 정도 전장에서 벗어난 룬의 귀에 금속과 금속이 부딪치는 소리가 들려온 건 룬에게 있어서 다행인 일이었다. 전장에서 수없이 많이 들었고, 그만큼 어색하지 않으며 익숙한 금속음들. 검과 검이, 무기와 무기가 부딪치며 나는 그런 금속음에 룬은 무작정 그 소리가 나는 곳으로 발걸음을 옮겼다. 그리고 그 금속음이 울려 퍼지게 만든 진원지인 작고 어두운 대장간을 찾은 룬은 오랜만에 싸늘한 빛을 뿜어내는 금속 조각들을 볼 수 있었다.

"어서 오시오. 젊은 여행자신가? 필요한 게 있으면 골라보시오. 무기는 없지만 쓸 만한 단검 정도는 있다오."

이런 작은 마을에 무기 같은 것이 있을 리가 없었다. 고작해야 여행자들이 고기 자를 때 사용하는 단검이나 농부들이 사용하는 각종 도구들이 전부. 실생활에서 흔히 보이는 금속 물품들이 대장간의 앞에 쭉 진열되어 있었고 한 노인이 쇳조각을 두들기며 뭔가를 만들어내고 있었다. 룬은 한참 동안이나 뭐에 홀린 듯 노인이 하는 것을 멍하게 바라보았었다.

붉게 달구어진 쇳덩이를 노인이 들고 있던 망치가 내려치면 그 쇳조각은 어떤 모습으로 천천히 변해간다. 오랫동안 보고 있어야 알 수 있을 만큼 조금씩 변해가기는 했지만, 분명히 그 쇳덩이는 모루 위에서 노인의 망치에 의해 어떤 모습으로 변해갔다. 룬은 거기에서 왠지 모를 신기한 느낌을 받았다. 흡사 땅에서 풀이 돋아나는 듯한 신선한 느낌이 노인의 손끝에서 느껴졌다. 지금까지 생명을 죽이는 데 사용되기만 했던 금속들은 노인의 손끝에서 새로운 생명을 얻고 있었다.

"자네가 여기 온 지도 벌써 이 년이 지났군."

"예."

그런 신비한 느낌에 룬은 무작정 노인에게 부탁했었다. 자신을 도제로 써달라고. 자신의 부탁이 말도 안 된다는 것은 룬 자신도 잘 알고 있었다. 하지만 이곳이라면 자신을 악몽처럼 잡고 늘어지는 전장의 그늘을 잊을 수 있을 것 같았다. 룬의 부탁에 놀라 하던 노인은 룬에게 진심으로 그러는 것이냐고 물었고 룬은 거기에 답했다. 그리고 그 노인은 의외로 쉽게 룬의 청을 받아들였다.

노인은 자신의 이름을 엠슨이라고 밝히며 잘 부탁한다고 말했을 뿐, 더 이상 다른 말은 하지 않았다. 룬은 그 다음날부터 대장간에서 살아가며 자청해서 온갖 잡일을 떠맡았다. 점원으로서, 그리고 노동자로서 룬은 대장간에서 계속 일했다. 엠슨은 룬에 대해서 아무것도 묻지 않았다. 룬이 전에 무엇을 하고 지냈는지, 왜 여기에서 지내게 해달라고 했는지. 아무것도.

"자네도 지금까지 본 건 있겠지. 두들겨 보게나."

그리고 룬이 대장간에 온 지 여섯 달이 넘었을 때, 그는 자신이 모루 질할 때 쓰는 망치를 룬에게 넘겼다. 갑자기 다가온 그의 권유에 룬은 처음으로 당황한다는 것이 어떤 것인지 알 수 있었다. 하지만 엠슨은 사람 좋은 웃음을 얼굴 가득히 띠며 말했다.

"무엇이든지 자네가 만들어보고 싶은 것을 만들어보게나. 이것이 내가 자네에게 처음으로 주는 보수이네."

보수를 받은 적은 없다. 그런 것은 생각하고 있지 않지만 룬은 얌전히 엠슨에게서 망치를 넘겨받았다. 엠슨과 같이 뭔가를 만들 수 있다고 생각하자 처음으로 즐거운 감정이 룬의 가슴을 물들였다. 룬은 아무것도 생각하지 않고, 자신의 무의식 중에 떠오르는 영상에 따라 망치를 내려쳤다.

그렇게 일주일이라는 시간이 흘렀다. 엠슨은 룬이 계속 그 일을 할 수 있도록 방해하지 않았고, 주문을 뒤로 물리기까지 했다. 그리고 일주일째 되던 날. 룬은 처음으로 자신의 손으로 만든 무엇인가를 손에 쥘 수 있었다. 하지만 룬은 자신의 손에 쥐어져 있는 '뭔가'를 보며 왠지 싸늘한 느낌이 심장을 스치고 지나가는 것을 느낄 수 있었다.

누군가를 죽이기 위해서 만들어진 물건. 하지만 오랜 생활 동안 써왔고 같이 살아왔기에 잊을 수 없었던 몸이나 다름없는 존재. 이터와 너무나도 비슷한 그것이 룬의 손에 들려 있었다. 룬은 그것을 땅속에 묻어버렸다. 전장에서 탈출했다고, 도망쳤다고 생각했지만 그게 아니었던 것일지도 모른다는 자괴감이 룬을 끝없이 괴롭혔다.

그리고 엠슨은 그 후로 룬에게 계속 쇳덩이를 두들기는 일을 맡겼다. 룬은 언젠가는 엠슨과 같이 뭔가를 태어나게 할 수 있는 능력이 자신에게 생기길 빌었다. 뭔가를 죽이기만 했던 그가 처음으로 뭔가를 태어나게 하고 싶다고 생각했다.

"어쨌거나 이 정도 실력이면 어디 가서 굶어 죽지는 않을 거네."

"그런가요?"

룬은 턱을 타고 흐르는 땀을 훔치며 망치질을 멈추었다.

그때 이후 일 년이 흘렀다. 그동안에 룬은 엠슨 대신 대장간을 꾸려나갈 정도의 솜씨가 되어 있었다. 하지만 언제나 단골 손님들은 룬과 엠슨이 만든 물건을 잘 가려내었다. 무엇이 다르다는 것은 룬 자신도 알고 있었기에 불평 따위는 하지 못했다. 룬이 만든 것은 단순한 물건일 뿐이었고 엠슨이 만든 것은 생명을 가지고 있었다. 그렇기 때문에 답답했다. 알고 있지만 어떻게 하면 그렇게 만들 수 있는지 몰랐으니까.

"하지만 당신에 비하면 저는 아직 멀었습니다. 저는… 살아 있는 뭔가를 만들어보고 싶습니다."

"허어, 쉰 살 된 늙은이 같은 소릴 하는군. 어쨌거나 벌써 정오네. 점심 좀 먹고 하게나."

룬의 일은 거의 끝이 나 있었다. 룬은 가볍게 고개를 끄덕이고 마무리를 짓기 위해서 더 더욱 모루질에 힘을 기울였다. 뒤에서 엠슨의 자신을 보는 시선이 느껴졌지만 룬은 변함없는 팔놀림으로 모루질을 하면서 생각했다. 엠슨은 자신에게서 무엇을 보고 있었던 것일까. 자신이 엠슨에게서 생명을 봤듯이 그가 자신에게서 무엇을 봤다면 과연 그는 룬 크리셔드라는 인간의 무엇을 본 것일까.

"아마도 자네의 천직은 이게 아닐 거네. 언젠가 그것을 찾아서 자네는 내 곁에서 떠날 터인데… 나는 그게 두렵구먼. 이 늙은이가 쓸데없는 데에 욕심을 부리는 게 아닌지 모르겠네."

룬은 모루질을 계속할 뿐 뒤에서 희미하게 들려오는 엠슨의 말에 긍정도 부정도 하지 못했다. 엠슨이 어디론가 사라지고 그 자리를 금속성이 채워도 룬은 긍정도 부정도 하지 못했다. 언젠가 룬은 이곳을 떠나게 될 것이다. 그것은 자기 자신도 알고 있었다. 그렇기에 룬은 '그렇다'고 대답하지 못한 자신이 이상하다고 생각했다. 왜 자신은 긍정도 부정도 하지 못했는지, 왜 그것에 대해서 대답하지 못했는지 의문이었다.

깡—

룬은 모루질을 끝내고 나서 완성된 낫이나 괭이의 날들을 살펴보며 한숨을 쉬었다. 사람을 죽이는 일 따위가 자신의 천직일 리는 없을 것이다. 룬은 자신이 만든 것들 중에서 잘못된 것이 없는지 신경을 쓰면서 가슴을 스쳐 지나간 묘한 느낌을 애써 잊어버리려고 노력했다.

그렇게 약간의 시간이 흐른 뒤 룬은 대장간의 바깥에 있는 의자에 앉아서 늦은 점심 식사를 했다. 하늘은 드래곤이라도 날다가 떨어져 버릴 정도로 높았고, 햇빛은 따스하게 내리쬐이고 있었다. 하지만 땅을 스쳐 다시 하늘로 날아오르는 북풍만은 겨울의 차가움을 안고 있었다. 식사라고 해봤자 그냥 딱딱하게 마른 빵 한 덩이가 전부인 식사. 하지만 룬은 그런 식사에 불평하지 않고 빵을 찢어 입 안에 넣었다. 그때 룬의 귀에 지금까지 이 마을에서 들어본 적이 없는 인기척이 들려왔다.

"……?"

수년 동안이나 용병 생활로 다져진 감각은 잠을 잘 때도, 식사를 할 때도 기본적으로 발동되어 있었다. 그리고 그 감각은 희미하게 들려오는 인기척 속에서 보통 마을 사람들에게서는 찾아볼 수 없는 특이점을 찾아냈다.

철컥— 철컥—

오랫동안 망치질 소리에 익숙해져 가며 잊고 있었다고 생각했던 소리. 갑옷에 달려 있는 철갑이 서로 부딪치며 내는 무겁고 둔중한 소리가 대장간을 향해서 점차 가까이 다가오고 있었다. 룬은 빵을 찢어내던 손을 멈추고 고개를 들어 소리가 들려오는 쪽을 바라보았다. 얼마 지나지 않아 룬의 눈에는 플레이트 메일을 걸친 남자와 보통 레더아머를 입고 있는 두 명의 용병이 들어왔다. 룬은 얌전히 자리에서 일어섰다. 플레이트 메일을 입은 남자의 걸음걸이와 태도, 그리고 표정은 절대로 그 남자가 일반 평민이 아니라는 것을 말하고 있었다.

"주인은 어디 있지?"

자신보다 신분이 낮은 자를 깔보는 말투. 직권 의식이 뇌수 깊숙이 절어버린 귀족들이나 상위 계급이 가지는 형태의 말투였다. 그렇다는 것은 적어도 가디언 계급을 가졌다는 것은 분명했다. 왕족과 귀족보다 지휘가 낮으며 그들을 보호하고 지키며 살아가는 신분인 가디언은 일반 평민에 비하면 지휘가 훨씬 높았다.

"뭔가 찾는 물건이라도 있으십니까, 나리?"

"흥, 내가 이런 작은 마을의 대장간에서 무기를 살 거라고 생각하나?"

룬은 공손히 고개를 숙였다. 다른 인간들보다 높은 신분에 있는 인간들은 자신보다 낮은 신분을 가진 인간을 멸시하며 인간 이하의 취급을 하려고 부단히 노력한다. 그래야 자신의 지휘가 유지되고 자신의 권위가 지켜지는 것처럼.

사회 제도는 그런 중급 이상의 신분을 가진 자들에게 혜택을 베풀었다. 평민들이 가디언에게 어떤 위협을 가하면 팔이나 다리가 잘리거나 혀가 뽑히는 중죄에 처해지지만, 그 반대의 경우에는 피해를 입은 평민에게 약간의 위자료를 지불하는 것으로 죗값을 치렀다.

말도 안 되는 신분 제도일지는 모르지만, 이 대륙상에 존재하는 대부분의 나라는 그런 신분 제도를 가지고 있었다. 용병왕이 다스리는 이곳 네스트에는 그런 신분 제도가 다른 곳에 비하면 상당히 완화되어 있는 편이지만 과거부터 이곳을 다스려 온 귀족 신분의 이들에 의하여 신분 제도가 철저히 지켜지고 있었다.

"어서 오십시오. 무엇을 찾으십니까?"

대장간 안에서 인기척을 느끼고 밖으로 나오던 엠슨은 플레이트 메일을 걸치고 있는 남자를 보더니 움찔하며 고개를 숙였다. 그리고 최대한 공손한 말투로 인사했다. 자존심보다는 목숨이 우선된다는 것은 엠슨이 룬보다 더 잘 알고 있었다. 그리고 그 사실은 대부분의 평민들이 잘 알고 있는 사실 중 하나였다.

"이 검을 손질할 수 있겠나?"

그 남자는 대뜸 허리에 차고 있던 검을 뽑아 들었고, 엠슨은 검이 칼집에서 뽑히는 소리에 살짝 고개를 들어 검집에서 뽑혀 나온 그 검을 바라보았다. 날이 한쪽밖에 없고 아름다운 곡선을 가진 검은 그다지 두껍지는 않았지만 튼튼해 보였다. 그 남자의 손에 들려 있는 검을 잠시 동안 바라보던 엠슨은 약간 놀라는 말투로 말했다.

"이것은… 마법검입니까?"

"흥, 촌구석 대장장이 노인네치고는 눈썰미가 있는 편이군."

룬은 마법검이라는 말에 몸을 움찔했지만 그대로 고개를 숙인 채 시선을 그 남자의 발 아래로 두었다. 그 남자는 엠슨이 자신의 무기를 보고 놀라자 약간 우쭐거리는 태도가 되어서 엠슨에게 자신의 검을 넘겼다. 엠슨은 그런 그의 태도가 마음에 들지 않았지만 공손히 마법검을 받아 자세히 살폈다. 그리고 곧 고개를 작게 저었다.

"죄송하지만 어렵겠습니다. 보시다시피 작은 마을이라 이런 마법 무기를 수리할 정도의 귀금속과 마법 금속이 없습니다."

"흥, 그렇군."

일반적인 강철에 영구적인 마법을 거는 것은 불가능했다. 아무리 강한 강철이라고 해도 비정상적으로 압축된 마법적인 기운을 버티기에는 무리가 있기 마련이니까. 때문에 마법검을 만들기 위해서는 미스릴 같은 마법 금속을 사용했고, 마법검의 강도는 다른 검에 비하면 굉장히 강할 수밖에 없었다. 그런데도 이 마법검에는 많은 상처가 나 있었고 칼날 여기저기에도 이빨이 빠져 있었다.

그 기사는 검을 안타깝게 바라보는 엠슨의 손에서 난폭하게 검을 낚아챘다. 엠슨은 검날이 손바닥을 스치고 지나가자 아릿한 아픔을 느끼며 손을 꿈틀거렸다. 이빨이 많이 빠지기는 했지만 여전히 날카로운 검은 엠슨의 손에 길다란 상처를 남겼다. 붉은 피는 엠슨의 손을 타고 뚝뚝 흘러내렸고 고개를 숙이고 있던 룬은 피가 떨어지는 것을 보고 다시 한 번 몸을 꿈틀거렸다.

"토미, 스티븐, 무기를 저 대장장이의 도제에게 주어라."

기사의 말에 그의 곁에 서 있던 남자들이 허리에 차고 있던 롱 소드를 끌러 룬에게 내밀었다. 룬은 피가 흐르는 엠슨의 손에서 눈을 떼고 양손으로 롱 소드를 받아 들었다. 그런 침착한 행동과는 달리 룬의 머리 속에서는 많은 생각이 오가고 있었다. 대장장이에게는 손이 생명만큼이나 소중한 것이다. 상처가 깊다면 당장 치료를 해야 했다.

"내일까지 그 무기를 수선해 두도록. 이건 선금이다."

룬은 뭔가가 날아오는 기척을 느끼고 재빨리 검은 옆구리에 낀 채로 자신에게 날아오는 은전을 양손으로 받았다. 검 두 자루를 수리하고 손질하는 데 200피안이라면 결코 적은 금액은 아니었다. 그들은 더 이상 룬과 엠슨에게 신경을 쓰지 않고 발걸음을 옮겨 걸어가기 시작했다. 룬은 그런 그들의 뒷모습을 한참 동안 지켜보다가 그들의 모습이 시야에서 없어지자 롱 소드를 바닥에 던져 버리며 엠슨의 손을 살폈다.

"괜찮으십니까?"

"으음, 살갗을 살짝 베였을 뿐이네. 그나저나 손이 이래서는 검을 수리하는 것도 힘들겠군. 미안하지만 자네가 좀 해주어야겠네."

"알겠습니다."

엠슨의 다친 손을 살피던 룬은 고개를 끄덕이고 바닥에 팽개쳤던 롱 소드를 주워 들었다. 깜깜한 대장간 안에 들어간 룬은 롱 소드를 대장간의 구석에 세워두고 굽혔던 허리를 폈다. 그때 룬은 갑작스럽게 어지러움을 느꼈다. 그리고 그와 동시에 어떤 영상들이 주위에서 나타나는 것을 보았다.

전장에서 무신경하게 밟아 넘겼던 피에 젖은 시체들과 단순하게 부서져 사방에 널린 고기 조각들. 그리고 권위라는 장막 안에서 살아남아 그런 시체를 바라보는 것조차 거부하고 거들먹거리는 귀족들. 그런 장면들이 어둠 속에서 차례대로 스쳐 지나가자 룬은 왠지 모르게 구역질이 치밀어 오르는 것을 느꼈다. 하지만 곧 대장간 안의 어둠이 익숙해지자 그 장면들이 전부 환상이었다는 것을 깨닫게 되었다.

"룬? 괜찮은 겐가?"

룬은 뒤에서 들려오는 엠슨의 목소리에 고개를 끄덕이고 방문을 열었다. 지금은 왜 이런 장면이 눈에 보였는지 생각하는 것보다는 엠슨의 다친 손을 치료할 약을 찾는 것이 훨씬 급한 일이었다.

*　　　*　　　*

네스트라는 국가가 대륙상에서 모습을 드러낸 것은 의외로 오래전의 일이 아니었다. 지금의 네스트라고 불리는 나라가 세워져 있는 땅은 과거에는 수십 개로 갈라진 수많은 귀족들의 영지였다.

그전에 이 땅에 왕이라는 존재가 있었는지 없었는지조차 아무도 기억하지 못했다. 왕에게서 영지를 하사받은 영주들은 있었지만, 정작 그 영지를 나눠 주었을 왕의 존재는 아무도 알고 있지 못했다.

왕이 언제부터 사라졌는지는 아무도 기억하지 못한다. 과거 이 땅에 있던 나라에 관하여 연구하는 학자들은 정말로 비정상적일 정도로 부족한 이 나라의 역사에 대해서 어떻게 정의하지 못했다. 기본적인 고전 민요나 문화 등이 그 유래를 찾아볼 수 없었고 과거에 쓰여졌을 역사서나 그 외의 책들도 단 한 권도 남아 있지 않았다. 네스트의 국민들이 인식하고 있는 과거의 기억은 마물들이 나라 안에 들끓기 시작할 때부터의 것밖에 없었다.

마물들. 신이 만들지 않았지만 이계에 존재했던 자들. 고대의 마법사들이 그들을 이 땅에 불러낸 것은 큰 실수였다. 작은 마물들은 포악한 본성을 길들여 일을 시키거나 할 수 있었지만 인간이 다루지 못할 만큼의 거대한 힘을 가진 마물들도 있었다. 그리고 네스트에는 어느 순간부터 이런 마물들이 활개를 펴며 인간의 영지를 습격하고 약탈했다. 땅에는 피가 흐르지 않는 날이 드물었고, 길가에서는 언제나 시체가 썩어갔다.

가문들은 마족들에게 습격당하고 입은 피해를 자신보다 약한 가문의 영지를 약탈함으로써 회복했다. 몇몇 가문은 조약을 맺어 마물과 맞서 싸우기도 했다. 하지만 그건 어디까지나 일부였다. 전쟁이 항상 있는 곳이기에 수많은 용병대가 만들어졌고, 그들은 가문들에게 고용당해 마물들과 싸우며 계약자와의 계약을 완수했다.

용병의 일이 계약자와의 일을 지키는 거라고 한다면, 네스트의 초대 국왕인 에라피오트 엘 네스트 1세는 용병으로서는 실격이었을지도 모른다. 네스트를 하나로 통일한 장본인이자 최고의 용병이라고 불렸던 그는 원래 마물에게 멸족당한 한 가문의 출신이었다. 그는 용병대를 이끌고 민심이 좋지 않은 영지를 골라 습격해 그 지방을 지배하는 귀족을 살해하고 자신들의 땅으로 삼았다. 어차피 민심은 자신들을 지켜줄 수 있고 배부르게 먹여주는 자에게 돌아가는 것. 그는 그런 식으로 다른 영지들을 자신의 땅에 편입시키고, 일부는 다른 귀족에게 팔아먹기도 했다. 그리고 그렇게 모은 돈으로 칼스의 마법사들을 고용했다.

그는 마법사들의 도움으로 마물들을 네스트의 국토 여기저기에 봉인시켰다. 마물의 봉인지에는 큰 건축물들이 세워져 마물들이 봉인에서 풀리지 못하게 만들어졌고, 그는 점점 많은 지역을 장악해 가며 용병왕이라는 칭호를 얻었다.

물론 많은 인간들이 그에 반발했다. 그에게 공격당한 이기적인 가문들은 그에게 대항하려 했지만 이미 민심은 마물들을 봉인하고 자신들을 지옥에서 구해줄 영웅에게 넘어가 있었다. 그리고 네스트 1세는 몇몇 큰 가문에게 선택권을 주어 자신들의 편으로 끌어들였다. 여섯 개의 가문들은 네스트 1세에게 협력하는 대가로 영지를 받았고, 그들은 그 네스트 1세에게 충성을 맹세했다.

"잠깐, 하만."

"예?"

"난 옛날이야기 듣고 싶은 게 아닌데?"

"아, 죄송합니다, 레전트님."

평민답지 않게 하얀 피부를 가진 금발의 남자는 지루한 얼굴로 팔짱을 꼈다. 푸른 눈동자가 눈꺼풀에 의하여 모습을 감췄고, 미간에는 미세한 주름들이 모습을 드러내었다.

'누가 모르나? 누가 용병 출신 기사 아니랄까 봐 더럽게 말 많네. 후우… 이래서야 제대로 일이나 할 수 있을지 모르겠는걸.'

그리고 과거에 마물이 봉인당한 봉인지(封印地)가 이곳의 근처에 있다는 것은 레전트도 잘 알고 있는 사실이었다. 떠나오기 전에 충분한 조사를 했고, 역사나 신학에 관심이 있는 레전트로서는 네스트에 대한 대략적인 역사를 모를 리가 없었다. 레전트는 손가락으로 이마를 눌러 주름을 펴며 놓고 있는 한 손을 앞으로 내밀었다.

"다 알고 있는 사실 계속 말하려고 하지 마. 내가 알고 싶은 건 '그 것' 이 이곳에 있냐는 거야. 어때?"

"그동안의 탐색으로는 적어도 한 마리의 '그것' 이 이곳에 있다고 봅니다."

"그래? 이번에는 헛수고하지 않았으면 좋겠는데."

"걱정하시지 마십시오, 레전트님."

레전트의 손에서 붉은 불꽃이 맺히기 시작하자 하만은 입 안이 바싹바싹 말라가는 것을 느껴야 했다. 어쩌다가 자신이 호위를 맡게 됐지만, 그동안의 경험으로 봐서 레전트는 귀족 특유의 제멋대로인 성격에 마법사들 특유의 괴팍함까지 겸비하고 있는 최악의 호위 대상이었다. 귀족의 호위를 맡는 고급 용병으로서 하급 기사의 직위까지 받게 된 그는 레전트의 손끝에서 불꽃이 사라질 때까지 지금 이 자리에서 뛰쳐나가야 하나 말아야 하나를 고민했다.

"이번에는 나를 실망시키지 말아줬으면 좋겠어."

"걱정 마십시오. 반드시 실망시켜 드리지 않겠습니다."

방 안을 희미하게 밝히던 불꽃이 사라지고 나자 하만은 레전트가 모르게 작게 한숨을 내쉬며 약간 안도하는 기분이 되었다. 하지만 곧 이어 레전트가 의미 불명의 말을 내뱉자 그는 방금 전보다 더 절망적인 기분이 되어 평소에는 찾지 않았던 신의 이름을 되새겼다.

"그럼, 다음 질문을 하도록 하지. 오늘 저녁은 뭐지?"

"예?"

"모르는 건가?"

"그, 그것이……."

이 여관의 저녁 식단 따위를 알 리가 없는 그는 주춤거리며 뒤로 물러섰다. 레전트의 얼굴은 웃고 있었지만 사라졌던 붉은 불꽃이 다시 그의 오른팔에 맺혀 있었다. 레전트는 그런 하만의 반응을 지켜보다가 피식 웃더니 손을 털어 불꽃을 꺼버렸다.

"그럼 일단 저녁 식단부터 알아와."

"예, 예!"

하만은 레전트가 또 다른 트집을 잡기 전에 방 안에서 재빨리 빠져나가 버렸고, 그런 하만의 뒷모습을 바라보던 레전트는 그가 자신의 시야에서 사라지자 길게 한숨을 내쉬며 머리 속으로 자신의 스승의 얼굴을 떠올렸다.

"아아, 도대체 무슨 생각으로 저런 바보 얼간이를 내 호위로 붙여준 거야?"

레전트는 배낭을 뒤적거리다가 투명하고 둥근 수정구를 꺼냈다. 그가 수정구를 손에 든 채 마력을 조작하자 수정구에서 빨간 빛이 깜빡이기 시작했고 레전트는 그 빨간 빛을 바라보았다. 저런 얼간이 기사가 자신의 마법사 일생에 있어서 상당히 중요한 부분을 차지하는 일을 도와줄 수 있을 거라고 생각하는 건 비참한 자기 위안밖에는 되지 않았다.

"아무리 마법이라지만 진짜 불꽃인지 환상인지도 구별 못하는 하급 기사 따위와 함께라니… 여행이라는 건 재미있지만 이런 건 싫다니까."

*   *   *

"이봐이봐, 오늘 경비 초소 봤어?"

"응? 뭔 소리야, 이 사람이?"

"그러니까 오늘 아침에 경비 초소에 가보니까 완전히 박살이 나 있더라구. 마치 곰 같은 게 후려친 것처럼."

"곰? 이 근처에는 곰이 살지 않잖아?"

"서, 설마 그거 마물 아니야?"

마물들이 용병왕에 의하여 봉인되기는 했지만 거기에서 도망친 수많은 마물들이 빅 웜 산맥에서 배회하고 있는 건 모두가 잘 알고 있는 사실이었다. 마물의 공포는 작기는 했지만 아직 네스트의 국민들 가슴 속 깊게 뿌리를 내리고 있었다. 두 남자는 막 마물에 대한 이야기를 꺼내고 덜덜 떨고 있는 남자를 무섭게 노려보았다.

"이 사람… 그게 무슨 재수없는 소리야? 헛소리하지 말고 마시던 거나 마저 마셔."

"그, 그래도……."

"자자, 이 근처에 아스트의 축복이 내려진 곳이 있어서 마물들이 나타나지 못한다고 하지 않는가? 그런 걱정 말고 마시게."

음식을 요리하거나 할 때 사용하는 작은 칼을 배달하기 위해 여관에 왔던 룬은 마물이라는 소리를 듣고 그쪽으로 귀를 기울였다. 마물과 싸워본 경험이 많은 룬은 마물이라는 것이 인간이 일 대 일로 싸워서 이길 수 없는 존재라는 것을 잘 알고 있었다. 보통 사람이 무기를 들고 마물과 싸운다고 해도 이길 가능성은 거의 없었고, 숙련된 용병이라면 살아날 가능성이 꽤 생기는 정도였다.

룬은 냉정히 머리 속으로 상황을 생각했다. 위험한 일이라면 그 위험한 일에서 벗어나야 한다. 그렇지 않고서는 살아남을 수 없다. 헛소문이라도 약간이라도 위험성이 증명이 된다면 룬은 바로 이 마을을 떠날 생각이었다.

"고작해야 거대한 곰 정도겠지."

"그… 렇겠지?"

"그렇다니까. 너무 걱정할 필요는 없어. 그나저나… 이번에는 풍작일까?"

"글쎄? 그럭저럭 비도 잘 내리고 햇볕도 잘 쬐고 하긴 했는데……."

이야기는 이미 다른 화제로 넘어가 있었다. 룬은 더 이상 그들에게서 들을 정보는 없다고 판단하고 막 문을 나서려 했다. 그때 위층에서 뭔가 요란한 소리가 났다. 홀에 앉아 있던 세 명의 농부들과 룬의 눈은 동시에 계단을 향해졌고, 곧 화가 잔뜩 난 것 같은 남자가 1층으로 뛰어 내려와 주위를 둘러보더니 갑자기 험악한 말을 쏟아내기 시작했다.

"빌어먹을 새끼, 마법 좀 배웠다고 사람을 이렇게 하찮게 보다니… 따지자면 나도 같은 가디언이라고. 이봐! 거기 뭘 보는 거야! 죽고 싶어?"

그 기사를 바라보던 사람들은 급히 고개를 돌렸다. 그의 허리춤에 달려 있는 검은 절대로 폼만으로 사용되는 것은 아닐 것이다. 성격이 더럽고 행동이 난폭하다는 것은 다른 사람에게 쉽게 상해를 입힐 수 있다는 것을 말해 준다. 그리고 그가 다른 이들에 비해서 높은 신분에 있는 자라면 더 더욱.

"이봐! 이봐! 주인장 어디 갔나!"

고개를 돌린 룬은 주먹을 꽉 움켜쥐었다. 기분이 더럽다는 것이 무슨 의미인지 확실히 알 수 있었다. 오늘 대장간에서 본 적이 있는 얼굴이었다. 게다가 별로 기억하고 싶지 않은 얼굴이어서 그런지 더 더욱 기분이 나빠지는 것을 느낄 수 있었다.

'그래 봤자 개는 개. 주인이 없으면 사납게 짖을 뿐이다.'

그때 뒤에서 볼일을 보다가 안에서 누군가 소리치는 것을 들은 스텔린은 급히 뒷문을 열고 안쪽으로 들어왔다. 항상 여자 같은 이름을 콤플렉스로 삼던 그는 곤란한 얼굴로 허리를 반쯤 굽히고 씩씩거리고 있는 기사를 향해 고개를 숙였다.

"아이고… 어르신, 무슨 일이시기에 그리 화를 내십니까?"

"후우… 후우… 오늘 저녁 식사는 뭐냐?"

"예? 아, 이곳에서 최고로 칠 수 있는 고기 스튜에 흰 빵……."

"뭐라고?!"

쾅—!

순간 하만의 발에 의자가 걷어차이며 구석에 처박혔다. 안에 있던 마을 사람들은 술값을 탁자 위에 올려둔 채 하나둘씩 주점을 빠져나가고 있었고 하만은 연신 화를 내며 스텔린을 곤란하게 만들었다.

"고기 스튜 따위를 내놓다니! 그래 가지고 장사해 먹겠나?"

개구리 올챙이 적 생각하지 못한다는 소리가 딱 들어맞는 상황이었다. 하만도 하급 기사의 칭호를 받기 전에는 그저 보통 용병이었을 뿐. 어쩌면 하만 자신이 그 사실을 기억하지 않으려고 하는 건지도 몰랐다. 하지만 하만의 생각이야 어찌 됐든 룬은 하만을 한 대 쳐버리고 싶다는 욕망이 아주 약간 솟아오르는 것에 당황해했다. 하지만 지금 싸운다고 해도 법에서 이길 자신이 없는 룬은 주먹에 주고 있던 힘을 풀고 다시 문을 나서려 했다.

"응? 넌 뭐야!"

"룬!"

잔뜩 화가 난 듯한 목소리가 머리 뒤를 강타함과 동시에 너무나도 처절한 스텔린의 목소리가 룬의 귓가를 시끄럽게 만들어놓았다.

룬이 주먹에 힘을 주었다가 푼 것을 언뜻 본 하만은 드디어 화를 풀 만한 상대가 생겼다고 생각했다. 하지만 룬은 하만이 무슨 생각을 하는지 생각하는 대신 가만히 몸을 뒤로 돌리고 고개를 숙였다.

"왜 그러십……."

퍽—!

강인한 주먹이 룬의 얼굴을 후려치자 룬은 미처 말을 끝맺지 못했다. 룬은 주먹이 자신의 얼굴을 향해 날아오는 것을 보고 급히 그 반대 방향으로 머리를 돌렸다. 당연히 다른 사람이 보기에는 룬이 하만의 주먹을 정통으로 맞고 허리를 절반이나 꺾어버린 것처럼 생각했을 것이다. 룬은 일부러 몸을 약간 과장되게 비틀거리면서 자신에게 주먹을 휘두른 하만의 얼굴을 언뜻 바라보았다. 잔뜩 우그러진 얼굴, 하지만 룬의 얼굴은 그런 하만의 얼굴과는 대비되게 아무런 표정도 없는 얼굴이었다.

"곱상하게 생겨 가지고 어디서 사람을 노려보는 거냐!"

이번에는 하만의 발이 룬의 배를 걷어찼다.

"큭……."

오랜만에 느낀 아픔이었다. 누군가에게 맞는다는 느낌은 정말로 오랜만에 느껴지는 감각이었지만 결코 기분 좋은 일은 아니었다. 하지만 룬은 그 고통을 참으려 했다. 지금 여기서 반발을 했다가는 자기 자신뿐만 아니라 스텔린도, 그리고 자신과 관계되어 있는 엠슨도 피해를 볼 수 있었다. 어차피 이 정도 맞는다고 죽지는 않을 것 같았다.

"이 빌어먹을 자식! 감히 천한 평민 주제에 감히 내 심기를 건드려? 죽어봐라, 이놈!"

그렇게 몇 번이나 쓰러진 룬의 몸을 걷어차던 하만은 그래도 분이 풀리지 않는지 옆에 쓰러져 있던 의자의 등받이 부분을 잡고 잔인한 웃음을 흘렸다. 맞으면서도 주위 상황을 보고 있던 룬의 머리 속이 빠르게 돌아갔다.

'잘못하면…….'

술집의 의자는 튼튼하고 무거운 나무로 만들어져 있다. 당연히 오래 쓰기 위함이지만 일부 술꾼들이나 싸움꾼들은 그런 의자를 잡고 흉기로 삼기도 했다.

하만이 그 의자를 자신의 머리 위로 들고 내려치려고 하자 룬은 몸을 굴리기 위해서 몸 전체에 힘을 주었다. 다 같이 살고자 지금까지 맞아준 거다. 여기서 허무하게 죽을 수는 없었다. 무엇보다도 룬에게 중요시되는 건 자신의 생존이었다.

"하만, 그만두지 못하겠는가?"

"히, 히익! 레전트님?"

그때 어떤 젊은 남자의 목소리가 룬의 귀에 들려왔다. 하만은 급히 머리 위로 들어 올렸던 의자를 바닥으로 내던졌다. 의자가 바닥과 접촉하며 요란한 소리를 냈지만, 그 목소리의 주인공은 그런 것에는 신경을 쓰지 않는지 천천히 계단을 걸어 내려왔다. 룬도 고개를 돌려 하만을 말 한마디로 저지한 목소리의 주인공을 찾았다. 왠지 건방져 보이는 특권 계층 특유의 분위기. 하지만 장난이 심할 것 같은 얼굴의 청년이 2층에서 1층으로 내려오는 계단을 천천히 내려오고 있었다.

"저녁 식사가 뭔지 알라고 내려보냈더니, 이게 무슨 난장판이지?"

"예, 예! 그것이… 이 천한 평민 놈이……."

룬은 순간 그 청년의 이마에 주름살 몇 개가 생겨나는 것을 놓치지 않고 볼 수 있었다. 하지만 그 표정은 거의 변하지 않았기 때문에 룬 이외의 사람은 아무도 청년의 표정 변화를 눈치 채지 못하고 있는 것 같았다.

"변명은 그만둬. 누가 뭘 어쨌다는 말이야?"

순간 하만은 입을 다물어야 할지, 아니면 자기 변호를 해야 할지 헷

갈렸다. 분명히 저 레전트는 변명을 하지 말라고 했지만 그 뒤에 누가 뭘 어떻게 했냐고도 물었기 때문이다. 하만이 우물쭈물거리는 동안에 레전트는 계단에서 내려오더니 쓰러져 있는 룬의 앞까지 다가와서 룬을 내려보았다.

"죽었나?"

"……."

"흠, 죽지는 않았군."

허리도 구부리지 않은 채 룬을 툭툭 차던 레전트는 뒤쪽 사람들이 보이지 않게 주의하며 품속에서 작은 주머니 하나를 빼서 쓰러져 있는 룬에게 던졌다. 그리고 룬이 몸을 꿈틀거리자 급히 입 모양만으로 말했다.

'가만히 있어.'

그 주머니는 마치 생명을 가진 무엇인가처럼 룬의 옷 사이로 들어갔고 레전트는 시침을 뚝 뗀 채로 말했다.

"귀족인 내가 평민에게 허리를 숙일 거라고는 생각하지 않겠지?"

"…예."

"좋아, 그럼 사라지도록."

귀족치고는 조금 특별나다. 룬은 자리에서 일어나 가만히 고개를 숙여 인사를 한 뒤 가게를 빠져나갔다. 뒤쪽에서는 그 청년과 기사의 목소리가 번갈아가면서 들려왔지만 자신이 그 일에 대해서 더 이상 상관할 이유는 없었다. 한참 동안이나 걸어 여관이 시야에서 사라지고 나자 룬은 조심스럽게 품속에서 주머니를 꺼내 흔들어보았다.

'…가루? 무슨 가루지?'

주머니 속에서 사각사각하는 느낌이 전해져 왔다. 마치 돌가루 같은 중량감. 하지만 돌가루 같은 것을 주머니에 담아서 줄 리는 없었다. 물론 쓸데없이 사람 골탕 먹이는 것을 좋아하지 않는다는 가정 하에서.

'열어볼 수밖에 없는 건가?'

룬은 조심스럽게 그 주머니를 끌렀다. 그리고 그 안의 내용물을 바라본 순간 룬은 눈을 조금 찌푸렸다. 스스로 빛을 내뿜는 은색 가루들. 분명히 옛날에 몇 번 정도 본 적이 있던 가루였다.

"힐링 파우더?"

힐링 파우더는 힐링 포션과는 달리 상처에 뿌리는 식으로 상처가 치유되는 마법약 중 하나다. 힐링 포션보다는 가격도 저렴하고 효과도 그럭저럭인 편이지만 그 가격은 결코 만만하지 않다. 한 주먹 정도의 힐링 포션의 가격은 500피안 정도였고 힐링 파우더도 그 3할 정도의 가격을 가지고 있다. 지금 이 주머니에 들어가 있는 힐링 파우더의 가격을 따지자면 적어도 300피안은 될 정도였다.

"어째서……."

어쨌거나 힐링 파우더의 필요 가치는 치료에 있었다. 룬은 손끝으로 은색 가루를 조금 집어내어 하만에게 맞아 약간 욱신거리는 팔에 뿌렸다. 반짝이는 입자가 서서히 빛을 잃어가는 대신 금세 통증이 사라지는 것이 느껴졌다. 룬은 이 가루가 정말로 힐링 파우더라는 확증을 가질 수 있었다. 어째서 그 청년이 겉보기에도 별로 다치지 않은 자신에게 이런 걸 준 것인지 이해는 가지 않았지만 그다지 이해할 필요성은 없다고 생각했다. 결론적으로 힐링 파우더는 자신의 손에 있었고, 이것이라면 낮에 찢어진 엠슨의 손도 간단히 치료할 수 있을 것이다. 룬은 시간이 꽤 늦었다는 것을 인식하고 대장간을 향해서 빠르게 발을 움직였다.

                    *   *   *

  흰빛 달이 구름을 몸에 걸치고 하늘 위에 떠 있었다. 달의 여신이자
모든 것의 첫 번째로 태어난 자. 지혜로운 어머니인 헤르세니안은 태
초 신임에도 불구하고 다른 인간에게 별로 존경받지 못하는 비운의 여
신이었다. 인간은 보통 낮에 행동하기 때문에 밤의 세계에 익숙하지
못하기 마련이다. 그렇기에 밤이 가져다 주는 안식과 휴식의 진정한
의미를 아는 이들은 꽤나 희귀했다. 대부분의 인간은 밤의 어둠 속에
서 공포와 혐오를 찾았다.
  "에취! 젠장… 더럽게 춥네."
  마을의 입구를 지키는 수비병인 한스는 몸을 덜덜 떨면서도 주위를
계속 두리번거리고 있었다. 어제까지만 해도 있었던 '경비 초소'였던
건물은 지금은 거의 완벽히 부서져 잔해밖에 남아 있지 않았다. 밤늦
은 시간에 마을의 입구 주위를 순찰하고 돌아와 보니 경비 초소 대신
완전히 박살나 버린 나무판자와 얇은 철판 등등이 눈에 보였다는 것이
어제 경비 당번이었던 폴의 진술이었다. 경비 초소가 큰 편은 아니었
지만 하루 만에 새로 지을 수 있을 정도로 작은 정도는 아니었고, 예산
도 모자랐기 때문에 한스는 '임시 경비 초소'라고 쓰여진 나무판자를
걸어둔 천막 안에서 가을 중순의 밤이 얼마나 추운지 온몸으로 느껴야
했다.
  "누, 누구냐! 정체를 밝혀라!"
  그때 갑자기 새까만 무언가가—밤이라서 다 까맣게 보이는 것일 가능성
이 높았다—천막 안으로 불쑥 들어오자 한스는 혼비백산하며 안고 있던

창을 '정체 불명의 까만 무엇인가'에게 겨누며 외쳤고, 그 '정체 불명의 까만 무엇인가'는 곧 사람의 언어로 말을 해서 한스를 안심시켰다.

"나야, 나, 이 사람아."

"후우, 간 떨어질 뻔했잖아."

"창이나 똑바로 쥐게. 따뜻한 수프를 가져왔으니 이것 좀 먹으면서 하게나."

한스는 폴의 지적에 창의 창날이 자신에게 향해져 있다는 것을 깨닫고 거꾸로 쥐었던 창을 똑바로 쥐며 폴이 건네는 그릇을 받았다. 아직도 따뜻한 김이 올라오는 수프를 보며 한스는 자신이 방금 전까지만 해도 이 일에 대해서 불평이 아주 많았다는 것을 잊어버리고 행복한 표정을 지으며 말했다.

"그나저나… 웬일인가?"

"어제 내가 나간 사이에 경비 초소가 박살이 나서 자네가 이 고생이지 않은가. 그래서 따뜻한 거라도 가져다 주려고 온 거라네."

"자네 탓도 아닌데… 별수없지 않은가. 후룩… 그나저나 이 수프 맛있군. 부인이 음식 솜씨가 좋구먼."

"우리 집 여편네가 음식 솜씨 하나는 기가 막히지."

폴은 한스가 자신의 부인을 칭찬하자 입 끝이 귀에 걸린 채로 고개를 끄덕거렸다. 폴은 입맛을 쩍쩍 다시며 조금 전까지만 해도 수프가 들어 있던 텅 비어버린 나무 그릇을 옆에 놓고 한숨을 푹 내쉬며 밖을 바라보았다.

"그나저나 도대체 어떻게 하면 그렇게 건물 하나를 박살 낼 수 있는 건지…….

"그러게나 말일세. 순찰을 도는 데 담배 두 대 피울 정도 시간밖에 지나지 않았는데, 그동안에 그 자리에 뭐가 있었는지도 모를 정도로 건물을 박살 내다니……."

"그전부터도 좀 삐거덕거리지 않았나? 오래돼서 말이야."

"그건 그렇지, 자네 몸처럼."

"흠! 무슨 소리야? 적어도 내 몸이 자네보다는 튼튼할 거네."

"허허, 이 사람… 농담일세, 농담."

폴은 입을 다문 채 바깥으로 나갔고 한스도 그를 따라 바깥으로 나갔다. 물론 둘은 한 손에는 담배 파이프를 쥔 채였다. 한스가 부싯돌을 부딪쳐 파이프에 불을 붙인 후 폴에게 불씨를 옮겼고 폴은 연기를 쭉 빨아들이며 하늘을 바라보며 말했다.

"이보게."

"응?"

"달이 참 밝다고 생각하지 않는가?"

"음? 음… 그렇구면."

조금 전까지만 해도 구름을 몸에 두르고 있던 흰 달은 조금씩 붉은 빛을 머금으며 구름을 벗어나 있었다. 한참 동안 그렇게 서서 담배를 피우던 한스는 문득 지금이 순찰을 돌 시간이라고 생각하고 걸음을 옮기며 말했다.

"난 순찰이나 한번 돌아야겠네. 부인에게 수프 잘 먹었다고 전해주게나."

"……."

"음? 자네 왜 그러나?"

"크……."

폴이 갑자기 자리에 주저앉자 한스는 깜짝 놀라 파이프를 떨어뜨리고 그에게 다가갔다. 한스는 심하게 몸을 떨고 있는 폴에게 계속 말을 걸며 등을 흔들었다.

"이봐! 정신 차려!"

"한… 스… 으……."

한스는 폴이 이상한 신음 소리를 내며 자신을 향해 고개를 돌리자 흠칫 놀라며 뒤로 물러섰다.

"포, 폴? 자네 얼굴이……?"

"크아아아!"

갑자기 폴의 강인한 팔이 한스의 얼굴을 움켜잡았다. 병사들 중에서는 꽤 센 힘을 가지고 있었던 폴이지만, 사람의 얼굴을 한 손으로 잡고 두개골을 부술 정도로 강한 힘은 없었다. 하지만 폴은 한스의 얼굴을 잡아 땅에 찍어 누른 채로 계속 이상한 울음소리를 내며 몸을 떨었다.

"아아악! 포, 폴! 왜 이러나!"

"캬오오오오!!!"

폴의 모습이 점차 변하기 시작했다. 얼굴과 몸에 털이 나기 시작하며 그의 몸을 덮고 있던 옷은 근육의 팽창을 견디지 못하고 찢어졌다. 폴은 숙였던 몸을 천천히 일으킨 후 자신이 손에 쥐고 있는 무언가를 감지하고 그것을 자신의 눈 높이까지 들어 올려 냄새를 맡았다.

"히, 히익! 괴, 괴물?!"

늑대의 얼굴을 한 폴이, 아니, 정확히는 폴이었던 그것은 한스가 소리를 지르자 신경에 거슬리는 듯 얼굴을 찌푸리고 팔을 크게 휘둘렀다. 라이칸슬로프의 강한 힘에 의해 땅에 패대기쳐진 한스는 온몸이 부서지는 듯한 충격을 받으며 임시 초소였던 천막에 날아가 박혔다.

"크르르……."

라이칸슬로프. 그것은 질병에 가까운 저주받은 흑마법 중 하나였다. 저주에 걸리거나 이 저주에 걸린 라이칸슬로프에게 당한 인간은 그와 같은 라이칸슬로프가 되어 뇌리에 오직 본능과 파괴만이 남고 이성과 평화에 관한 생각은 완전히 망각해 버리고 만다. 라이칸슬로프는 아직도 천막 속에 파묻혀 신음하고 있는 한스에게 천천히 다가갔다. 얼굴은 이미 완전히 늑대의 그것이 되어버렸고 인간의 상체와 비슷한 그 몸에는 짐승에게서나 찾아볼 수 있는 굵고 두꺼운 털이 자라 있었다.

"아, 아……."

한스는 자신에게로 천천히 다가오는 괴물을 바라보았다. 죽음이 코앞에 엄습해 왔지만 한스는 그것에 저항할 수 없었다. 땅에 팽개쳐질 때의 충격으로 몸의 여기저기가 망가져 있었고, 몸이 멀쩡하다고 해도 이미 한스의 정신은 몸을 지배하지 못했다.

"폴… 제발… 제발… 정신을……."

하지만 한스는 자신의 가장 친한 친구이자 웃는 얼굴이 잘 어울렸던 폴을 그 괴물에게서 찾아볼 수 없었다. 그에게는 오직 살육과 광기의 충동이 눈동자에 붉게 서려 있는 괴물밖에 보이지 않았다. 그 괴물은 자신을 죽일 생각으로 천천히 그를 향해 걸어오고 있었다. 마치 상처 입은 사냥감이 더 이상 도망칠 수 없다는 것을 알고 있기라도 한 것처럼.

"으… 으……."

한스의 손끝에 뭔가 베이는 듯한 아픔이 느껴졌고 한스는 겨우 고개를 돌려 손에 쥐어져 있는 것을 바라보았다. 부러진 창의 날. 한스는 눈을 돌려 벌써 자신의 눈앞까지 다가와 있는 괴물을 힐끔 바라보았다. 이런 창날로 찔러도 별로 상처도 나지 않을 것 같은 괴물의 몸과 이미 부서져 거의 움직일 수조차 없는 자신의 몸… 한스는 힘겹게 창날을 들어 올렸다.

"으… 으……."

한스는 마지막 힘을 손에 쥐고 있는 창날에 쏟았다.

"아아아악!"

창날이 심장으로 파고들자 섬뜩한 아픔이 뼛속 깊이 스며들었다. 하지만 얼마 지나지 않아서 무거운 졸음이 한스의 온몸을 가볍게 짓눌렀다. 한스는 손끝의 감각이 점점 둔해지는 것을 아득하게 느끼며 점점 감기는 눈꺼풀을 막지 못했다. 그리고 완전히 눈을 감고 말았다.

키이이잉—

레전트는 수정 구슬이 낮고 날카롭게 진동하는 소리에 눈을 뜨고 주위를 둘러보았다. 아직 해도 뜨지 않은 한밤중이라는 사실을 깨닫기는 했지만 짜증스러운 몸짓으로 옷걸이에 걸쳐 놓은 옷을 입기 시작했다. 곧 마지막으로 낡은 망토를 어깨 위에 걸친 레전트는 분명히 아직 자고 있을 한 명의 기사와 두 명의 용병을 떠올리고 한숨과 함께 비웃음을 지었다.

"역시… 이래서 용병이나 하위 기사가 쓸모없다는 소릴 듣지."

레전트는 그렇게 생각을 하며 창문을 열고 수정구를 치켜들었다. 그러자 수정구에서 붉은 빛이 나타나더니 어느 점을 향해 깜빡이기 시작했고 그는 창밖으로 뛰어내려 그 빛이 가리키는 쪽으로 날아가기 시작했다.

"……!"

막 대장간의 정리를 마친 룬이 방 안으로 들어가려고 했을 때, 옅지만 확실히 느껴지는 묘한 느낌이 룬의 온몸을 전율하게 만들었다. 광기와 살기, 무언가를 파괴하려고 하는 본능에 충실한 냄새가 어딘가 멀리에서 바람을 타고 흘러오고 있었다. 인간은 아무리 악하다고 해도 이렇게 광기나 살기를 흘리지 못했다. 이성이라고는 전혀 없는 광전사의 그것이라면 가능하지만. 그 냄새는 서서히 짙게 바람 속에 스며들어 문을 열어놓은 대장간 안으로 흘러오고 있었다. 원래 이 세계의 존재가 아닌 마물의 자취가.

스윽—

반사적으로 자리에서 일어난 룬이었지만 지금 자신이 무엇을 해야 할 것인지 생각나지 않았다. 어쩌면 이곳에서 도망쳐야 할지도 몰랐다.

'이 년 전의… 그때처럼.'

이런 작은 마을의 경비대 따위가 상대할 만큼 마물들은 약하지 않았다. 물론 마물의 종류나 강함에 따라 다르겠지만 기본적으로 마물이 인간에 비해 몇 배나 강인한 생물이었다. 검을 버린 자신이 상대할 수 있을 정도로 마물은 만만한 상대가 아니었다.

'끼어들 이유가 있나? 아니, 끼어들 수는 있는 건가?'

그때 잠이 잔뜩 묻어나는 엠슨의 목소리가 안쪽에서 들려왔다.

"으음… 무슨 일인가, 룬?"

"아무 일도 아닙니다."

도망쳐야 하는 건지, 아니면 맞서 싸워야 하는 건지. 룬은 자신이 어떻게 행동을 취해야 하는지 갈피를 잡지 못하고 있었다. 지금 당장 이곳을 떠나서 벗어나면 룬은 살아남을 수 있다. 마물은 살육에 취해 이 마을의 모든 사람이 다 죽을 때까지 이곳을 벗어나지 않을 테니까. 룬이 도망칠 시간은 충분했다.

하지만 뭔가 룬을 잡고 늘어졌다. 이곳에서 도망치면 안 된다고 룬을 끌어당기고 있었다. 룬은 익숙하지 않은 그 느낌에 눈을 감고 자신이 어떻게 해야 하는지 생각했다.

그동안에도 살기와 광기는 점점 짙어지고 있었다. 결코 약한 느낌이 아닌, 아주 강렬한 광기가 차가운 가을바람을 타고 룬의 온몸에 파고들었다.

"나는……."

"우아악! 괴물이다!"

"경비대들은 어디로 간 거야! 경비대들!"

라이칸슬로프는 주위의 소리에는 신경 쓰지 않고 목구멍을 통해 넘어가는 끈적거리는 느낌을 즐기고 있었다. 사방으로 뛰어 달아나는 인간들. 그들은 결코 강하지 않았다. 그저 훌쩍 뛰어서 아무나 하나 잡아채 공포에 떠는 그것의 눈을 무시하고 팔이나 다리를 잡아 뽑는다. 그리고 공포에, 고통에 미친 듯이 울부짖는 그것의 목을 물어뜯어 배를 채운다. 이것은 아주 간단하고 누구에게도 방해받지 않을 행동이었다. 라이칸슬로프는 인간을 물어뜯을 때마다 미친 듯이 흘러 들어오는 쾌감을 더 더욱 얻기 위해서 다시 공중으로 뛰어올랐다.

"별로 보기 좋은 장면은 절대로 아닌데 말이지……."

문득 라이칸슬로프는 어디선가에서 느껴지는 기분 나쁜 느낌에 입에 물고 있던 인간의 시체를 옆으로 던지며 주위를 둘러보았다. 다섯 개의 푸른 빛덩이가 밤하늘을 아름답게 물들이며 날아와 라이칸슬로프에게 향했고, 라이칸슬로프는 무언가가 자신에게 날아오자 재빨리 뒤로 뛰어서 그것을 피했다.

"크어어어엉!"

"헉?! 피했어?"

지붕 위의 라이칸슬로프가 보지 못하는 사각에서 매직 미사일을 쐈던 금발의 청년 레전트는 분노의 포효를 지르는 라이칸슬로프를 보며 기가 차다는 듯이 중얼거렸다. 매직 미사일은 하위 마법이지만 일단 목표를 정해두면 그 목표를 끝까지 따라간다.

매직 미사일을 막는 방법이라고 한다면 말 그대로 방패나 기타 등등의 단단한 물건으로 '막든가', 아니면 매직 미사일이 거의 몸에 닿았을 때 몸을 움직여 '피하든가', 그것도 아니라면 디스펠 매직으로 '무효화'를 시키든가 하는 방법이 있다. 첫 번째나 세 번째 방법은 그나마 가능성이 있고 사실 대부분 사용되는 방법이지만 거의 석궁에서 발사되는 쿼렐의 속력과 맞먹는 매직 미사일을 보고 피한다는 것은 웬만한 실력이 아니고는 불가능한 소리였다. 하지만 지금 라이칸슬로프는 불가능한 방법을 해냈고, 그것은 곧 이 라이칸슬로프가 보통은 확실히 넘는다는 것을 말해 주고 있었다.

'그렇다면……'

레전트의 머리 속에서는 저 라이칸슬로프를 최대한 빨리, 확실하게 처리하는 방법이 재빨리 검토되기 시작했다. 그가 쓸데없이 라이칸슬로프와 싸우려 하는 건 아니었다. 그가 필요한 것은 라이칸슬로프의 심장이었다.

라이칸슬로프는 마법 저항력이 상당히 강했다. 그렇기 때문에 슬립 같은 주문에 걸릴 리는 없었고 파이어 볼 같은 주문은 사용하기에 곤란했다. 그런 대단위 주문을 사용하면 마을 안에 큰 피해가 가게 된다.

'그렇다고 접근전으로 갈 수는 없는 노릇이고……?'

몸이 허약한 편인 마법사가 저런 괴물을 상대로 육탄전을 하는 것은 분명히 무리였다. 물론 전투 마법사인 레전트는 일반인에 비하면 몸이 좀 더 강한 편이기는 했지만 저 괴물은 그런 '좀 더 강한 정도'로 상대할 수 있을 만큼 만만한 상대가 아니었다.

"우오오오오!"

그때 라이칸슬로프가 길게 포효하더니 레전트가 숨어 있는 지붕으로 뛰어 올라왔다. 강한 각력을 가진 라이칸슬로프였기에 몇 번 정도 점프하자 곧 레전트가 있는 곳까지 도착했고 라이칸슬로프는 레전트가 미처 반응하기도 전에 길다란 손톱을 휘둘렀다.

"악?!"

레전트는 몸을 재빨리 옆으로 굴리며 어지러운 머리를 움켜잡고 재빨리 캐스팅을 했다. 사실 마법사가 이런 급박한 상황에서 마법을 쓴다는 것은 힘든 일이었지만 레전트는 아티팩트의 힘을 이용하여 지금 이 상황을 벗어났다.

"플라이!"

라이칸슬로프가 지붕 위를 구르고 있는 레전트를 향해 다시 한 번 손톱을 휘둘렀지만 이미 레전트의 몸은 하늘을 향해 무서운 속도로 올라가고 있었다. 라이칸슬로프의 각력이 아무리 강하다고 해도 하늘을 나는 것을 공격하기에는 무리였기 때문에 라이칸슬로프는 하늘에 떠 있는 레전트를 보며 분노에 찬 포효를 내질렀다.

"하, 하아, 주, 죽을 뻔했다……."

레전트는 완벽히 피하지 못해 손톱에 찢긴 옷과 그 옷을 빠르게 물들이며 스며 나오는 붉은 피를 보면서 한숨을 쉬었다. 레전트는 품속에 손을 넣어서 뭔가를 찾다가 뭔가 머리 속에서 짧게 스쳐 지나가는 것을 느꼈다. 상처를 치유하기 위해 준비했던 힐링 파우더는 낮에 하만에게 얻어맞아 만신창이가 된 남자에게 건네주었던 것이다.

"하만 녀석, 도대체가 도움이 안 되는군, 도움이. 아, 지금은 이게 중요한 게 아니지."

이대로 있으면 곧 있으면 경비대가 출동할 것이고, 그렇게 되면 피해가 걷잡을 수 없이 커지게 된다. 이런 마수에게 어설픈 공격을 해서 피해를 입히면 오히려 그 마수는 더 더욱 분노하게 된다. 자신이 괴물을 최대한 빨리 처리해야 마을에 가는 피해가 줄어드는 것이다. 레전트는 그렇게 생각하며 아래를 내려다보았다.

"좋아, 이번에도 피하나 보자."

라이칸슬로프는 하늘에 떠 있는 레전트를 분노에 찬 눈빛으로 노려보고 있었다. 레전트는 혹시나 하는 심정으로 자신을 지붕 위의 닭을 쳐다보듯 보고 있는 라이칸슬로프를 향해서 매직 미사일을 캐스팅했다. 짧은 캐스팅이 끝나자 푸른 빛덩이 네 개가 생겨났고, 레전트는 자신의 푸른 눈동자를 라이칸슬로프에게 고정시켰다. 목표의 지정이 끝나자 그 빛덩이들은 목표물을 향해 빠른 속력으로 날아들었다.

"크어어엉!"

와작―

라이칸슬로프가 지붕 위를 손으로 내려치자 지붕이 무너지며 라이칸슬로프의 몸이 집 안으로 떨어져 갔다. 매직 미사일들은 라이칸슬로프를 따라 집 안쪽으로 들어갔고 레전트는 라이칸슬로프가 아마도 그 공격을 피했을 것이라고 생각하며 얼굴을 찡그렸다.

"곤란한데… 쳇, 작전상 후퇴다."

잔인하고 광기에 가득 차 있었지만 본능이 주는 지혜는 꽤 영악했다. 일반 평민이 그만큼 당하는 것은 레전트로서 찜찜하기는 했지만 이 상태로는 저 괴물을 이길 수 없다는 것은 사실이었다. 레전트는 플라이의 효력이 떨어지기 전에 일단 어딘가로 도망가서 조금 더 체계적인 계획을 세우기로 생각하고 밤하늘을 가로질러 날아가기 시작했다.

인간은 마물이나 다른 존재에 비하면 매우 약하다. 특별히 강한 인간이 아니고서는 맨손으로 밭을 가는 황소나 타고 다니는 말조차 이길 수 없을 만큼. 인간은 자연에 존재하는 모든 존재에게 비교해서 가장 약하다고 할 수 있을지도 모른다. 신의 자손이라고, 하늘에서 내려온 자라고는 하지만 인간의 육체는 약했다. 그러기에 인간은 지혜를 짜내었다. 생존하기 위해서, 그리고 다른 존재를 지배하기 위해서.

인간들은 도구를 만들었다.

도구를 만들 수 있게 된 인간은 다른 존재들을 지배하며 이길 수 있게 되었다. 맨손으로는 아무것도 할 수 없었던 인간은 도구를 쥐는 것만으로도 모든 존재의 위로 올라설 수 있었다. 하지만 인간은 곧 그것이 자신의 힘이라고 생각했다. 도구의 힘은 결코 인간의 것이 아니었다. 누구든지 사용할 수 있는 것. 그것이 바로 도구였지만 인간은 그 도구를 인간의 한 부분으로 생각했다. 그렇기에 인간들은 도구가 얼마나 소중한지는 몰랐다.

하지만 룬은 인간이 도구에 얼마나 의지하고 있는지 알고 있었다. 검을 놓은 자신이 마물을 상대하는 것은 절대로 무리라는 것을 잘 알고 있었다.

"으아아아악—"

어디선가 수많은 비명 소리가 바람에 얽혀 들려오기 시작했다. 그리고 룬은 차라리 바닥에 주저앉고 싶어졌다. 왠지 역겹고 구역질나는, 도망치고 싶은 느낌이 룬의 뇌리를 짓눌렀다. 이것이 죽음에 대한 느낌인지도 몰랐다.

'도망가야 하는 건가……?'

하지만 뭔가가 룬을 잡아끌고 있었다. 분명히 룬 혼자 나선다고 해봤자 개죽음에 그칠 뿐이고, 룬의 이성은 확실하게 그 상황을 이해하고 있었지만 뭔가가 룬을 잡아끌고 있었다.

"이게 무슨 소린가?"

그때 엠슨이 문을 열고 나와서 모루 앞에 멍하게 서 있는 룬에게 물었다. 룬은 천천히 고개를 돌려 문밖을 바라보며 중얼거렸다.

"싸워야 하는 걸까요?"

"그게 무슨 소린가?"

"싸우면 죽을지도 모릅니다. 싸우지 않으면… 도망가면 살 수 있어요. 하지만 도망가고 싶지는 않습니다. 왜일까요?"

엠슨은 아무 말 없이 룬을 지나쳐 문밖으로 나갔다. 희미하게 들려오던 비명 소리는 점점 더 짙고 선명하게 둘의 귀에 들려오고 있었다. 엠슨은 느끼지 못했지만 이제 바람에는 피 냄새까지 실려서 룬을 자극하고 있었다.

"뭔가 큰일이 벌어진 건가?"

"…그런 것 같습니다."

"전에도 몇 번 말했지만… 나는 말일세. 산다는 것은 그 사는 이유가 있어야 한다고 생각한다네. 그 사는 이유를 찾기 위해서 사는 이들도 있지. 하지만 그 둘에게는 공통점이 있다네. 그게 뭔지 아는가?"

"…아니요. 모르겠습니다."

"도망치지 않는다는 거네."

엠슨의 말에 룬은 몸의 떨림을 멈췄다. 살아가기 위한 이유가 있는 이들. 그리고 그 이유를 찾기 위해 살아가는 이들. 결국 이들은 도망치지 않고 현실에 맞선다. 자신의 신념을 지키기 위해서, 그리고 신념을 찾기 위해서.

"자네는 이 땅과 별로 인연이 없겠지만… 나는 수십 년 간 여기서 일해왔네. 나에게는 이미 이곳은 고향이지. 나에게는 이곳이 지켜야 할 곳이네. 땅뿐만이 아닐세. 자신의 신념이나 생각… 그런 것도 살아가면서 지켜야 할 뭔가겠지."

고개를 숙이고 있는 룬의 어깨를 엠슨의 손이 두들겼다.

"자신의 생각을 부정하지 말게나. 자네는 아직 젊으니 좀 더 오래 살아야 할 테지만… 나는 별로 삶에 미련이 없다네. 그저 이곳을 지키고 싶을 뿐이지."

엠슨은 그 말을 끝으로 작고 왜소한, 늙은 몸을 이끌고 바깥으로 뛰어나갔다. 하지만 룬은 엠슨을 말리지 못했다. 살아간다는 것. 룬은 이 땅에 살고 있었다. 몇 년이란 시간은 짧지만 긴 시간이었다. 룬은 그 시간 속에서 이 땅에서 계속 살아왔다.

"지켜야 할 것……"

룬은 자신이 무엇을 지켜야 하는지 생각하지는 못했다. 그저 삶에 대한 집착을 가지고 살았을 뿐. 자신에게 살라고 말했던 리테일의 말의 의미는 그저 살아남으라고 한 거였을까.

룬은 대장간 옆에 세워져 있던 롱 소드 두 자루를 차례차례 칼을 뽑아 공중에서 휘둘러 보았다. 잠시 후 그 롱 소드들은 구석에 던져졌고 대신 룬의 손에는 잘 만들어진 삽 한 자루가 쥐어져 있었다.

룬은 담금질을 할 때 사용하기 위해 대장간 옆의 공터에 쌓아둔 숯더미를 헤집더니 삽으로 땅을 파기 시작했다. 어두운 밤이었지만 하늘에 떠 있는 붉은 달이 밝은 빛을 비추고 있어서 일은 그다지 힘들지 않았다.

어느 정도 땅을 파 나가던 룬의 손끝에 뭔가 걸리는 느낌이 전해져 왔다. 룬은 삽을 옆에다가 놔둔 다음 손으로 땅을 헤집기 시작했다. 아픔이 느껴지며 작은 돌들이 손끝에 무수히 많은 상처를 입혔지만 룬은 그것에는 신경 쓰지 않고 땅에 묻혀 있는 것을 파냈다.

이 년 동안 자신이 살았던 이곳. 이런 곳 따위에 그다지 연연하고 싶지는 않았다. 지금 룬이 땅을 파고 있는 것은 이 마을, 페츠를 위해서가 아니었다.

"나는……."

살기 위해서 검을 버린다고 생각했지만 그것은 자신의 삶에서 도망쳐 다니고 있었을 뿐. 검을 버리고 단순히 안전한 생활 속에 사는 것. 헛된 시간도 아니고 잘못된 시간도 아니었지만 룬은 자신의 판단이 잘못되어 있었다고 생각했다. 그런 삶은 마음이 부르짖는 삶에서 도망가는 거짓된, 잘못된 삶이었다.

"죽어 있었나……."

툭—

룬은 손끝에 흙이 아닌 느낌이 닿자 그것을 조심스럽게 땅 위로 끌어내었다. 기름을 먹인 두꺼운 천으로 둘둘 말려 있는 길다란 뭔가는 흙이 잔뜩 묻어 있었다.

"지금 내가 어디에 살고 있는 것 따위는 아무래도 상관없어……."

흙이 묻어 있는 천이 풀어지자 길다란 검집이 룬의 손에 쥐어졌다. 룬은 마무리까지 잘 되어 있는 검의 손잡이를 잡고 천천히 뽑아냈다. 거의 1, 2년 동안 땅속에 묻혀 있던 것이라고는 믿어지지 않을 만큼 서슬 시퍼런 깨끗한 소리가 울리며 룬이 만들었고 룬이 묻어버렸었던 검이 칼집에서 뽑혀 나왔다.

유일하게 룬이 생명을 불어넣을 수 있었던 물건. 자신에게 있어서 가장 솔직한 마음이 되었기에 생명을 불어넣을 수 있었던 물건이다.

"도망치지 않아… 이제는……."

바보 같았다. 바보 같은 행동이었다. 버린다고 버릴 수 있는 게 아니었는데. 그런데 룬은 자신이 산다는 것을 잘못 이해하고 도망치며 자신의 마음을 배반했다. 부끄러움, 분노, 공포. 감정 몇 개가 떠올랐다. 도망치기만 해서는 삶의 이유를 찾을 수 없었다.

"내가 사는 이유를."

마음이 외치고 있었다. 싸우라고. 그리고 지키라고 외치고 있었다. 룬은 자신이 만든 이름없는 검을 들고 비명 소리가 들려오는 곳으로 뛰어가기 시작했다. 이제는 도망 따위 치지 않는다. 살아남아서… 끝까지 싸우고 살아남아서, 그리고 자신이 사는 이유를…….

"찾겠어."

"레, 레전트님! 어디 갔다 오시는 겁니까? 앗! 그 팔의 상처는?"

레전트가 날아서 여관으로 돌아가자 자신의 방에 들어와서 어쩔 줄 몰라 하고 있는 하만이 보였다. 일단 전투 준비가 끝난 모습의 하만을 바라보며 레전트는 약간 비웃음 섞인 목소리로 말했다.

"이미 한 판 하고 오는 길이다. 만만찮은 녀석이야."

"예?"

"죽을지도 모른다는 거다. 나야 상관없지만 너희들은 어때?"

사실은 상관없을 리는 없지만 레젼트는 자신의 말에 하만과 두 용병이 벌벌 떠는 모습을 보았다. 레젼트의 솜씨를 알고 있었던 하만은 레젼트가 다쳐서 돌아온 이상 자신은 죽어도 그것을 이길 수 없다고 확신했다. 하지만 약한 모습은 보이기 싫었는지 이빨과 이빨이 부딪쳐 딱딱거리는 것을 억지로 참으며 침을 삼켰다.

"괘, 괜찮습니다! 저는 자랑스러운 가디언의 일원으로서……."

"관둬, 다리 떨면서 그런 소리 하면 설득력없어."

레젼트가 막 하만에게 핀잔을 주려고 할 때 밖에서 비명 소리가 울려왔다. 갑옷을 입은 경비대들이 뛰어가느라 철컥거리는 소리도 간간이 나고 있었고, 모든 건물은 불이 꺼진 채 문이 꼭꼭 닫혀 있었다.

'그래 봤자 라이칸슬로프에게 있어서 나무 문짝 따위는 아무것도 아닐 텐데.'

레젼트는 어떻게 하면 최대한 피해없이 라이칸슬로프를 잡을 수 있을지 곰곰이 생각하기 시작했고, 세 명의 남자는 그런 레젼트의 행동을 보며 어쩔 줄 몰라 하고 있었다. 그때 하만이 문득 자신의 곁에 서 있는 용병들의 허리에 롱 소드가 없다는 것을 눈치 채고 크게 소리를 질러 호통 쳤다.

"빨리 가서 검을 찾아와라!"

"하, 하지만 이런 한밤중이라면 분명히 닫혀 있을……."

"잔말하지 마! 문을 열어주지 않는다면 부수고라도 가지고 와!"

"아, 알겠습니다!"

하만의 말은 그에 발생하는 모든 불상사는 자신이 책임을 지겠다는 말이었기 때문에 두 명의 용병은 더 이상의 군말은 하지 않고 밖으로 뛰어가기 시작했다. 곧 나무 계단이 쿵쿵 하고 울리는 소리가 나더니 문이 거칠게 열리는 소리가 난 후 발소리는 점점 멀어지기 시작했다.

그동안에도 레전트의 머리는 계속 돌아가고 있었다. 역시 가능성이 있다면 라이칸슬로프의 움직임을 잠시 멈추고 매직 미사일로 공격하는 방법이 가장 현실성있다는 것이 그가 내린 결론이었다. 하지만 어떻게 하면 그런 재빠른 존재의 움직임을 멈출 수 있을지, 그것이 레전트가 생각해 낸 방법을 불가능하게 만들고 있었다.

"으아아악!"

그때 가까운 거리에서 날카로운 비명 소리가 들려왔다. 그리고 그 뒤에 이어지는 짐승의 포효 소리.

"크어어어엉—!"

"이런… 설마 나를 따라온 건가?"

문득 레전트는 자신의 팔의 상처에서 아직도 피가 약간씩 흐르고 있다는 사실을 눈치 챘다. 그리고 조금 전에 자신이 어떻게 여기까지 왔는지도 기억해 냈다. 아마도 그가 이곳으로 오는 동안에 팔에서 흘러내린 피는 라이칸슬로프가 따라오기 좋은 표식이 됐을 거다. 라이칸슬로프는 시력보다는 후각이 더 좋은 괴물이니까.

"어, 어떻게 하지요?"

"방금 비명 소리는 그 용병 녀석들이겠지? 어쨌든 이곳도 안전하지는 않겠고… 더 이상 피해가 느는 것은 보고 싶지 않으니 어떻게든 해볼까. 하만?"

"예! 레전트님."

"잠깐 밖을 봐. 노골적으로 보지는 말고 조심스럽게."

하만은 레전트의 말에 따라 어리둥절하면서도 창문을 통해 바깥을 보았다. 그리고 곧 숨을 들이키며 창문에서 물러났다. 놀란 표정으로 창문과 레전트를 번갈아 보던 하만은 왜 레전트가 자신에게 그런 일을 지시했는지 의아해했다.

"봤지? 그 괴물의 주의를 잠시간만이라도 돌릴 수 있겠나?"

"예? 저, 저런 괴물을 상대로 말입니까?"

"불가능한가? 스승님이 하사하신 그 마법검이 아까울 지경이군."

잠시 동안이라도 틈이 생기면 매직 미사일을 명중시킬 자신이 있었다. 첫 번째 매직 미사일을 맞게 된다면 움직임이 더 더욱 느려질 테고 그 뒤로는 기절하거나 죽을 때까지 매직 미사일로 공격하는 것이 가능해지니까. 그런 레전트의 생각을 꿰뚫어 보지 못한 하만은 계속 당황스러워하며 변명을 앞세웠다.

"하, 하지만 저는 인간입니다! 아무리 제가 고된 수련을 쌓았더라도 저런 괴물을 상대로 싸우는 건 무리……."

"관둬."

레전트는 그렇게 말하며 자리에서 일어섰다. 하만이 말하는 고된 수련이라는 것이 얼마나 겉보기였는지 알고 있는 레전트는 한숨을 쉬었다. 아마 얼마 있지 않아서 자신의 냄새를 쫓아 라이칸슬로프가 이 여관으로 달려들 것이 확실했다.

"온다."

수정구가 낮은 소리로 경보를 울렸다. 레전트는 재빨리 창가에서 떨어지며 매직 미사일을 캐스팅했고 그 순간 라이칸슬로프가 창문을 부수며 방 안으로 뛰어 들어왔다. 나뭇조각이 사방에 흩어지며 먼지가 휘날렸고 하만은 자신의 눈앞에 나타난 괴물을 보고 그만 그 자리에 얼어붙고 말았다. 이곳은 아무리 낮아도 일단은 2층이었다. 단순한 점 프만으로는 보통 사람이 올라오지 못하는 곳이었다.

"괴, 괴물……."

어떤 생명체든 자신보다 너무나 강한 존재를 만나게 되면 어떤 행동도 할 수 없게 된다. 라이칸슬로프는 레전트보다 앞에 서 있는 하만에게 날카롭게 발톱을 휘둘렀고, 레전트는 급히 라이칸슬로프를 목표로 잡고 매직 미사일을 날렸다.

퍽, 퍽, 퍽, 우직—

뭔가가 세게 두들겨 맞는 소리와 부서지는 소리가 끔찍하게 울렸지만 레전트의 얼굴은 묘하게 굳어버렸다. 매직 미사일을 막는 첫 번째 방법이자 가장 일반적인 방법. 라이칸슬로프는 하만을 들어 올려 방패로 사용하여 매직 미사일을 막아냈던 것이다. 매직 미사일에 정확히 명중당한 하만은 비명도 지르지 못하고 불귀의 객이 되어버렸고 라이칸슬로프는 하만의 시체를 한 손에 든 채 레전트에게 다가오기 시작했다.

'젠장.'

건물 내로 도망가서는 도저히 도망칠 수 없다. 그때 임무보다는 자신의 목숨이 먼저라는 생각이 레전트의 머리 속에서 생겨났고 레전트는 재빨리 손을 휘두르며 캐스팅을 시작했다. 곧 방 안의 마력이 한곳으로 과도하게 압축되기 시작했고 레전트는 마지막으로 중얼거리며 캐스팅을 끝냈다.

"그래도 남 목숨보다는 내 목숨을 먼저 지키는 게 중요하니까… 파이어 볼!"

붉은 불덩어리가 라이칸슬로프를 향해서 날았지만 불행히도 파이어볼은 매직 미사일에 비하면 결코 빠르지 않았다. 라이칸슬로프가 슬쩍 피한 사람 머리통만한 불덩어리는 창문을 뛰어넘어 건너편 건물에 부딪쳐 폭발했고, 그와 동시에 레전트는 라이칸슬로프를 지나쳐 창문 바깥으로 뛰어내렸다. 뜨거운 열풍에 잠시 몸을 가누지 못하던 라이칸슬로프가 짧게 울부짖으며 레전트에게 손톱을 휘둘렀지만 레전트는 급히 고개를 숙였다. 예리한 손톱이 머리카락의 끝을 스치자 금빛 실타래들이 공중에 휘날렸다.

"플라이!"

창문에서 뛰어내리자마자 땅을 향해 떨어질 것이 당연한 레전트는 몸이 중력의 법칙을 거부하듯 하늘 높이 날아올랐고, 라이칸슬로프는 괴성을 지르며 손에 들고 있는 하만의 시체를 방 한구석에 던져 버린 채 아직 높이 떠오르지 못한 레전트에게 뛰어올랐다.

라이칸슬로프의 손톱이 레전트의 다리에 닿았을 때 레전트는 급히 몸을 옆으로 뒤틀었다. 그 결과 다행히 라이칸슬로프의 손에 잡히지 않을 수 있었다. 하지만 마지막에 라이칸슬로프가 발악하듯 손을 휘두르자 라이칸슬로프의 날카로운 손톱이 레전트의 다리를 길게 찢어놓았다. 레전트는 하마터면 땅으로 추락할 뻔했지만 이를 악물고 정신을 추슬러 하늘 높이 날아올랐다.

쿵—

"하아… 하아… 지, 진짜 죽을 뻔… 했다."

거대한 몸집의 라이칸슬로프는 마지막에 레전트에게 한 공격 때문에 중심을 잃고 바닥으로 떨어졌고 레전트는 하늘에서 땅바닥에 붙어버린 라이칸슬로프를 바라보았다. 뼈가 부러지고 근육이 터져 끔찍한 모습이었지만 곧 우둑거리는 소리가 나며 부서진 뼈가 맞춰져 회복되고 근섬유가 다시 연결되기 시작했다. 곧 몸이 완전히 재생된 라이칸슬로프는 자리에서 일어나 분한 듯 하늘을 바라보았다.

"달의 마력을 받아들이는 건가? 스승님이 어째서 힘들다고 했는지 알 만하군."

임무를 받아 떠나기 전 레젠트는 스승님이 걱정스러운 말투로 주의할 점을 말하는 것을 반쯤은 한 귀로 흘렸던 것을 기억했다.

"라이칸슬로프는 달빛 아래에서는 계속 회복을 한다. 원래 달의 마력을 받아들이는 것은 신관들이나 할 일이지만 이 사악한 마물은 기본적으로 달의 마력을 받아들이는 힘을 가지고 있지… 듣는 거냐? 음, 듣나 보군. 어쨌든 그만큼 위험한 마물이니 각별히 조심하도록 해라. 만약 라이칸슬로프에게 물리게 되면 그자도 라이칸슬로프가 되고 만다. 만약 라이칸슬로프에게 물리는 일이 있으면 일이고 뭐고 집어치워 두고 당장 달려와라. 알겠냐? 아, 그리고 갔다 오면서 선물 사 오는 건 잊지 말고. 그 하만이라는 놈 못 미더워서 하는 소린데, 혹시라도 죽으면 마법검은 반드시 회수해 와야 한다. 그거 비싼 거야. 그리고……."

말 중간중간에 끼인 쓸데없는 말까지 생각난 레젠트는 머리를 휘둘러 정신을 가다듬고 저 부서진 여관에 처박혀 있는 하만의 허리에 있는 마법검을 빼올 수 있을 것인가에 대해서 잠시 생각했다. 아주 잠시. 그리고 금방 자신의 아래에 있는 라이칸슬로프를 바라보았다.

"한 가지 더, 라이칸슬로프는 아침이 되면 그 마력을 완전히 상실하고 보통의 인간으로 돌아온단다. 그러니까 심장을 도려내는 건 절대로 첫닭이 울기 전이어야 한다. 알겠냐?"

아침이 되려면 아직 시간이 꽤 남기는 했지만 저런 괴물을 상대로 심장을 도려내는 건 절대로 쉬울 것 같지 않았다. 임무가 더욱더 어렵게 느껴지는 순간이었다. 그때 폭발을 보고 여관 쪽을 향해서 달려오던 경비대들이 라이칸슬로프의 모습을 보고 깜짝 놀라더니 전투 태세를 취했다.

"마물인 건가?!"

"모, 모두들 겁먹지 마라!"

"저… 대장님이 더 겁먹으신 것 같습니……."

"넘어가, 자식아! 이 나이에 내가 겁먹었다고 동네에 알리면 기분 좋냐? 엉? 기분 좋냐고!"

"죄송합니다, 대장님!"

라이칸슬로프는 하늘에서 경비대들에게로 시선을 돌렸다. 더욱 사냥하기 쉬운 사냥감을 찾았다는 듯 그 음흉한 눈은 더 더욱 붉게 물들기 시작했고 입가에는 끈적끈적한 침이 뚝뚝 떨어지기 시작했다. 경비대들은 라이칸슬로프가 자신들에게 공격하리란 것을 예측했는지 창을 앞으로 세우며 라이칸슬로프를 경계했다.

"이놈이나 저놈이나……."

레전트는 라이칸슬로프가 자신에게서 눈을 떼자 바로 파이어 볼을 라이칸슬로프에게 떨어뜨렸다. 본능이 주는 지혜는 상당히 영악하기는 했지만 자신의 머리 위에 원거리 공격이 가능한 적을 놔두고도 눈을 돌리는 바보 짓을 하게 만들어 버린 것이다. 파이어 볼에 직격당한 라이칸슬로프는 온몸에 불이 붙은 채 어디론가 뛰어가기 시작했고 갑자기 하늘에서 떨어진 불덩어리에 놀란 병사들은 하늘을 바라보며 소리를 지르기 시작했다.

"우와! 사람이 날고 있다!"

"뭐야, 조인족인가?"

"날개가 없잖아! 분명히 저건 마법사일 거야!"

레전트는 갑자기 사람들의 시선을 받게 되자 왠지 묘한 기분이 들었다. 공중에 떠서 많은 사람들의 시선을 받는 것은 흔하지 않은 경험이었기 때문이다. 하지만 그 묘한 기분은 다른 곳에서 사람들의 비명 소리가 들려오자 슬며시 사라졌다. 게다가 마을 여기저기에 화재가 일어나고 있었다. 아마도 몸에 불이 붙은 라이칸슬로프가 여기저기로 뛰어다니며 낸 불일 것이다. 레전트는 품속에서 수정구를 꺼내 라이칸슬로프의 위치를 탐색하기 시작했다.

"이놈의 개 머리 괴물, 잡히기만 해봐라……."

"어이, 거기 공중에 떠 있는 마법사! 내려오시오! 할 말이 있소!"

"……."

지상으로 내려간 레전트가 가장 먼저 한 일은 품속에서 마법사 길드의 문장을 꺼내서 대장으로 보이는 사람에게 보여주는 것이었다. 마법사 길드인 '허무의 전당'은 초국가적인 단체로 어떠한 나라의 법에도 속하지 않는다. 즉, 레전트가 어떠한 일을 이곳에서 벌인다고 해도 법으로는 레전트를 처단할 수 없다. 물론 길드에 소속된 마법사들은 자기 스스로 자중하며 범죄를 저지른 마법사는 자신들의 법대로 처리한다. 그런 이유로 마법사들은 여행을 하거나 어떤 일을 위해 돌아다닐 때 길드의 길드원임을 상징하는 문장을 가지고 다녀야 했다. 간혹 마도사급의 마법사들은 길드에서 자진해서 탈퇴하고 아무도 모르는 산속에 묻혀 사는 경우도 있었지만 그건 그리 흔한 경우는 아니었다. 레전트는 가지가 복잡하게 얽혀 있는 지식의 나무가 양각으로 새겨진 문장을 다시 품속에 집어넣고 나서 라이칸슬로프의 출현에 대해 약간의 거짓말을 덧붙여 설명했다.

"내 스승님이 이곳에 고대 흑마법의 잔재가 남아 있다고 해서 그것을 제거하러 온 것이다. 당신들은 어차피 힘이 되지 못할 테니 도망가는 게 좋을 텐데?"

"그렇다고 해도 그 마물 때문에 마을에 피해가 발생했소. 그러니 우리가 나서지 않을 수 없잖소?"

당연한 소리였다. 마을을 지키기 위한 조직이 마을이 위험에 빠져 있는데 손가락 빨면서 지켜보고 있다면 그것이야말로 부정부패의 표본이라고 할 수 있을지도 몰랐다. 하지만 레전트는 이맛살을 찌푸리며 거칠게 말을 내뱉었다.

"그것은 마법 무기나 은제 무기가 아니면 대항하는 것이 불가능하다. 너희들의 그 무기로는 상처조차 입히지 못해."

그곳에 있던 병사들이 조금씩 동요하기 시작했다. 이런 작은 마을에 마법 무기가 있을 리도 없고 은 같은 경우는 금속 자체의 성질이 굉장히 무르기 때문에 실제 전투에서는 별로 쓸모가 없다. 차라리 그 돈으로 단단한 강철제 무기를 만드는 것이 당연한 일일지도 몰랐다.

"그렇다면 우리가 어떻게 해야 하겠소?"

"이곳에 있는 인간들을 안전한 곳으로 대피시키고, 혹시나 은제 무기나 마법 무기를 소유한 사람이 있는가 알아보는 게 좋을 것 같군."

라이칸슬로프는 달 아래에서는 수십 마리의 오거도 때려눕힐 수 있는, 말 그대로 괴물이었다. 달만 떠 있다면 아무리 상처를 입어도 트롤처럼 회복해 버리니까. 게다가 트롤의 경우에는 육체적 재생이기에 한계가 있지만 라이칸슬로프의 재생은 달의 마력을 받아 하는 마법적인 것이기 때문에 달이 떠 있다면 한계가 없었다.

이런 괴물을 상대하는데 일반인들이 있다면 그것을 신경 쓰느라 마음껏 싸울 수 없었다. 레전트는 보통 귀족들처럼 평민들을 벌레나 쥐새끼 보듯 보고 있지 않았다.

"알겠소, 당신의 의견을 감사히 받아들이겠소. 모두들 빠르게 움직여라! 마을 사람들을 홀리서클로 대피시켜! 그리고 내 권한으로 홀리서클을 발동한다! 이봐, 거기서 노는 놈들! 빨리 가서 소방수들을 불러와! 불길을 잡는다!"

레전트는 재빠르게 주위에 지시를 내리는 이 남자를 보며 하만보다 낫다는 생각을 했다. 하지만 그런 생각을 할 때가 아니었다. 레전트는 어디선가 들려오는 비명 소리를 들으며 급히 하늘 위로 날아올랐다.

Chapter 1 귀환

2

'불……?'

룬은 일단 비명 소리가 가장 가깝게 들리는 곳으로 뛰고 있었다. 게다가 무슨 일인지 이 마을에 하나밖에 없는 여관 쪽에서 큰 폭발이 일어나더니 그 불길이 삽시간에 여기저기로 옮겨 붙는 것 같았다. 바람도 그렇게 거세지 않는데도 불이 삽시간에 번진다는 것은 상당히 묘한 일이었다. 게다가 폭발이 일어났다는 사실이 머리 속으로 떠오르자 룬의 기억은 상당히 좋지 않는 가정을 만들어냈다.

'설마 마법을 사용하는 마물인가?'

하지만 상대가 마법을 사용하는 마물이라면 살육이 시작됐을 무렵부터 폭발이 일어났었을 것이다. 그렇다면 일단 마물이 마법을 사용했다는 것은 틀렸을 가능성이 높았다. 일단 룬은 그 가정을 세워두고 끝없이 달리며 머리 속으로 생각했다.

마법을 사용하는 마물이 아니라면 육체적으로 강한 마물일 것이다. 하지만 보통 그런 마물들은 무리를 지어서 행동하고 이런 마을 근처에는 접근하지 않는 경우가 많았다.

룬은 비명 소리가 여러 군데에서 동시에 들려오지는 않았기 때문에 적이 적어도 여럿은 아니라는 생각을 할 수 있었다. 하지만 혼자서 생활하는 마물은 인간 이상의 지식과 능력을 가진 마족들이 대부분. 만약 그렇다면 자신이 이길 수 있을 상대일지 의문스러웠다.

"하지만……."

질 수는 없다. 뭔가 가슴 깊은 곳에서 끓고 있는 것이 느껴졌다. 반드시 지지 않을 거고 죽지도 않을 거다. 이런 상황에서 상대방에게 지는 것은 바로 죽음으로 이어진다.

룬이 달려가는 도중에 가벼운 레더아머를 입은 수많은 병사들이 돌아다니며 일반인을 대피시키고 있었다. 그중에는 룬도 잘 아는 얼굴이 몇몇 있었다. 울상을 지으며 창날이 빠졌다고 대장간을 찾아와 대장님에게는 비밀로 해달라고 말하며 수리해 간 병사, 창이나 검, 방패를 어깨가 우그러질 정도로 가지고 와서 수리를 해달라고 하고 영수증까지 받아가던 병사. 그들은 직접적으로 싸우고 있지 않았지만 공포와 자신과 싸우며 수많은 마을 사람들을 어디론가 대피시키고 있었다. 매일 보던 얼굴이고 매일 보면서도 그냥 넘기던 얼굴이었지만 룬은 그들의 얼굴을 보았다. 직접 적과 대면해서 싸우는 사람은 수없이 보아왔지만, 지금 룬의 눈에 보이는 이들은 보이지 않는 싸움을 하고 있었다.

"으아아악! 괴물이다!"

누군가가 지른 비명 소리가 바로 룬의 뒤쪽에서 들려왔다. 그리고 그 뒤를 이어 온몸의 솜털조차 바짝 서게 만드는 무서운 살기와 광기가 느껴졌다. 룬은 그 살기에 몸이 먼저 반응하는 자신을 볼 수 있었다. 허리가 끊어질 정도로 격하게 몸이 뒤로 돌고 팔다리는 이미 전투 자세를 잡았다.

콰앙—!

"캬오오오오!"

거대한 덩치의 무언가가 집 한 채를 통째로 부수며 룬의 앞으로 튀어나왔다. 룬은 나뭇조각과 불이 자신에게 튀는 것을 막으며 적이 뭔가 확인하기 위해 가늘게 실눈을 떴다. 입에는 거의 끊어질 것 같은 인간의 허리를 물고 있었고 눈은 붉게 충혈되어 있었다. 몸의 여기저기는 털이 타서 흉한 모습이었고 피와 살이 타는 역한 냄새를 풍기고 있었다.

보통 사람들은 자신이 했었던 예상이 맞는다는 것을 즐거운 일이라고 하지만, 지금의 룬은 절대로 즐거운 기분이 아니었다.

라이칸슬로프가 자신이 있는 쪽으로 눈을 돌리자 룬은 재빨리 뒤로 튀듯 물러섰다. 바람을 가르며 룬이 있던 곳을 향해 손톱을 내려친 라이칸슬로프는 룬이 자신의 공격을 피하자 당황스러워하는 듯싶었다. 하지만 곧 라이칸슬로프는 입에 물고 있던 인간의 시체를 옆으로 던져버리고 룬을 경계하기 시작했다.

"크르르르……."

"라이칸슬로프."

룬은 당장 도망가고 싶어하는 자신의 본능을 억누르며 검을 치켜들었다. 보통 철로 만든 자신의 검으로는 라이칸슬로프에게 제대로 된 충격을 입히지 못할 것은 분명했다. 하지만 룬은 용병 생활을 시작하고 끝맺으면서 한 번도 한 적이 없었던 비이성적인 결론을 내렸다.

'도망치지 않는다.'

분명히 모순이었다. 룬 자신도 그것을 인식하고 있었지만 후회하지는 않았다. 룬은 이를 악물고 멈칫거리고 있는 뒤쪽의 병사들을 향해 외쳤다.

"빨리 사람들을 대피시켜! 큭!"

말을 하기가 무섭게 라이칸슬로프의 날카로운 공격이 룬의 머리를 노리고 날아들었다. 룬이 치켜들고 있는 검은 상관하지 않는 공격이었다. 자신의 공격에 당한 인간들은 전부 약했다는 것만을 기억하고 있는 것일지도 몰랐다.

그냥 맞아줄 만큼 약한 공격은 아니라는 것을 알고 있는 룬은 라이칸슬로프의 움직임과 거의 동시에 반응했다. 자신의 머리를 향해서 뻗어오는 손톱을 슬쩍 피해낸 룬은 그와 거의 동시에 가슴을 향해서 찔러 들어오는 팔을 향해 검을 휘두르며 물러섰다. 라이칸슬로프는 검이 살갗을 베어내는 감촉에 깜짝 놀라며 공격을 하던 그대로 바닥에 굴러버렸다.

"…괜찮군."

가볍게 휘두른 것 같았지만 예리하게 휘두른 룬의 검은 라이칸슬로프의 팔을 뼈가 보일 정도로 찢어놓았다. 보통 마물에게라면 이것 하나만으로도 큰 피해가 될 테지만 라이칸슬로프는 보통 마물이 아니었다.

평범한 검에 당한 만큼 라이칸슬로프의 왼팔은 금방 재생이 되기 시작하더니 근섬유가 서로 붙고 피를 뿜어내던 혈관이 이어지며 순식간에 상처가 재생되어 버렸다.

일반적인 검으로 라이칸슬로프 같은 녀석을 처리하기 위해서는 단번에 목을 날리고 심장을 꺼내서 태우든가 하는 방법이 유효했다. 룬은 그 사실을 잘 알고는 있었지만 자신이 보통 검으로 인간에 비하면 훨씬 강한 라이칸슬로프의 뼈를 잘라낼 수 있을 것인가 고민했다.

"이터만 있었다면… 적어도 은제 무기라도……."

예전에 버렸던 이터가 굉장히 그리워졌다. 하지만 이터는 자신의 손에 없었다.

룬은 검끝을 라이칸슬로프에게 겨냥하고 검의 날 부분을 위로 향하게 했다. 왼손은 검등을 받쳐 주고 몸의 전체적인 자세가 낮아졌다. 오른팔은 활시위를 당기는 것처럼 뒤로 빠지고 몸은 탄력을 주기 위해서 약간 비튼다.

그리고 달렸다.

키아아아악—

바람이 찢어지며 내지른 비명 소리가 귓가를 예리하게 스치고 지나간 후 룬은 라이칸슬로프의 바로 앞까지 이동했다. 라이칸슬로프가 휘두른 발톱이 어깨를 스치고 지나갔지만 몸을 낮춘 덕택에 스치기만 했을 뿐이었다. 룬은 그 속도를 죽이지 않고 그대로 탄력을 실어 오른팔을 힘껏 앞으로 내뻗었다. 검은 왼팔을 받침대로 삼아 앞으로 튀어 나가며 라이칸슬로프의 복부를 관통했다.

룬은 거기에서 멈추지 않았다. 보통 인간이라면 이 정도로도 충분히 치명적이지만 지금 룬이 상대하고 있는 것은 인간이 아니었다. 라이칸슬로프는 당황해하며 뒤로 물러서서 검을 빼내려고 했지만 룬은 절호의 기회를 놓치지 않았다.

"하앗!"

오른손에 힘을 주고 왼팔을 돌려 검등을 움켜잡았다. 그리고 온 힘을 다해서 검을 올려치자 푸학— 하는 소리가 나며 끈적끈적하고 기분 나쁜 라이칸슬로프의 체액이 룬을 향해서 뿜어졌다.

룬은 막 뒤로 넘어지려고 하는 라이칸슬로프를 향해서 다시 달려들었다. 복부에서 가슴을 거쳐 숨통을 절반으로 찢어놓은 굉장히 큰 상처지만 라이칸슬로프 정도의 마물이라면 달의 마력을 받아 상처를 재생할 것이 뻔했다. 지금 이 공격으로 입힌 상처는 단지 시간을 끈 것뿐이었다.

룬은 막 쓰러진 라이칸슬로프의 몸에 올라타 재빨리 심장의 위치를 가늠하고 검을 찔러 넣으려 했다. 심장을 도려내고 근처에 불이 난 집으로 던져 넣어버리면 라이칸슬로프를 죽일 수 있었다.

하지만 막 룬이 검을 찔러 넣으려고 하자 라이칸슬로프가 괴성을 지르더니 몸을 흔들었다. 룬은 벌써 라이칸슬로프가 이 정도로 움직인다는 것에 놀라며 급히 일어서려고 했지만 뭔가가 룬의 다리를 강하게 움켜잡는 것과 동시에 하늘과 땅이 뒤집혔다.

콰앙—!

세상이 몇 번이나 뒤집히고 나서 룬은 자신의 몸이 뭔가 단단한 것을 부수는 것을 느꼈다. 겨우 정신을 차린 룬은 무슨 일이 일어난 건지를 생각하는 것에 앞서 자신의 몸이 얼마나 다쳤는지 진단했다.

'갈비뼈 한두 개는 부러졌겠군. 팔다리는 괜찮지만… 위험해.'

별로 가볍지 않은 편인 룬의 몸을 이렇게나 쉽게 집어 던질 수 있다는 것은 라이칸슬로프의 괴력을 적나라하게 보여줬다. 룬은 이곳에서 죽고 싶지 않았기 때문에 일단 자리에서 몸을 일으켜 자신이 던져져 구멍이 뚫려 버린 건물 벽을 통해 바깥으로 나왔다.

룬은 자신이 던져지기 전에 검을 휘둘렀고 라이칸슬로프는 코와 눈에 상처를 입은 채로 난동을 부리고 있다는 것을 연관 지을 수 있었다. 눈과 코는 모든 생명체에게 있어서 섬세하고 예민한 부분이었다. 아무리 라이칸슬로프라고 하더라도 금방 나을 리는 없었다.

룬은 거의 절반 이상 재생이 되어 있는 라이칸슬로프의 상처를 참담하게 바라봤다. 아무리 자신이 힘을 써도 쉽게 죽어줄 것 같지는 않았다. 라이칸슬로프는 수십 번을 베어도 결국 살아날 테지만 룬은 한 번만 제대로 맞으면 죽게 될 것이 뻔했다.

"이 지방에는 홀리서클이라는 것이 있다고. 알고 있나? 그 땅은 결계가 쳐져 있어서 마물들은 접근할 수 없다고 하더군. 원래는 옛날 이곳에는 마물이 많았으니까… 뭐, 내가 태어나기 전에 선조들이 퇴치해 버렸지만 말이야."

문득 떠오른 생각이었다. 무기를 수선하러 왔던 수다쟁이 병사가 말해 줬었던 것. 병사들이나 룬은 그게 봉인지라는 것은 알지 못하고 있었지만 마물이 함부로 침범하지 못한다는 사실이 중요했다. 마을 사람들도 그곳에 피신해 있을 거라고 생각한 룬은 왼손으로 부러진 갈비뼈를 감싸 쥐었다. 일단 그곳에 가서 계획을 세워야 할 것 같았다.

홀리서클은 이곳에서 북동쪽, 몇 번 정도는 다녀본 길이었다. 룬은 조심스럽게 라이칸슬로프에게서 등을 돌리고 최대한 소리가 나지 않도록 빠르게 걷기 시작했다. 하지만 몇 걸음 가지 않아 강렬한 살기가 룬을 덮쳤고, 룬은 급히 옆으로 몸을 굴렀다.

쿵—

"어째서 이렇게?"

달의 마력을 받고 있다지만 너무나도 비정상적인 재생력이었다. 라이칸슬로프와 몇 번 싸워본 적이 있었던 룬은 지금 자신이 대적하고 있는 괴물이 정상이 아니라고 생각할 수밖에 없었다. 원래 팔이나 다리, 몸 같은 신체는 재생이 빠르다고 치더라도 눈이나 내장 같은 기관의 재생은 현저히 속력이 떨어지기 마련이었다.

겨우 몸을 굴러서 라이칸슬로프의 손톱을 피해낸 룬은 막 머리를 향해 내려쳐지는 라이칸슬로프의 손을 검으로 막았다. 도저히 피할 수 있을 것 같지 않았다.

카앙—

"크, 크윽!"

간신히 검을 들어 라이칸슬로프의 발톱을 막기는 했지만 부러진 갈비뼈가 충격에 진동하자 순간적으로 팔에 힘이 빠졌다. 라이칸슬로프는 칼날이 자신의 피부를 찢고 살을 파고드는 것에 신경 쓰지 않고 더더욱 힘을 주었고, 룬은 장정 몇 명이 한꺼번에 내리누르는 것 같은 힘을 겨우 버텨냈다. 하지만 이대로라면 절대로 오랫동안 버틸 수 없었다. 부러진 갈비뼈가 아파왔고 팔에는 점점 힘이 빠졌다.

쨍—

하지만 룬의 몸보다 충격을 더 심하게 받은 탓일까. 검에서 기분 나쁜 소리가 나더니 빠른 속력으로 금이 가기 시작했다. 좋은 철로 만들어진 것도 아닌 데다가 명검도 아닌 룬의 검은 라이칸슬로프의 괴력을 오랫동안 받아낼 만한 물건은 아니었다.

'이 정도까지 버텨준 것도 다행인가? 하지만……'

점점 금은 검날을 타고 번지고 있었다. 검이 사라진다면 이번 공격에서는 살아남을 수 있어도 이 다음 공격에서는 살아남을 자신이 없었다. 룬은 팔에 최대한 힘을 주면서 이 상황을 벗어날 만한 방법을 생각했지만 그런 방법은 쉽사리 생각나지 않았다.

"매직 미사일!"

거의 같은 순간이었다. 검이 두 동강이 나고 어디선가 날아온 푸른색 빛 덩어리들이 라이칸슬로프의 몸을 휘갈기는 것은. 룬에게 정신을 쏟고 있던 라이칸슬로프는 자신의 몸에 날아드는 빛덩이들을 피하지 못하고 전부 다 맞아버리고 말았다. 하지만 그와 동시에 룬도 기침을 하며 피를 토해냈다.

"쿨럭! 쿨럭!"

라이칸슬로프는 매직 미사일에 맞아 날아가면서 룬의 어깨에 길다란 상흔을 만들어놓았다. 그리고 그와 동시에 부러진 갈비뼈가 폐를 자극한 것을 느낀 룬은 기침을 하면서도 주위를 둘러보았다. 방금 그것은 분명히 마법이었다.

"어? 너는?"

"당신은……."

누군가가 공중에 떠 있었다. 언뜻 보기는 했지만 확실히 기억이 나는 얼굴이었다. 룬은 무리해서 자리에서 일어섰다. 방금 매직 미사일을 썼던 장본인은 룬이 알아들을 수 없는 언어를 중얼거리며 땅에 내려오더니 손바닥 위에 화염의 구를 만들어 비틀거리고 있는 라이칸슬로프에게 집어 던졌다.

룬은 그것이 파이어 볼이라고 불리는 마법이라는 것을 알고 있었다. 곧 굉장한 폭발이 일어나며 열풍이 둘의 몸을 휘감았지만 룬은 이미 그전에 고개를 돌리고 있었다. 레전트는 손을 탁탁 털더니 한숨을 쉬며 중얼거렸다.

"이걸로 시간은 벌었네. 오늘 밤이 붉은 달의 밤이라는 것을 잊어버리고 있었던 건 정말로 실수야. 그런데 실수라고 해봤자 내가 언제 마물을 잡아봤어야 알지."

"붉은… 달의 밤?"

이 대륙에서 달은 일 년에 세 번에 걸쳐 그 색이 변한다. 겨울에는 달이 붉은빛을 띠고 겨울이 지나 봄이 되면 그 색은 서서히 바뀌어 흰빛으로 변한다. 그리고 여름과 가을에 걸쳐 노란빛으로 변한다.

"블러드 문(Blood Moon)… 인가, 오늘이?"

"알고 있네?"

붉은 달의 첫 번째 날[First Day of Blood Moon]. 기본적으로 달의 기운을 받는 마수나 환수, 성수는 일 년에 한 번 이성을 잃게 된다. 마수는 붉은 달이 처음 뜨게 되는 날에, 환수는 노란 달이 처음 뜨는 날에, 성수는 흰 달이 처음 뜨는 날에 이성을 잃는다. 이때 그 힘은 보통 때의 수배에 이르게 되는데 환수의 경우에는 인간이 사는 곳 근처에는 있지 않으니까 상관이 없고 성수의 경우에는 이날 자신에게 미리 속박을 걸어둔다. 하지만 마수의 경우에는 아무런 제약을 하지 않는다. 그들은 남에게 피해를 주는 것 따위는 생각하지 않는 존재들이었다.

그리고 어제까지만 해도 흰빛을 뿜고 있던 달은 어느 사이에 붉은빛을 머금고 있었다.

"어쨌든 일단은 도망치는 게 좋을 것 같은데. 너, 괜찮은 거야?"

갈비뼈가 부러진 것은 눈에 보이지 않았지만, 온몸에는 타박상과 찰과상을 입은 데다가 어깨에서는 피가 뚝뚝 떨어지며 피까지 토해내니 괜찮게 보일 리가 없었다—사실 괜찮은 것도 아니었다—룬은 화염 속에서 날뛰고 있는 라이칸슬로프를 바라보며 검을 바로 잡았다.

"하지만 이 상태라면 도망가도 무사할 거라고 볼 수 없을 것 같은

데… 혹시 인첸트 웨폰 쓸 수 있습니까?"

"무기 강화? 쓸 수야 있지만… 어디다 걸라는 건데?"

룬은 레전트가 자신이 들고 있는 검을 가리키자 할 말이 없어졌다. 그냥 도망가기에는 불안했지만 무기도 없는 이런 상태에서 싸울 수는 없었다. 결국 룬은 라이칸슬로프가 불 속에서 뛰쳐나오는 모습을 보고 그에게 물었다.

"어떻게 도망가자는 겁니까?"

"잡아."

레전트는 룬에게 왼손을 뻗었고 룬은 영문은 몰랐지만 어쨌든 그 왼손을 잡았다. 순식간에 레전트의 몸이 하늘로 날아올랐고, 룬은 부러진 갈비뼈가 우둑거리며 비명을 지르는 것 같았지만 이를 악물고 고통을 참아냈다. 뛰어서는 절대로 도망갈 수 없을 거라는 것은 너무나도 뻔한 사실이었다. 룬은 레전트에게 매달려 날아가는 동안 아래를 내려다보았다. 막 피부가 재생되기 시작하는 라이칸슬로프가 위쪽을 보면서 울부짖고 있었다.

"캬아아아아아아!!!"

그 소리는 당연히 레전트의 귀에도 들려왔고 레전트는 룬에게 말하는 듯 중얼거렸다.

"내 귀엔 쟤 소리가 '잡히면 반드시 사지를 찢어 죽일 테다' 라는 소리로 들리는군."

"…불행히도 동감입니다."

얼마쯤 날아가던 레전트는 높은 지붕 위에 올라가 간단한 주문을 외웠다. 룬은 순간 주위에서 약간의 이질감이 발생하는 것을 느꼈다. 레전트는 주위를 둘러보는 룬을 향해 손을 흔들며 말했다.

"일단 그 피 좀 어떻게 해봐. 피 흘리면서 날아가면 저 녀석이 쫓아온단 말이야. 이거 오래 안 가니까 빨리."

룬은 고개를 끄덕이고 허리춤에서 힐링 파우더가 담겨 있는 주머니를 꺼내서 상처 위에 뿌렸다. 그리고 윗옷의 일부분을 이빨로 찢어내어 상처를 조심스럽게 감쌌다. 아픔은 급속도로 사그라들었고 레전트의 상처를 본 룬은 레전트를 향해서 힐링 파우더가 들어 있는 주머니를 던졌다.

"왜 나를 구해준 겁니까?"

"이용 가치가 있어 보이니까. 하만 녀석은… 죽은 녀석에게 욕하는 건 좀 그렇지만 도움이 안 됐거든."

가볍게 주머니를 받은 레전트는 주머니에서 힐링 파우더를 조금 집어내 라이칸슬로프에 의해 다친 부분에 뿌렸다. 아까부터 지끈거리며 신경을 거슬르던 아픔이 사라지자 레전트는 약간 기분이 나아져 주머니를 룬을 향해서 던졌다.

"별로 안 썼네? 아까는 별로 다치지 않았나?"

"아까 일을 이야기하는 거라면… 거의 피했으니까."

룬은 주머니를 다시 품속에 잘 갈무리했고 레전트는 픽 웃으며 룬에게 손을 뻗었다.

"엄살이었다는 소린가? 나도 속을 정도였으니 연극은 성공한 셈이네."

룬은 레전트의 손을 잡았다. 레전트가 사용한 기척을 없애는 주문은 오래가는 것이 아니었다. 라이칸슬로프의 손이 닿는 곳이라면 이야기를 나누기에는 절대로 안전하지 않았다.

"이용 가치라면?"

"말투 좀 거슬리네. 반말을 하든지, 아니면 존댓말을 하든지."

"…죄송합니다."

"금방 죄송하다고 하기는… 됐어. 내 나이 또래로 보이는데 그냥 말 놔. 허락 안 받고 반말 쓰는 게 기분 나빴을 뿐이니까. 어쨌든 아까 보니까 어디론가 가려고 하는 것 같았는데, 어디 갈 만한 데 있어?"

"여기서 북동쪽으로 가면 홀리서클이라고 하는 곳이 있다고 하더군."

"홀리서클? 흠… 봉인지인가? 거기라면 어느 정도 안심할 수 있겠군."

룬은 레전트의 말대로 순식간에 말을 놔버렸고 레전트는 오히려 그게 더 자연스러운 듯 더 이상 말투에 대해서는 뭐라고 하지 않았다.

둘은 다시 공중으로 날아올랐다. 레전트는 룬의 유도대로 날았고, 얼마 정도 날아가자 흰빛으로 빛나는 땅이 보였다. 땅 자체가 흰 빛을 뿜으며 주위에 있는 마를 밀어내는 듯한 땅. 평소에는 그저 보통 넓은 공터였을 뿐이었던 곳이 빛나며 스스로의 존재 가치를 말하고 있었다.

마의 힘을 가지고 있는 존재는 홀리서클 안으로 들어가지도 못하고 바깥에서 홀리서클 안쪽을 볼 수도 없다. 레전트는 그 사실을 잘 알고 있었기 때문에 홀리서클 안으로 들어가자 긴장을 풀고 몸을 축 늘어뜨렸다.

"여긴 안전하니까 힘 빼고 좀 쉬어둬. 난 여기 담당하고 이야기 좀 하고 올 테니까."

레전트는 홀리서클의 성능에 대해서 이해하지 못하고 긴장하고 있는 룬에게 한마디를 던지고 어디론가 사라졌다. 룬은 레전트의 말에도 완전히 긴장을 풀지는 못하고 주위를 둘러보았다. 많은 사람들이 벌벌 떨고 있었고 어떤 사람들은 아까의 소동으로 헤어진 자신의 가족을 찾으려고 마구 돌아다니고 있었다. 불과 40가구 정도가 모여 사는 마을에 닥쳐온 재앙은 차가운 겨울의 바람처럼 순박한 산골 마을 사람들을 두려움에 떨게 만들었다.

가족이 없어진 것을 눈치 챈 자들은 홀리서클 바깥쪽으로 나가려고 했지만 경비대들은 그런 사람들을 만류했다. 자신의 눈앞에서 가족이나 친구, 연인이 라이칸슬로프에게 찢겨지는 것을 본 자들은 충격으로 온몸을 벌벌 떨며 패닉 상태에 빠져 있기도 했다. 룬은 그런 사람들의 사이를 훑어보다가 다친 사람을 간호하고 있는 노인을 발견하고 앞으로 걸어갔다. 그 노인은 자신의 등 뒤에서 인기척이 느껴지자 고개를 돌리더니 밝은 얼굴이 되어 룬의 어깨 위로 손을 올렸다.

"무사하셨군요."

"룬! 다행이네! 그런데… 자네, 다쳤잖은가?"

"괜찮습니다."

"그런가… 내가 괜한 소리 해서 자네가 다치지 않았는가 걱정했다네. 좀 쉬고 있게나. 약과 붕대를 더 받아와야겠네."

불을 끄고 사람들을 구하는 데 힘을 썼는지 엠슨은 새까만 재를 뒤집어쓰고 있었다. 엠슨은 룬을 내버려 두고 어디론가 뛰어갔다. 다친이들은 붕대에 상처를 감거나 하고 여기저기 피워져 있는 모닥불 근처에서 모포를 깔고 떨고 있었다.

다친 사람들 중에서 큰 상처를 입은 사람들은 의외로 없었다. 그것도 라이칸슬로프에게 다친 게 아니라 폭발과 화재, 그리고 무질서에 의하여 다친 사람들이 대부분이었다. 라이칸슬로프의 눈에 띈 인간은 죽었을 테니까. 어쩌면 중상을 입은 사람이 있는 게 이상한 일일지도 몰랐다.

　룬은 어쩌면 그것이 당연한 걸지도 모르겠다고 생각하며 눈을 감고 커다란 돌에 몸을 기댔다. 눈을 감고 편한 자세로 있으면 체력은 회복된다. 검을 휘두를 체력을 조금이라도 더 모아두어야 했다. 그 마법사가 자신을 도와준다면 라이칸슬로프를 쓰러뜨릴 수 있다. 마침 이야기가 다 끝났는지 레전트가 룬을 향해 다가오더니 옆에 선 채로 말했다.

　"이야기는 끝났어. 특별히 뭐 지원을 받지는 못할 것 같아. 하긴, 이제 더 이상 인명 피해에 대해서 신경 쓰지 않아도 될 테니까… 그냥 죽여 버리는 건 어떻게든 가능하긴 하겠지."

　"나에게 뭘 원하는 건가?"

　"간단히 말하자면… 나한테 고용당해라."

　룬은 눈을 뜨고 자신의 옆에 서 있는 레전트를 올려다보았다. 상당히 건방져 보이기는 하지만 솔직해 보이는 얼굴. 옷은 전형적인 마법사의 복장이고 옷감도 꽤나 수수하지만 그 품질만은 상당히 고급일 것 같다. 의뢰를 받기 전에 의뢰자가 얼마나 돈이 있는지 살펴보는 용병 특유의 버릇이 발동한 룬은 레전트를 찬찬히 훑어본 후 상대방에 보수를 낼 금전적인 여력은 있을 것 같다는 결론을 내렸다. 하지만 룬은 결론과 반대되게 고개를 저었다.

　"난 지금 용병이 아니다."

　"용병이 아니라고 해서 고용 안 되는 건 아니잖아?"

　룬은 주위를 둘러보고 자신들의 이야기에 귀를 기울이는 사람이 없다는 것을 확인하고 낮은 목소리로 말했다.

　"무기를 합법적으로 사용하기 위해서는 용병 길드의 증표가 있어야 하거나 공공 기관에 속해 있어야 하지. 네가 나를 부려먹은 다음 신고

하지 않는다고 말할 수는 없을 텐데."

용병은 언제나 자신의 길드 증표를 가지고 다녀야 했다. 길드 증표에는 자신이 마무리 지은 일의 개수나 등급이 표시된다. 그리고 그것은 그 용병이 얼만큼 실력이 있는지를 말해 주는 요소로서도 작용한다. 하지만 무엇보다 중요한 증표의 필요성은 무기의 사용 허가였다. 그리고 증표를 받기 위해서는 전과가 없는 네스트에 속해 있는 두 사람의 증인이 필요했다.

문득 룬은 자신이 검을 휘두르는 장면을 본 몇몇 경비대들의 얼굴을 떠올렸다. 하지만 그들도 이런 난장판인 상황에서 룬이 뭘 휘두르는지는 신경 쓰지 않았을 것이다. 하지만 이 남자의 경우에는 위험했다. 다른 사람들과는 달리 여유가 넘치고 주위의 상황을 잘 인식하고 있었다. 그때 룬은 자신에게 뭔가 던져지는 것을 보고 얼른 그것을 낚아챘다.

"담보로 해두지. 의뢰비의 선금은 네가 쓴 힐링 파우더와 그 가죽 주머니에 들어 있는 힐링 파우더 정도면 되겠지?"

"…길드 문장을 담보로 맡기겠다는 건가?"

마법사 길드의 문장은 재질이 미스릴로 만들어져 있다고 알고 있는 룬이었다. 룬은 자신의 손에 들려 있는 문장을 바라보았다. 이 정도 크기의 미스릴의 가격은 최고급 풀 플레이트 메일 두 세트 정도 맞춰 입을 수 있을 정도. 잠시 동안 그걸 바라보던 룬은 그 문장을 힐링 파우더가 들어 있는 주머니에 넣어 다시 품속에 넣었다.

"고용 목적은?"

"나와 함께 저 라이칸슬로프를 죽이는 것."

"나도 저 라이칸슬로프를 처리하려고 했었는데……."

"아, 하지만 심장을 도려내야 해. 난 저 라이칸슬로프의 심장이 필요하거든. 내 마법으로는 완전히 소멸되어 버릴 가능성이 있어서… 불안해."

룬은 레전트가 왜 그 라이칸슬로프를 처치할 만한 충분한 능력이 있음에도 불구하고 단지 위협하는 정도에만 그쳤는지 알게 되었다. 어쨌거나 룬은 레전트의 의뢰를 받아들였고 그것이 가능한 내에서는 레전트의 의견을 받아들일 의무가 있었다.

불가능하지는 않았다. 피의 달이 뜨는 밤이라고 해도 레전트의 도움이 있다면 이기지 못할 가능성보다는 이길 수 있는 가능성이 훨씬 높았다. 룬은 다시 눈을 감고 머리 속에서 라이칸슬로프와 싸울 방법을 떠올리기 시작했다.

"계속 너, 너, 하고 부르기는 뭐하니까 통성명이나 할까? 네 이름은?"

"룬 크리서드."

"나는 레전트 페일 알카티온. 그럼 잘 부탁한다."

룬은 레전트의 이름을 듣고 나더니 잠시 동안 침묵했다. 그리고 눈을 뜨고 다시 한 번 주위를 둘러보고 조심스럽게 말했다.

"당신, 왕족인가?"

"응. 왜?"

"왕족치고는 꽤 서민적이군."

"자주 그런 소리 들었어. 왕족 생활이란 걸 별로 안 했거든."

이름과 성의 가운데에 어떠한 칭호가 붙으려면 적어도 왕실의 피를 가늘게나마 잇고 있어야 한다. 그렇지 않고서는 칭호를 붙이는 경우가 용납되지 않았다. 룬은 잠시 동안 페일이라는 칭호를 가진 왕가를 기억해 보려고 했다. 하지만 다른 나라의 일에 대한 정보에는 무지한 그가 그런 것을 생각할 수 있을 리가 없었다. 결국 룬은 그 일에 대해서 생각하는 것을 포기했다. 지금은 그런 것보다는 눈앞에 닥쳐 있는 목숨이 걸린 일이 훨씬 중요했다.

"인첸트 웨폰… 몇 번이나 걸 수 있지?"

"내 마력이 받쳐 주는 한 가능하지. 지금 상태라면 5, 6번 정도? 아까 몇 번 마법을 사용해서 말이야."

"5, 6번 정도라… 유효 시간은?"

"30분 정도. 좀 짧나?"

짧은 시간은 아니었다. 사실 전쟁 중에서도 전투의 비중은 상당히 크긴 하지만 전투 자체에 소요되는 시간은 상당히 짧았다. 30분 정도면 룬이 죽든지 라이칸슬로프가 죽든지 할 테니까 짧은 시간은 아니었다.

그때 엠슨이 약초와 모포, 그리고 붕대를 가지고 이쪽으로 달려왔다. 룬 앞에 서 있는 레전트를 보고 멈칫한 엠슨은 레전트를 경계하며 천천히 룬을 향해 걸어왔다. 레전트는 그런 엠슨의 태도를 보더니 어깨를 으쓱하고 사라졌다.

"이야기 다 끝나면 저쪽으로 찾아와."

엠슨은 천천히 걸어가는 레전트와 룬을 번갈아 보더니 한참 동안이나 룬에게 시선을 고정시켰다.

"설마… 싸울 작정인가?"

엠슨은 위아래로 끄덕이는 룬의 고개를 보고 한숨을 쉬었다.

"룬, 정말로 싸울 생각인 건가? 이곳에 있으면 더 이상 아무도 다치지 않을 거네. 무리해서 싸울 필요는……."

룬은 고개를 내저었다. 다른 이들이 얼마나 피해를 입는가에 대해서는 별로 생각하고 있지 않았지만 룬은 그 라이칸슬로프를 처리할 생각을 가지고 있었다. 의뢰 따위의 문제가 아니었다. 운명이나 사명 따위가 아닌 자신의 기분이 그렇게 말하고 있었다.

"엠슨."

"왜 그러는가?"

룬은 자리에서 일어났다. 그리고 자신보다 머리 반 개 정도나 더 작은 엠슨을 내려다보았다. 엠슨은 자신의 이름을 부르고 자리에서 비틀거리며 일어나는 룬을 걱정스러운 듯이 바라보았다.

"의뢰를 받았습니다. 그리고 제가 여기서 물러선다면 제 스스로가 용납하지 못할 것 같습니다.

"하지만 잘못하면 죽을 수도 있네. 알고 있는가?"

"저는 죽기 위해서 가는 것이 아닙니다. 살기 위해서 가는 겁니다."

룬은 엠슨을 향해서 고개를 살짝 숙여 보였다. 그리고 레전트가 사라진 방향을 향해서 걷기 시작했다. 룬의 눈은 자신이 인식하고 있지는 못했지만 빛나고 있었다.

"이것이… 지금 제가 말할 수 있는 신념이라는 것입니다."

"인첸트해 줄 테니까 검 뽑아봐."

레전트는 룬이 롱 소드와 숏 소드를 양손에 뽑아 들자 칼날 위에 손을 대고 주문을 외웠다. 룬이 듣기에는 전혀 아무런 의미가 없을 것 같은 단어들이 나열된 지 얼마 지나지 않아 두 자루의 검날이 잠시 동안 시퍼렇게 빛났다. 룬은 숏 소드를 다시 칼집에 꽂아 허리에 차고 던지는 목적으로 제작되어 있는 두 개의 단창을 꺼냈다. 레전트는 군말없이 단창도 인첸트한 다음에 머리를 흔들었다.

"자, 이제 난 더 이상 대단위 마법 펑펑 사용 못하니까. 믿어볼게."

룬은 고개를 끄덕이고 단창도 허리에 꽂아둔 채 롱 소드를 가볍게 휘둘러 보았다. 자신이 사용하기에는 약간 무거운 무기였지만 별수없었다. 이곳에서 룬의 취향에 맞는 검을 찾기는 힘들었다. 레전트는 굳이 룬이 지정한 무기를 자신의 손으로 모아다 주었다. 룬을 배려한 행동이었다. 무기를 사용할 수 있는 증명이 되지 않는 룬이 다른 사람들 앞에서 함부로 무기를 쥘 수는 없었다.

싸늘한 밤바람만이 주위를 스쳐 지나가고 고요한 침묵이 두 사람을 감싸 안았다. 레전트는 라이칸슬로프의 위치가 표시되는 수정구를 들고 진지한 표정으로 그것을 주시하고 있었다. 룬도 주의 깊게 주위의 기척을 살피며 자신이 생각한 작전을 말했다.

"당신 말대로 심장을 무사히 도려내려면 몸에서 목을 완전히 분리시키는 방법이 최선이다. 하지만 도끼 같은 중량감이 있는 무기가 아니고는 불가능하겠지."

세찬 바람이 자신의 곁을 스쳐 지나가자 잠시 움찔거렸던 레전트가 안도의 한숨을 쉬며 고개를 끄덕였다.

"내가 녀석의 움직임을 묶는다. 그럼 당신도 마법을 사용해서 녀석에게 타격을 입힐 수 있겠지? 그 매직 미사일… 이라는 마법이라면 가능할 거라고 생각한다."

"그리고?"

"내가 결정적인 상처를 만들고 녀석의 목을 벤 다음 심장을 꺼낸다."

너무나도 기계적으로 들려오는 룬의 말에 레전트는 약간 오싹함을 느꼈지만 곧 고개를 끄덕였다. 그리고 아무 표정 없이 주위를 둘러보는 룬의 옆모습을 바라보았다. 너무나도 무표정해서 툭 치면 부스러지고 그 아래에서 진짜 표정이 나올 것 같은 얼굴. 그렇게 수정구에서 눈을 떼고 룬을 관찰하던 레전트는 룬이 걸음을 멈추자 자신도 엉겁결에 걸음을 멈췄다. 룬은 주위를 둘러보고 왼손을 입으로 가져갔다. 그리고 자신의 손등을 이빨로 물어뜯었다. 깜짝 놀란 레전트는 피를 뱉어내는 룬을 바라보며 어이없다는 표정을 지을 수밖에 없었다.

"뭐 하는 거야?"

"녀석은 나와 너의 피 냄새를 기억하고 있을 테니까. 이쪽이 녀석을 찾는 데 드는 시간을 줄일 수 있다고 생각한다."

룬은 어이없어하는 레전트를 무시하고 피가 땅에 흐르도록 내버려두었다. 그리고 어느 정도 피가 흐르자 품속에서 힐링 파우더를 꺼내서 손등 위에 뿌렸다. 쓸데없는 출혈과 아픔은 전투력을 약화시키는 요인이 된다. 레전트는 룬이 기계적으로 하고 있는 행동을 바라보며 혀를 내둘렀다. 하만이라면 생각도 못했을 방법을 이 젊은 칼잡이가 행동으로 옮기고 있었다.

"우오오오오!"

그때 꽤 멀리서 라이칸슬로프가 울부짖는 소리가 두 사람의 귓속으로 파고 들어왔다. 룬은 반사적으로 소리가 들려오는 방향을 향해 자세를 잡았고 레전트도 마법을 캐스팅할 준비를 하면서 주위를 두리번거렸다.

룬은 단창 하나를 허리춤에서 빼 들었다. 뭔가가 부서지는 소리가 점점 가까이 들리기 시작했고 그 소리는 점점 룬이 있는 방향으로 다가왔다. 룬은 자신의 발 아래의 핏자국을 인식했다. 그리고 재빨리 소리가 들려오는 방향에서 비켜서며 레전트를 향해서 짧게 외쳤다.

"날아라."

룬에게 있어서 레전트가 공중에 있다는 사실은 두 가지 효과를 가져다 주었다. 첫 번째로 굳이 레전트를 보호할 필요가 없어진다는 점이었고, 두 번째는 레전트가 위를 장악함으로써 틈을 노리기 더욱 쉬워진다는 것이었다.

쾅—!

거대한 덩어리가 건물을 뚫고 튀어나오자 레전트는 급히 하늘로 날아올랐다. 그리고 룬은 곧장 그 덩어리를 향해서 허리와 손목을 사용하여 있는 힘껏 단창을 투척했다. 라이칸슬로프는 건물을 막 부수고 뛰쳐나온 충격으로 인하여 자신을 향해 빠른 속력으로 날아오는 단창을 눈치 채지 못했다. 하지만 라이칸슬로프는 단창이 거의 바로 앞까지 날아왔을 때쯤 급히 몸을 뒤로 빼면서 왼팔을 들었다. 라이칸슬로프 특유의 반사 신경은 인간으로서 말도 안 되는 행동을 가능하게 만들었다.

"크륵?!"

라이칸슬로프는 단창을 막자마자 자신에게 뛰어드는 룬을 보고 당황했는지 재빨리 양팔을 교차시켜 공격을 막았다. 룬으로서는 최선을 다해 공격한 것이었지만 몸 상태가 그다지 좋지 않은 상황에서는 좋은 속력이 나오지 않았다. 라이칸슬로프는 룬보다 무거웠기 때문에 팔에 깊은 상처를 입었을 뿐 뒤로 밀려나지는 않았다. 라이칸슬로프는 대담하게 검을 막은 팔을 그대로 크게 휘둘렀고 룬은 그 바람에 중심을 잃고 땅에 쓰러지고 말았다. 땅에 쓰러져 있는 룬에게 날카로운 발톱이 솟아오른 라이칸슬로프의 발이 덮쳐들었고 룬은 재빨리 옆으로 굴러 라이칸슬로프의 발을 피해냈다.

'효과가 있나…….'

라이칸슬로프는 그 다음 순간에 자신의 상처를 보며 당황했다. 분명히 금방 아물 상처임에도 불구하고 아직 상처가 아물지 않았다. 하지만 룬은 그런 틈을 놓치지 않고 자신을 공격하려다가 빗나가 땅에 박혀 버린 라이칸슬로프의 다리를 향해 검을 휘두르고 바로 일어서며 뒤로 빠졌다. 라이칸슬로프는 갑작스럽게 다리에 상처가 나자 고통스러워하며 뒤로 물러섰다.

룬은 틈을 주지 않고 앞으로 전진하며 롱 소드를 사방으로 휘둘렀다. 뒤로 물러서는 한정된 자세로는 검을 전부 피해내는 건 무리가 있었는지 룬이 검을 휘두를 때마다 라이칸슬로프의 몸에는 크고 작은 상처가 생겨났다.

라이칸슬로프는 자신의 가슴 깊은 곳에서 솟아오르는 감정에 당황했다. 지금까지 자신이 이렇게 공격당해 본 적은 없었다. 인간은 자신에게 있어서 그저 장난감이고 먹잇감이었을 뿐이다. 라이칸슬로프는 아무리 깊은 상처라도 재생되는 자신의 몸에 생겨나는 상처들을 느끼며 공포에 질린 고함을 내질렀다.

"캬아아아! 크아악?!"

룬은 급히 공격을 멈추고 자신의 가슴을 후려치려던 손톱을 피해 뒤로 물러섰다. 그리고 그와 동시에 몇 개의 푸른 빛 덩어리들이 라이칸슬로프의 머리를 강타했다.

라이칸슬로프는 다른 라이칸슬로프에 의하여 감염이 되어 완전히 라이칸슬로프로 변화되기 이전에는 불완전한 존재다. 자신이 무엇을 하고 있는지, 달빛을 받으며 무엇을 하고 있는지 눈치 채지 못한다. 그리고 살육의 깊이가 어느 정도 다다랐을 때 라이칸슬로프로는 괴물로서의 자신을 완전히 자각한다. 이렇게 된 라이칸슬로프는 자기 자신을 억제할 수 있게 되고 마수라기보다는 마족이라는 명칭이 어울리는 존재가 된다. 그리고 그전의 인간이었던 자신에 대해서는 잊어버린다. 새로운 인격이 생겨나는 것이다.

매직 미사일을 피하지 못한 라이칸슬로프는 혀를 길게 빼며 쓰러졌다. 다시 한 번 공중에서 쏟아진 푸른 빛 덩어리들이 쓰러져 있는 라이칸슬로프의 온몸을 철저하게 난타했다. 레전트는 이 괴물이 어느 정도인지 인식하고 있었다. 절대로 얕볼 상대가 아니었다.

룬은 두개골이 움푹하게 함몰된 라이칸슬로프의 몸 위에 올라타며 아직도 몸을 부들부들 떨고 있는 라이칸슬로프의 목줄기 한가운데를 롱 소드로 찍어버렸다. 그리고 허리춤에서 숏 소드를 뽑아 들어 심장과 뇌를 이어주는 혈관을 잘라냈다. 룬의 무표정한 얼굴 위로 분수같이 솟아오르는 피가 쏟아졌지만 룬의 표정은 달라지지 않았다. 역한 피 냄새도 폐부를 찔러오고 있는 아픔도 충분히 참아낼 수 있는 정도였다.

룬은 숏 소드의 손잡이의 끝으로 라이칸슬로프의 가슴을 강하게 두들겼다. 뼈가 부서지는 소리가 나자 룬은 숏 소드로 소를 도살하는 도살자처럼 능숙하게 갈비뼈 위를 덮고 있는 근섬유를 잘라내었다. 마지막으로 부서진 갈비뼈를 헤친 룬은 숏 소드를 아무렇게나 던져 버리고 그 중심에서 빠르게 뛰고 있는 붉은 근육 덩어리를 양손으로 움켜잡았다. 기분 나쁜 느낌이 룬의 피부를 뚫고 뇌리로 스며들었지만 룬은 묵묵히 양팔에 힘을 주어 그 붉은 근육 덩어리를 뽑아냈다.

뿌득— 뿌득—

일반인들이 듣기에 끔찍한 소리가 나며 심장이 라이칸슬로프의 가슴에서 뽑혀 나왔다. 심장에는 몇 개의 혈관이 같이 딸려 나왔지만 룬이 자리에서 일어서자 혈관들은 더 이상 늘어나지 못하고 끊어졌다.

"물러서!"

위에서 상황을 보고 있던 레전트는 토하고 싶은 기분을 억누르며 급히 손을 놀렸다. 레전트의 손끝에서 머리통만한 불덩어리가 생겨났고 룬은 심장을 움켜쥔 채 급히 뒤로 물러섰다. 룬이 어느 정도 물러서자 하늘에서 붉은 불덩어리가 아직 꿈틀거리고 있는 라이칸슬로프를 향해 떨어져 내려왔다. 룬은 등 뒤로 수없이 많은 불의 혀가 날름거리는 것을 느끼며 나뒹굴었다. 잠시 후 폭발이 사그라지자 룬은 폭발이 일어난 곳을 향해서 고개를 돌렸다. 라이칸슬로프의 신체가 불타오르며 역한 냄새를 풍기고 있었지만 룬은 그 냄새보다 라이칸슬로프의 움직임을 찬찬히 살폈다. 불타오르며 근육들이 수축하며 약간씩 움직이긴 했지만, 그것은 이미 살아 있는 상태에서의 움직임이 아니었다. 룬은 라이칸슬로프의 사망을 멀리서나마 확인한 후에야 몸을 일으켰다.

"어이! 괜찮아?"

룬의 손 위에서는 아직도 심장이 두근거리며 피를 쏟아내고 있었다. 룬은 아직도 기분이 좋지 않은 얼굴로 엄청난 생명력을 자랑하는 심장을 바라보며 중얼거렸다.

"성공했네… 우욱!"

"그런데 이거 이대로 가져갈 셈인가?"

"잠깐만 들고 있어봐."

레전트는 지금까지 라이칸슬로프의 위치를 탐색할 때 쓰던 수정구를 꺼냈다. 그리고 룬을 향해 심장을 달라는 듯이 손가락을 까딱거렸다. 룬도 그런 것에 그다지 집착하고픈 마음은 없었기에 순순히 레전트에게 라이칸슬로프의 심장을 내밀었다. 룬에게서 심장을 받은 레전트는 심장과 수정 구슬을 양손에 각각 쥔 채로 주문을 외우기 시작했다. 그러자 수정구가 흰 빛을 뿜으며 녹기 시작했다. 레젠트는 심장을 쥐고 있는 오른손을 아래로 내렸고 수정을 쥐고 있던 왼손을 그 위에 올렸다. 녹은 수정은 마치 생명을 가진 듯 라이칸슬로프의 심장을 향해 흐르기 시작하더니 서서히 심장을 감쌌다. 수정이 라이칸슬로프의 심장을 완전히 감싸고 나자 레젠트의 손 위에는 새빨간 수정 덩어리 하나가 들려 있었다.

"아아, 이제 끝났다."

"…그렇군."

"이거, 너무 쉽게 끝나는 것 같은데? 아무리 인첸트를 걸었다고 해도… 아니면 네가 너무 강한 건가?"

"그 녀석이 라이칸슬로프치고는 약했던 거다."

순순히 자신의 약함을 털어놓은 룬은 온몸에 묻어 있는 라이칸슬로프의 피를 씻어내기 위해서 공동 우물로 걸음을 옮기려 했다. 그때 룬은 뭔가가 자신의 팔을 잡는 것을 느꼈고 반사적으로 주먹을 쳐들었다가 우그러진 얼굴로 피가 묻어 있는 자신의 손을 바라보는 레젠트를 발견하고 손을 내렸다.

"어디 가는 거야? 으윽, 이거 기분 나쁘다. 끈적끈적해."

"당신과의 의뢰는 끝난 것 같은데. 아, 이건 돌려주지."

룬은 품속에서 주머니를 꺼냈다. 그리고 힐링 파우더 속에 묻혀 있던 길드 문장을 꺼내서 레젠트에게 던졌고 레젠트는 그것을 잡아채서 확인도 하지 않고 주머니에 넣었다.

"그렇기는 하지만… 왠지 너, 재미있단 말이야."

"그런가……."

"묘한 반응이네. 어쨌든 나와 장기 계약을 하지는 않겠어? 보수는 충분히 줄 수 있는데."

마법사와의 장기 계약은 돈 벌기에는 꽤 괜찮은 일이었다. 물론 위험한 일도 있을 수는 있겠지만 용병 생활 자체가 위험한 일이 가득한 직업이다 보니 그건 문제가 되지 않았다. 하지만 룬은 갈등했다. 지금 당장 누군가의 얼굴이 보고 싶어 견딜 수 없었다.

"……!"

레전트는 룬이 뭔가를 생각하려 하다가 몸을 날려 땅에 떨어져 있던 숏 소드를 집어 들자 급히 뒤를 돌아보았다. 뒤에는 아무것도 없었다. 하지만 룬은 재빨리 자리에서 일어서서 자세를 취했다.

"당신, 라이칸슬로프가 어떻게 만들어지는지 알고 있나?"

"그거야 다른 라이칸슬로프에게 물리고 살아남는다거나… 아니면 저주에 걸리면 그렇겠지?"

"아까 그건 물린 녀석인 것 같군."

레전트는 룬을 한 번 바라보고 룬의 시선대로 고개를 들었다. 룬의 시선이 머물러 있는 곳에는 어떤 여자가 가벼운 옷차림을 한 채 올라가 있었다. 이미 시민들은 모두 홀리서클로 피신해 있었다. 룬은 재빨리 머리 속으로 여자의 정체에 대해서 생각하고 왼손에 들고 있던 단창을 던졌다. 하지만 그 여자는 여유만만하게 자신의 코앞까지 날아온 단창을 잡아채더니 옆으로 던져 버리며 입을 열었다.

"당신들이 내 남편을 죽인 사람들이군요?"

몸매나 외모 어느 것 하나 특출나지 않은 그냥 보통 여자가 하는 말이었지만 룬은 본능적으로 위험을 느끼고 몸을 움츠렸다. 보통 여자라면 자신에게 무서운 기세로 날아오는 창을 잡아채지는 못할 것이다.

그건 아무리 숙련된 인간으로서도 힘든 일이었다.

"너, 라이칸슬로프인 건가?"

"맞아요, 청년. 어머? 둘 다 꽤 멋지게 생겼네?"

피의 달 아래에서도 그 모습을 그대로 유지하며 이성까지 유지한다는 건 보통 마물이 아니면 불가능한 일이었다. 룬은 몸 근육을 긴장시키며 숏 소드를 바로 잡았다. 생각 같아서는 저기 누워 있는 라이칸슬로프의 시체의 목에 박혀 있는 롱 소드를 잡고 싶었지만 화염 마법으로 달아오른 쇳덩어리를 맨손으로 잡기에는 룬의 손이 견디지 못할 것은 뻔했다.

"오호호호, 그렇게 긴장하면 정작 싸울 때는 제대로 싸우지 못해요."

갑자기 멀찍이 서 있던 그 여인의 모습이 흐릿해지자 룬은 정신을 번쩍 차리며 뒤로 물러섰다. 그리고 그 다음 순간 그 여인의 얼굴이 룬의 눈앞에 나타났다. 광기에 달궈져 불꽃만큼이나 붉은 눈동자가 룬의 얼굴을 똑바로 주시했다. 룬의 본능은 위험을 느끼고 몸을 뒤로 물러서게 하며 양팔을 교차시켰다. 여인의 주먹이 교차되어 있는 양팔의 한가운데, 가슴을 강하게 후려쳤다.

우득―!

적의 위험도가 생각 이상이라는 것을 눈치 채는 건 어렵지 않았다. 주먹에 맞는 순간 약간 아물었던 갈비뼈 부서지는 소리가 몸을 통해 고막을 때렸다. 뒤로 물러서며 충격을 완화시켰지만 정통으로 맞았었다가는 이 한 방으로 죽을 수도 있겠다는 생각이 들 만큼 강렬한 일격이었다.

"룬!"

룬은 휘청거리는 몸을 겨우 가눴다. 인간 형태에서 이 정도의 힘을 낸다는 것은 라이칸슬로프로 변신했을 때의 위력을 충분히 짐작케 만들었다. 룬은 고개를 들고 숏 소드를 휘둘렀다. 하지만 검끝에는 아무런 감각도 느껴지지 않았고 눈에도 아무런 것도 보이지 않았다.

"컥!"

"당신들 때문에 내 계획이 완전히 틀어지고 말았잖아요."

"이, 괴… 괴물……!"

그 여성은 어느새 레전트의 목을 움켜잡고 있었다. 룬은 다시 한 번 여자의 위험도에 대해서 생각하며 자신에게서 약 5, 6m 정도 떨어져 있는 레전트를 향해서 돌진했다. 저대로 계속 잡혀 있으면 질식할 위험이 있었다.

그녀의 얼굴과 몸이 조금씩 바뀌고 있었다. 몸이 점점 거대해지면서 머리는 보기 흉한 개 머리의 형태로 변해간다. 레전트는 발버둥을 치면서 손톱이 길게 뻗어 나온 라이칸슬로프의 손에서 벗어나려고 했다. 룬은 돌 하나를 움켜쥐고 라이칸슬로프의 머리를 향해서 던졌다. 라이칸슬로프는 고개를 살짝 돌리는 것만으로 그 공격을 피해냈고 룬은 숏 소드를 양손으로 잡고 레전트의 목을 움켜잡고 있는 라이칸슬로프의 손목을 향해 내려쳤다.

"핫!"

짧게 기합성이 울려 퍼지며 숏 소드가 비교적 약한 손목 관절을 파고들었다. 숏 소드는 관절과 근육을 자르고 부수며 반대 편으로 튀어나왔고 라이칸슬로프는 레전트를 놓치고 말았다. 레전트는 라이칸슬로프의 손에서 벗어나자마자 반사적으로 하늘로 날아올랐다. 룬은 레전트의 안전을 확인하기도 전에 라이칸슬로프의 눈을 향해서 숏 소드를 찔러 넣었다.

쨍—

날카로운 소리가 나며 숏 소드가 룬의 손을 벗어나 날아가 버렸다. 룬의 몸이 숏 소드가 튕겨 나가는 충격으로 비틀거렸고 라이칸슬로프는 그런 룬의 몸을 향해서 발길질을 했다. 룬은 창자가 끊어지는 듯한 고통을 느끼며 몇 미터나 공중을 날며 입에서 피를 쏟아냈다.

"이 정도니 놈이 당한 거군."

라이칸슬로프는 또렷하게 인간의 언어로 중얼거리며 반쯤 잘려 나가 너덜거리는 손목을 붙였다. 룬은 고통을 참으며 자리에서 일어났다. 이 정도면 치명상에 가까운 공격이었다. 게다가 인첸트를 했으니 아무리 재생 능력이 뛰어난 라이칸슬로프라고 해도 제대로 재생될 리가 없었다.

하지만 룬은 곧 자신의 생각이 잘못됐음을 눈치 챘다. 라이칸슬로프는 반쯤 잘렸던 손을 쥐었다 폈다 하면서 손이 제대로 붙었는지 확인했다. 룬은 통증과 출혈로 흐릿해진 시력을 바로잡으려 노력하며 주위를 둘러보았다. 아까 튕겨 나간 숏 소드가 별로 멀지 않은 곳에 떨어져 있었다. 룬은 내장이 입 바깥으로 튀어나올 것같이 뒤틀리는 것을 참아내며 숏 소드가 떨어져 있는 쪽으로 몸을 날렸다.

'…상대가 너무 안 좋아.'

하지만 포기하지 않았다. 룬은 여기서 싸우는 것을 포기할 경우 자신의 목숨은 없게 된다는 것을 알고 있었다. 포기와 죽음, 그리고 패배는 같은 편이었다. 오직 승리를 해야만 살아남을 수 있었다. 룬은 숏 소드를 낚아채며 구르듯 자리에서 일어나 자세를 잡았다. 하지만 라이칸슬로프는 그런 룬을 전혀 신경 쓰지 않는 듯한 태도를 보였다. 마치 너는 절대로 나를 이길 수 없다고 말하는 듯이.

"콜 라이트닝!"

룬이 막 라이칸슬로프에게 달려들려고 땅을 박차려 했을 때 하늘에 떠 있는 레전트의 손끝에서 푸른 전격이 라이칸슬로프의 머리 위로 쏟아져 내렸다. 흡사 번개가 내리치듯 떨어진 그 전격은 아직 팔을 움직여 보고 있던 라이칸슬로프의 머리에 직격으로 명중했다. 하지만 그 전격에 맞은 라이칸슬로프가 몸을 크게 떨며 소리를 치자 라이칸슬로프의 몸에 흐르던 푸른 전격이 공중에 흩어져 버렸다. 잠시 동안의 정적이 흘렀고 곧 경악한 레전트의 목소리가 정적을 깼다.

"뭐, 뭐야, 이건!"

"크크크크……."

웃고 있었다. 개의 주둥아리의 입 끝이 약간 올라가고 이빨이 약간 벌어진 상태에서 눈은 가늘게 뜬 상태로 라이칸슬로프가 웃고 있었다. 그때 룬은 자신이 잡고 있는 숏 소드를 감싸고 있던 엷은 빛이 사라지는 걸 느꼈다. 검을 엷게 감싸고 있던 마법력이 해제된 것이었다. 레전트도 마력이 다 떨어졌는지 하늘에서 비틀거리며 떠 있는 것이 고작이었다.

'이제 어떻게 하면…….'

저 괴물을 공격할 수단과 방법은 더 이상 존재하지 않았다. 룬의 손에 들려 있는 숏 소드는 이미 존재 가치를 상실해 버린 상태였다. 이전에 처치한 녀석과는 달리 완전히 자신의 힘을 각성한 라이칸슬로프에게 보통 철검으로는 아무런 피해도 끼칠 수 없었다. 다만 그 사실을 모르는 라이칸슬로프는 그 숏 소드의 움직임을 주시하며 룬의 주위를 맴돌고 있었다.

'어떻게 하지……?'

레전트는 어지러운 머리를 감쌌다. 룬을 살리기 위해서는 아래로 내려가야 했지만 저 라이칸슬로프의 움직임은 아까의 라이칸슬로프에 비해 굉장히 빨랐다. 자신이 사정거리 안에만 들어가면 당장 튀어 올라 공격을 할 것이 뻔했다. 게다가 레전트 역시 룬의 검에서 인첸트가 풀리는 것을 보았다.

'생각해 내라, 레전트. 뭔가 방법이 있을 거다. 적어도…….'

그때 레전트의 머리 속에서 한 가지 사실이 떠올랐다. 자신의 마법으로는 저 라이칸슬로프의 마법 저항력을 뚫기는 힘들 것 같았다. 하지만 룬이라면 가능할 것 같았다. 검으로 상대방의 몸을 직접 베는 룬이라면.

"룬! 잠깐만 기다려! 알았지! 반드시 돌아온다!"

그때 레전트가 소리를 지르더니 어디론가 빠른 속력으로 날아가기 시작했다. 라이칸슬로프는 룬을 약간 경계하며 멀리 날아가고 있는 레전트를 비웃었다.

"크… 동료에게 버림받은 기분이 어떤가?"

"동료는 아니다. 버림받을 만한 관계는 아니니까 상관없다."

배신당했다는 기분은 들지 않았다. 어쨌거나 돌아온다고 했으니까. 비록 그 말이 거짓인지 어쩐지는 몰랐지만 지금 룬에게는 선택의 여지가 없었다. 룬은 살아남기 위한 모든 방법을 머리 속으로 떠올렸다. 그때 라이칸슬로프의 모습이 갑자기 시야에서 흐려지자 룬은 재빨리 다리와 상체를 굽혀 몸을 최대한 바닥으로 밀착시켰다. 룬은 자신의 눈을 의심하지 않았다.

부웅—

그와 거의 동시에 머리 위로 굉장한 풍압이 느껴지며 라이칸슬로프의 앞발이 지나갔고 룬은 거의 엎드린 자세에서 몸을 뒤틀며 위로 검을 크게 휘둘렀다. 하지만 라이칸슬로프는 몸을 크게 튕겨 공격을 피함과 동시에 뒷발로 룬을 찍어 내렸다. 자세가 불안정한 이상 제대로 피하기는 무리였다. 룬은 몸을 재빨리 굴리며 그 공격을 피했지만 결국 가슴 한복판에 길다란 발톱 자국이 새겨졌다. 룬은 땅을 구르던 자세에서 한 손으로 땅을 밀어내며 일어섰고 라이칸슬로프는 듣기 싫은 웃음소리로 외쳤다.

"크크크킥! 언제까지 피할 수 있을까!"

라이칸슬로프는 룬의 머리 위로 뛰어올랐다. 뛰어서 하는 공격은 빈틈이 꽤나 큰 편이다. 그럼에도 불구하고 라이칸슬로프가 그런 공격을 한 것은 자신의 힘에 대한 믿음이 짙기 때문이었다. 하지만 룬은 어떤 물체든 공중에 뜬 상태에서는 속력을 가속시킬 수 없다는 사실을 잘 알고 있었다. 날개가 달려 있지 않은 이상은.

룬은 전속력으로 앞을 향해 뛰었다. 그러자 방금까지 룬이 있던 곳에 라이칸슬로프가 날카로운 발톱을 박아 넣었다. 완전히 그 공격을 피해낸 룬에게는 목숨과 같은 찬스가 주어졌다. 최상의 방어는 공격. 그 사실을 의심해 본 적은 단 한 번도 없었다. 룬의 왼손에 들린 숏 소드가 땅을 향해 늘어지며 뒤로 돌아가고 왼쪽 어깨가 앞으로 나왔다. 방패가 없어서 조금 불안하긴 했지만 돌격 찌르기를 하기에는 너무 거리가 짧았다.

"핫!"

다리가 땅을 박차자 룬의 몸이 빠른 속력으로 질주했다. 일직선 속도라면 그 누구보다 자신이 있었다. 불과 몇 시간 만인데 오래전에 버렸던 전투가 몸에서, 머리 속에서 떠오르고 있었다. 왼쪽 팔꿈치가 아직 공격에 대비하고 있지 못한 라이칸슬로프의 몸을 찔러 들어갔다. 무게의 차이 때문에 그 충격은 룬에게도 미쳐 왔지만 룬은 그 사실에 움찔하거나 하지 않았다. 룬은 등 쪽에서 부딪쳐서 그런지 약간 비틀거리는 라이칸슬로프에게 숏 소드를 수평으로 휘둘렀다. 원래는 왼손의 방패로 적과 격돌함과 동시에 자세를 흐트러뜨리고 오른손의 검으로 적을 확실히 베어버리는 공격을 행하는 용병 검술. 하지만 라이칸슬로프는 몸을 비틀거리면서도 오히려 팔을 휘둘러 자신에게 휘둘러지는 숏 소드를 쳐냈다. 룬은 눈앞을 아슬아슬하게 지나가는 손톱을 피해내기는 했지만 그 여파로 인해서 중심을 잃고 뒤로 쓰러지고 말았다. 그리고 재빨리 몸을 일으키려 했지만 뭔가 무거운 것이 가슴 위를 짓눌렀다.

"크으……."

"과연. 꽤 하는 인간이군. 죽이기는 아까워."

라이칸슬로프의 발이 룬을 짓누르고 있었다. 부러진 갈비뼈가 폐를 찌르자 룬은 가슴속에서 섬뜩한 아픔을 느꼈다. 숨 쉬기가 더 더욱 힘들어지고 있었고 숨을 내쉴 때마다 핏방울이 기도에서 튀어나오고 있었다. 룬은 희미해지는 의식을 가다듬고 자신의 가슴을 누르고 있는 라이칸슬로프의 다리에 숏 소드를 휘둘렀다. 라이칸슬로프는 룬이 움직임을 보이자 룬의 가슴 위에 올려둔 발에 힘을 주었고, 룬은 호흡의 곤란을 느끼며 손에서 숏 소드를 놓치고 말았다.

"너라도 내 동족으로 만들고 싶군. 크르……."

"내가… 그런 괴물이 될 것 같나?"

힘없는 쉿소리가 룬의 목을 타고 흘러나왔다. 아마 자신이 싸웠던 그 라이칸슬로프도 자신이 모르는 사이에 이 여자에게 감염당한 것이었을 것이다. 만약 자신이 라이칸슬로프에게 물리는 걸 알아차렸다면 가만히 있었을 리가 없을 것이다. 대부분 사람은 라이칸슬로프의 전설을 알고 있으니까. 근처 신전에 찾아가 치료를 받거나 자살하고 말 게 뻔했다.

"알고 있다. 잡아먹어 주지. 크크크크……."

라이칸슬로프는 룬의 가슴에서 발을 치우고 멱살을 잡아 올리더니 어깨로 천천히 입을 가져갔다. 기분 나쁜 비린내와 함께 입김이 느껴졌지만 룬은 끝까지 눈을 감지는 않았다. 라이칸슬로프는 룬이 고통과 공포에 몸부림치는 것을 보고 싶어했다. 하지만 룬은 고통 때문에 약간 얼굴을 찌푸렸을 뿐 더 이상의 반응은 보이지 않았다.

"크으으!"

라이칸슬로프의 이빨이 어깨 속으로 파고 들어가자 룬은 신음 소리를 흘렸다. 피부를 관통한 이빨은 서서히 근육을 찢고 뼈를 짓눌러 으스러뜨리려 했다. 보통 인간이 산 채로 이런 고통을 받기에는 정신이 받쳐 주지 못할 것 같았다.

"끝까지 버틸 거다……."

왼팔이든 오른팔이든 설사 두 팔이 다 망가진다 하더라도.

"…끝까지."

어깨를 자근자근 씹고 있는 라이칸슬로프의 눈과 룬의 눈이 마주쳤다. 음흉한 웃음을 가늘게 띠고 있는 눈. 다른 무언가에 대해서 적대감을 느끼는 감정. 분노가 룬의 가슴속 깊이 충만하게 차 올랐다. 라이칸슬로프를, 자신의 눈앞에서 음흉하게 웃고 있는 이 괴물을 죽여 버리고 싶다는 감정이 룬의 심장을 강하게 눌렀다.

왼쪽 어깨에 라이칸슬로프 이빨이 박혀 있는 상태에서 팔을 움직이는 건 말도 안 되는 일이었고, 오른쪽 팔은 어느 사이에 라이칸슬로프에게 잡혀 있었다. 하지만 룬은 포기하지 않았다.

"크아악!!"

룬은 악물고 있던 입을 벌려 힘껏 목을 뻗었다. 그리고 자신을 주시하고 있는 기분 나쁜 라이칸슬로프의 눈알을 힘껏 물어뜯었다. 미끄덩거리고 끈적거리는 느낌이 룬의 입 안을 채웠고 동그란 무언가가 입 안을 가득히 메웠다. 룬은 멈추지 않았다. 눈알의 뒷면에 달려 있는 시신경이 길게 빠져나왔지만 룬은 멈추지 않고 이빨에 힘을 주어 시신경을 뜯어냈다.

"크아아아아악! 이 빌어먹을 인간 놈이!"

룬의 몸이 빠른 속력으로 공중을 날다가 건물과 충돌했다. 그 충격으로 룬의 입이 열리자 룬의 입 안에서 동그랗고 흰 무언가와 가느다란 줄기들, 그리고 피가 쏟아져 나왔다. 라이칸슬로프의 것인지, 아니면 룬 자신의 것인지 분간하지 못할 붉은 피가.

룬은 몸에서 고통이 희미하게 느껴지는 것을 느꼈다. 이 이상 몸을 함부로 놀렸다가는 죽게 된다는 것을 알 수 있었다. 하지만 룬은 비틀거리면서 자리에서 일어섰다.

"크으으으윽! 절대! 절대 살려두지 않겠다! 고통에 떨다가 제발 죽여달라고 사정하게 해주마! 절대로!"

라이칸슬로프는 안구가 없어진 눈을 앞발로 감싸 쥔 채 사납게 울부짖고 있었다. 룬은 그런 라이칸슬로프의 모습을 보면서 뭔가 유쾌한 기분을 느꼈다. 그리고 입을 열어 나지막이 중얼거려 라이칸슬로프를 도발했다.

"덤벼라… 개 머리."

"젠장! 도대체 어디 있는 거야!"

레전트는 거칠게 소리치며 아까 라이칸슬로프에 의해 습격당해 부서진 여관의 2층을 뒤지고 있었다. 분명히 스승이 하만에게 내린 검은 마법검이었다. 이대로라면 룬은 죽을 상황이었다. 그렇다면 빠른 시간 내에 마법검을 찾아 룬에게 날아가는 것이 레전트에게 남겨진 유일한 방법이었다. 한참 동안이나 2층을 뒤지던 레전트는 부서진 잔해 속에서 삐쭉이 나와 있는 사람의 팔을 발견했다. 레전트는 나무의 파편이나 돌 조각 때문에 손에서 피가 흐르는 것을 상관하지 않고 나뭇조각과 돌 등을 헤집기 시작했다. 완전히 뭉개져 버린 인간의 시체가 그 속에 있었지만 레전트는 그것보다 그 마법검의 행방을 찾았다. 분명히 검도 뽑지 못하고 당해 버린 하만의 허리춤에 그 마법검이 있을 터였다.

"찾았다!"

레전트는 급히 돌무더기 사이에서 마법검을 빼 들었다. 레전트는 부서진 하만의 시체에 느낄 법한 혐오감은 잊어버린 채 재빨리 뚫린 창으로 뛰어내리며 마법의 발동어를 외쳤다.

"플라이!"

사실 플라이는 레전트가 걸치고 있는 망토로부터 발생하는 마법이었다. 과거로부터 전해지는 아티팩트. 그것도 사용자의 마력을 소모하는 형식이 아닌 하루에 몇 번을 사용할 수 있는 조건이 붙은 고급 매직 아이템이었다. 새삼스럽게 사부님이 던져 준 망토에 고마움이 느껴지는 레전트였다. 하지만 이 망토로 사용할 수 있는 플라이도 이번이 마지막이었다.

"빨리 가지 않으면……!"

망토는 사용자의 의지를 반영하듯 빠른 속력으로 레전트의 몸을 날게 했다. 하지만 그 속력도 레전트에게는 느린 속력으로 인식됐다. 레전트는 더 더욱 깊이 염원했다. 더 더욱, 더 더욱 빨리. 바람보다 빠르게 날라고.

"젠장! 나는! 사람이 내 눈앞에서 죽을 때가 가장 기분이 더럽단 말이야! 하만 녀석이 죽는 것도 보고 싶지 않았다고! 젠장! 젠자아앙!!"

발악하듯 내지른 소리가 바람을 타고 사방으로 흩어졌다. 하지만 레전트는 그런 것에 신경 쓰지 않고 더 더욱 빨리 날기를 염원하며 소리쳤다. 마치 아픈 상처를 찔린 짐승처럼.

"크륵!"

꽉 다문 입에서 피가 흘러나왔다. 하지만 이건 룬의 피만이 아니었다. 룬은 피와 살이 붙어 뚝뚝 흐르는 털가죽을 뱉어냈다. 그러자 그 털가죽의 주인은 질린다는 듯이 소리를 지르며 바닥을 뒹굴고 있는 룬의 배를 걷어찼다.

"죽어버려! 죽어버리란 말이다! 이 빌어먹을 인간!"

비명을 지를 틈도 없었다. 인간치고는 꽤 튼튼한 룬의 몸도 움직이지 못할 정도로 만신창이가 되어 있었다. 하지만 룬은 중얼거리면서 바닥에서 몸을 일으켰다.

"이 정도로… 죽지 않는다……."

"이… 괴물 자식!"

"죽지 않는단 말이다!"

룬의 몸이 앞으로 달렸다. 아까에 비하면 턱없이 느린 속력이었지만 라이칸슬로프는 그런 룬을 피할 생각을 하지 못했다. 라이칸슬로프는 자신이 룬을 괴물이라고 칭한 것을 눈치 채지 못할 정도로 당황해하고 있었다.

'어째서! 어째서!'

더 이상 움직이지 못할 정도였다. 그런데도 이 인간 남자는 자신을 향해 달려들고 있었다. 양팔을 덜렁거리며 이빨로 자신을 물어뜯으며 공격을 하고 있었다.

"겁먹은… 거냐!"

룬이 물어뜯은 상처는 이미 깨끗하게 아물어가고 있었다. 어떤 상처라도 금방 재생되는 라이칸슬로프에게는 전혀 치명적이지 않은 상처일 것이다. 하지만 룬은 다시 뛰어올랐다. 그리고 당황해하고 있는 라이칸슬로프의 팔을 물어뜯었다.

"크어어어어어!"

라이칸슬로프는 자신의 팔에 매달린 룬의 머리를 반대쪽 손으로 움켜잡았다. 그리고 힘을 주어 룬을 팔에서 뜯어내려 했지만 룬은 절대 놓지 않았다. 결국 다시 한 번 라이칸슬로프는 자신의 가죽의 일부분이 찢겨 나가는 아픔을 느껴야 했다.

"놀아주는 것도 끝이다! 죽어라!"

"크윽……!"

라이칸슬로프는 이번에는 룬을 집어 던지는 대신 룬의 머리를 잡고 있는 손에 압력을 가하기 시작했다. 룬은 본능적으로 몸을 버둥거렸지만 강력한 힘을 가진 라이칸슬로프의 손에서 벗어나는 것은 쉬운 일이 아니었다. 라이칸슬로프는 룬의 머리를 그대로 부숴 버리려는지 계속 힘을 가했다.

휘릭―

그때였다. 무언가가 바람을 가르며 날아와 룬의 머리를 누르고 있는 라이칸슬로프의 팔을 때렸다. 라이칸슬로프는 룬에게 집중을 하고 있다가 뭔가가 강하게 자신의 팔을 치자 깜짝 놀라며 손에 힘을 빼고 말았다.

"케캥!"

"아직 살아 있냐?"

룬은 피가 흘러 들어가 흐릿한 눈을 번쩍 뜨고 소리가 들려온 쪽을 바라보려고 했다. 하지만 고통은 참을 수 있었지만 몸이 잘 움직이지 않았다. 룬은 겨우 목을 움직여 공중에 둥둥 떠 있는 레전트를 바라보았다. 레전트는 품에 돌덩어리를 몇 개 쥐고 아래를 내려다보고 있었다.

'돌아왔나…….'

하지만 대답할 기운도 없었다. 룬은 단지 고개를 작게 끄덕였고 레전트는 그것을 보더니 약간 안심하는 표정을 짓고 손에 들고 있던 나머지 돌덩어리를 라이칸슬로프를 향해서 던졌다. 라이칸슬로프는 반사적으로 넓은 지역으로 날아오는 돌덩이들을 피해서 뒤로 물러섰다.

그리고 그 틈을 노려 레전트가 지상으로 빠르게 내려왔다. 마력을 약간 담아 조종한 돌덩이들은 룬에게는 맞지 않았다. 라이칸슬로프는 그제야 레전트에게 달려들려고 했지만 레전트는 간발의 차로 레전트를 감싸 안고 다시 하늘로 날아올랐다.

찌익―

손톱에 걸렸던 로브가 찢겨 나갔지만 레전트는 그 로브에 대해서 신경 쓰는 대신 더 더욱 높이 날아올랐다. 잡히면 죽는다는 것을 잘 알고 있는 레전트로서는 라이칸슬로프가 올라오지 못할 정도로 높게 날아올라야 했다. 레전트는 피에 젖은 룬의 몸이 미끄러지려고 하는 것을 안간힘을 다해 버티면서 공중으로 날아올랐다.

"괜찮은 거야? 아니, 괜찮을 리가 없겠군. 이런 거 물어봐서 미안해."

"……."

알면 묻지 말라고 말해 주고 싶었지만 룬은 그냥 입을 다물었다. 높은 고도에 이르자 차가운 바람이 점점 식어가는 룬의 몸을 휘감았다. 출혈이 출혈인만큼 룬의 체온은 점점 내려가고 있었다. 레전트는 룬의 품속을 뒤져 힐링 파우더가 있는 주머니를 찾아냈다. 주머니는 피가 엉겨 붙어 끈적끈적하기는 했지만 가루에는 별문제가 없어 보였다. 다만 주머니가 열려서 조금씩 가루가 나오고 있었던 것 같았다. 룬은 몰랐지만 그렇게 조금씩 새어 나온 힐링 파우더는 룬을 조금씩 치료하고 있었다.

레전트가 룬의 몸 여기저기에 아낌없이 가루를 뿌리자 금세 출혈이 멈추며 상처가 아물기 시작했다. 룬은 점점 나아가고 있는 자신의 몸 상태를 느끼며 입을 열었다.

"레전트… 너……."

"응? 이제 말할 수 있겠어?"

"…쓸데없는 말이 너무 많아."

정신을 조금 차린 룬은 위를 올려다보면서 으르렁거리는 라이칸슬로프를 힐끔 바라보다가 레전트의 몸을 움켜잡았다. 레전트의 약한 힘으로는 룬을 오랫동안 잡고 있는 것은 무리였다.

"그래서… 어디 갔다 온 거지?"

"응? 아, 원래는 네가 싸울 수 있게 하려고 마법검을 찾아왔는데 싸울 수 있겠어? 못 싸우겠으면 그냥 도망가도……."

"마법검?"

머리 속에서 재빨리 오늘 낮의 일이 떠오르기 시작했다. 그 하만이라는 기사가 가지고 있었던 마법검. 룬은 그 기사가 죽었다는 것을 생각해 냈다.

"도망갈래? 나도 이제 볼일 다 봤으니까 홀리서클로 도망가면……."

"내려줘."

"뭐? 지금 내려줬다가는 저 녀석이 공격할 텐데……."

레전트는 걱정스러운지 그렇게 말했지만 룬은 여전히 레전트에게 매달린 채로 아래를 향해 외쳤다.

"이봐, 개……."

"크어어어! 죽여 버리겠다!"

라이칸슬로프는 룬이 무슨 말을 하려고 하자 사납게 울부짖었다. 룬은 평소에 하는 대로 길게 한숨을 쉬고 중얼거리듯 말했다.

"확실히 그냥 내려갔다가는 죽겠군. 일단 검부터 줘."

레전트는 양손으로 자신을 움켜잡고 있는 룬을 훑어보다가 허리춤에 검집째로 찔러 넣었다.

"저기 지붕 위로 날아라. 그리고 내가 너에게서 떨어지면 바로 날아올라서 도망가."

"너, 몸이……."

"상관하지 마라. 난 네 고용인이다."

"…알았어."

룬이 더 이상 단호하지 못할 만큼 단호하게 말하자 레전트는 별말 하지 못하고 룬의 말을 실행에 옮겼다. 레전트가 약간 낮게 날기 시작 하자 라이칸슬로프가 그 틈을 놓치지 않으려는지 지붕 위로 뛰어 올라 오더니 레전트에게 뛰어올랐다.

"크오오오!"

레전트는 자신을 잡고 있던 무거운 것이 떨어져 나가자 바로 방향을 틀어서 위로 솟구쳐 올랐다. 순식간에 목표가 둘이 되자 라이칸슬로프 는 잠시 주저하는 모습을 보였지만 곧 자신에게로 떨어지고 있는 룬을 목표로 발톱을 휘둘렀다.

"죽어라!"

룬은 자신을 향해 휘둘러지는 발톱을 피하는 대신 오히려 먼저 손을 뻗어 라이칸슬로프의 팔을 움켜잡았다. 그리고 그것을 중심으로 몸을 뒤틀며 무사히 지붕 위에 착지했다. 지붕 위에 내려앉는 순간 척추가 부러지는 듯한 충격이 있었지만 룬은 이를 악물고 자리에서 일어섰다.

"후우……."

룬은 그제야 레전트가 준 마법검을 바라보았다. 우습게도 아까 뒤졌 던 그 많은 무기들 중에서도 없던 한쪽 날만 있는 검이었다. 시미터와 는 약간 다른, 길고 곧게 뻗은 검신. 룬은 그 검에서 예전에 느꼈던 익 숙함을 느끼고 자세를 잡았다. 양팔도 어느 정도 회복되어서 무리한 움직임이 아니면 검을 휘두를 수 있을 것 같았다.

"크르르… 이번에도 피해낼 수 있나 보자!"

"이봐, 너."

"크?"

룬은 침착하게 진지한 얼굴로 라이칸슬로프에게 충고했다.

"너도 너무 말이 많아."

그 다음 순간 룬은 검을 휘둘러 자신의 아래쪽의 지붕에 균열을 내고 발을 힘차게 굴렀다. 당연히 룬의 몸이 지붕 안쪽으로 가라앉았고 룬은 바닥에 착지하자마자 앞쪽을 향해 검을 휘둘렀다. 그러자 막 자신의 아래쪽을 부수며 내려오던 라이칸슬로프는 룬의 공격을 피하지 못했다.

스각―!

"크아아아아악!"

라이칸슬로프는 비명을 지르며 뒤로 물러섰다. 명중은 했지만 애초에 목표가 확실하지 않았던 공격이라서 그런지 치명타는 아니었다. 룬이 휘두른 검은 라이칸슬로프의 얼굴에 길다란 칼자국을 만들었다. 룬은 재빨리 검을 다시 휘둘렀고 라이칸슬로프는 벽을 부수며 바깥으로 뛰쳐나갔다. 룬은 라이칸슬로프를 따라 벽을 통과해 바깥으로 나갔다.

"크르르……."

"2라운드다."

"건방진… 인간 주제에!"

룬은 맨 처음 라이칸슬로프를 상대했을 때처럼 자세를 잡았다. 오른팔이 굽혀지며 뒤로 빠지고 칼날은 위를 향한다. 그리고 왼팔은 그런 검등을 받치고 몸은 최대한 낮게 웅크려진다. 누구에게서 배웠는지 생각나지도 않는 기술이었다. 오직 룬만이 이런 황당한 기술을 사용했다. 돌격 찌르기는 빗나갈 경우 빈틈이 엄청난 기술이었다.

하지만 룬은 자신감을 가지고 있었다. 반드시 저 라이칸슬로프에게 검을 박아 넣을 자신이 있었다. 없어졌던 뭔가가 다시 충족된 것 같은

느낌이 들고 있었다. 룬은 자신의 손에 들려 약간 어두운 빛을 띠고 있
는 검의 이름을 나지막이 불렀다.

"이터……."

검을 보면서 수척해졌다고 하는 것은 분명히 웃기는 말일지도 모르
지만 왠지 룬은 이터가 옛날에 비하여 말라 있는 것 같다고 생각했다.
분명히 웃기는 일이다. 금속으로 되어 있는 무기는 숫돌에다가 날을
갈다 보면 얇아질 수도 있기는 하지만 이터는 마법검이었다. 마법검도
날을 봐줘야 하지만 그렇다고 날이 얇아질 정도로 날을 세우는 바보는
없다. 하지만 룬은 이터가 분명히 말라 있다는 것을 느꼈다.

"미안하다……."

자기 자신을 알았을 때 유일하게 몸에 지니고 있었던 것.

"내 실수… 아니, 내 잘못이다……."

팔이나 다리, 몸의 일부분과 같은 존재.

"간다."

어째서 이터가 이럴 때 자신의 손에 들어온 건지는 문제가 되지 않
았다. 그저 이 순간 자신의 손에 이터가 들어와 있다는 사실이 룬을 아
주 약간이나마 흥분케 했다.

몸이 활시위를 떠난 화살처럼 앞으로 튀어 나갔다. 방금 전까지 죽을
것같이 비틀거리던 몸이었지만 룬의 의지가 몸을 받쳐 주고 있었다. 룬
은 정말로 눈 깜짝할 사이에 라이칸슬로프의 눈앞에 도착하여 이터를
라이칸슬로프의 배를 향해서 찔러 넣었다. 달려온 속력이 그대로 걸린
만큼 무서울 정도로 위력적인 공격이 라이칸슬로프의 배를 파고들었다.

퍼억—

라이칸슬로프는 그 공격을 피하는 대신 룬의 머리를 후려쳤다. 하마

터면 머리가 뒤로 돌아갈 정도의 공격이지만 룬은 머리를 크게 움직여 피해를 줄였을 뿐 뒤로 물러서지 않았다.

푸악—

왼팔이 칼등을 올려치자 칼날은 튕겨져 올라가며 배와 가슴에 길다란 상흔을 남겼다. 원래대로라면 허리 위쪽의 상체를 양분해 버릴 정도의 공격이었지만 라이칸슬로프가 룬이 자신의 공격에 맞고도 버티자 급히 뒤로 몸을 빼버렸기에 그렇게 되지는 않았다.

"인간 주제에… 인간 주제에! 이 빌어먹을 인간 놈이!"

복부를 비집고 나온 내장과 가슴에서 흐르는 핏방울들. 룬은 그 상처가 충분히 치명적이라는 것을 알 수 있었다. 그러나 룬은 이터를 믿었다.

"인간 주제에!!"

분노에 찬 라이칸슬로프는 적극적으로 룬을 공격해 들어오기 시작했다. 쉴 새 없이 손톱이 휘둘러졌지만 룬은 그 공격을 상당수 피해내며 라이칸슬로프의 몸 여기저기에 작은 상처를 냈다. 아무리 속력이 빠르다고 해도 흥분한 상대의 공격은 컸고, 룬은 작은 움직임만으로도 공격을 피해낼 수 있는 능력이 있었다. 게다가 라이칸슬로프가 입은 상처는 결코 가볍지 않았다. 익숙하지 않은 통증은 그만큼의 기동력을 앗아갔다.

키잉— 키잉—

손톱과 이터가 부딪치며 몇 번이나 불꽃을 튀기자 룬은 점점 몸이 마음대로 움직이지 않는 것을 느꼈다. 방금 전까지 죽을 정도로 두들겨 맞았던 몸이 정상적으로 움직여 주는 것을 바라는 것은 무리였다.

"하앗!"

"크윽?!"

한참 동안 서로 공방을 주고받던 중 룬은 팔에 힘을 주어 라이칸슬로프를 뒤로 밀어냈다. 라이칸슬로프도 힘이 빠졌는지 원래는 밀리지 않을 테지만 뒤로 약간 밀려났다. 이대로 시간을 끈다면 아무리 이터가 있다고 해도 자신이 불리하다는 것을 룬은 알고 있었다. 적은 어쨌거나 달의 마력을 받아 무한대로 재생하는 마수였다.

"레전트!"

라이칸슬로프는 룬의 외침에 깜짝 놀라며 하늘을 바라보았다. 지금 이런 큰 상처를 입은 채로 공격 마법을 맞는다면 마법 저항력이 제대로 발동될 리가 없었다. 하지만 레전트는 하늘에 뜬 채 라이칸슬로프의 시선과 룬의 외침에 당황해했다.

"응? 뭐, 뭐가?"

라이칸슬로프는 아주 잠시 동안 움직임을 완전히 멈췄다. 하지만 룬은 그 순간의 기회를 놓치지 않는 노련함을 발휘했다. 룬의 마음속으로 오랜만에 이터의 능력을 발동시키는 시동어가 읽혀졌다.

킬 블레이드(Kill Blade)—

순간적으로 이터가 엷은 푸른 빛에 휘감겼다. 룬은 이터가 푸른 빛에 휘감기자마자 이터를 라이칸슬로프의 정수리를 향해 내려쳤다. 룬과의 거리가 거의 3, 4m의 거리가 떨어져 있었지만 라이칸슬로프는 본능적으로 뭔가를 느끼고 양팔을 교차시켰다. 하지만 그 이상의 움직임은 보이지 않았다. 본능적으로 이런 자세를 취하기는 했지만 피의 달의 축복을 받는 자신의 몸에는 큰 피해를 끼치지 못할 것이라고 생각했다.

"키아아아악—!"

대기가 비명을 지르며 찢겨져 나가며 대기가 입은 상흔은 빠르게 다른 대기로 전달되었다. 순식간에 진공에 의한 길다란 상흔이 땅에 깊은 흠집을 냈고 라이칸슬로프는 믿을 수 없다는 듯이 땅에 떨어져 있는 두 개의 손목을 내려다보았다. 몸에서 완전히 분리된 라이칸슬로프의 손목은 하얀 연기를 내면서 타 들어가고 있었다.

"크… 크르… 륵… 네… 네놈……!"

진공의 칼날은 명검의 그것이나 다름없을 정도로 날카로웠다. 라이칸슬로프는 자신의 몸을 절반으로 토막 낸 룬을 경악한 눈으로 바라보았다. 룬은 힘이 완전히 빠졌는지 무릎을 꿇고 있었다.

원래 룬의 실력은 공기를 베어내 진공파를 형성시킬 정도가 아니었다. 그런 것을 만드는 것은 진정으로 검성으로 불리는 자가 아니라면 불가능한 행위였다. 하지만 룬은 그것을 이터의 힘을 빌려 성공시켰다. 킬 블레이드를 발동하여 사용할 수 있는 진공파의 큰 단점은 시간과 틈이었다. 일단 이터를 넓고 강하게 휘둘러야 했기 때문에 동작이 커지는 것이다. 그래서 룬은 레전트를 미끼로 삼아 빈틈을 만들어냈다. 미끼라고 해봤자 레전트의 안전은 충분히 보장되었기 때문에 룬은 아무런 스스럼 없이 레전트의 존재를 이용했다.

룬은 상처 부위에서 피를 주륵주륵 흘리며 비틀거리고 있는 라이칸슬로프를 바라보다가 이터를 땅에 박고 자리에서 일어섰다. 분명히 몸을 완전히 절단해 버리는 공격임에도 불구하고 몸이 갈라지지 않고 있다는 건 몸이 절단되면서 재생되어 버렸다는 증거였다. 진공파는 날카롭기는 했지만 마력을 싣고 있지는 않았다.

"후우… 후우… 큭……."

킬 블레이드를 쓴 덕분인지 머리가 흔들거리고 있었다. 원래대로라면 몇 번 정도는 써도 버틸 수 있었을 테지만 몸 상태가 극악이어서 그런지 머리가 어지러웠다. 룬은 비틀거리면서 몸을 부들거리며 서 있는 라이칸슬로프를 향해 다가갔다. 그리고 겨우 몸을 가누고 있는 라이칸슬로프의 심장에 이터를 깊숙이 찔러 넣었다. 그리고 그대로 쓰러졌다.

"마음껏 먹어라……."

라이칸슬로프는 그게 무슨 뜻인지 모르고 심장에 박혀 있는 이터를 빼내려고 몸부림쳤다. 하지만 이미 손이 사라진 라이칸슬로프는 이터의 손잡이를 잡지 못했다. 그렇게 한참 동안 쓰러져 있는 룬을 앞에 두고 이터를 빼내려고 하던 라이칸슬로프의 눈이 어느 순간 크게 떠졌다.

"크, 크륵? 뭐, 뭐냐!"

검날을 움켜잡은 탓에 팔목에는 수많은 상처가 나고 있었지만 그건 중요하지 않았다. 라이칸슬로프는 뭔가가 자신의 심장을 파먹으며 끊임없이 피를 빨고 있다는 것을 느꼈다.

"크악! 크아아악!"

라이칸슬로프는 쓰러진 채로 미친 듯이 이터를 뽑아내려고 했지만 이터는 무형의 이빨을 라이칸슬로프의 심장에 박은 것처럼 빠지지 않았다. 오랫동안 굶은 야수가 먹잇감에게 이빨을 박고 피를 빠는 것처럼.

"크르르르륵… 크륵. 크르륵……."

라이칸슬로프는 결국 입에서 피가 섞인 게거품을 내뿜으며 사지를 늘어뜨렸다. 라이칸슬로프의 심장에 박혀 있는 이터는 오랜만의 포식에 진한 핏빛을 머금고 달빛을 반사하고 있었다.

Chapter 1 귀환

3

"……."

가만히 뜬 눈으로 창밖에서 빛이 비춰져 들어왔다. 룬은 그 창이 일반적인 나무로 만든 창이 아니라 투명한 유리로 되어 있는 유리창이라는 것에 고개를 돌려 주위를 관찰하려고 했다. 하지만 그 순간 숨 막힐 정도로 엄청난 통증이 몸의 구석구석으로 퍼져 들어갔다. 예상하지 않은 상태에서의 고통은 혈관을 타고 몸의 구석구석으로 흘러 들어갔다. 룬은 이번에는 온몸에 힘을 주고 이를 악문 채 자리에서 몸을 일으켰다. 온통 흰색 빛으로 칠해진 벽과 천장, 그리고 꽃병에 담긴 꽃들. 룬은 평생 동안 본 적이 없는 광경이었기에 이곳이 어딘지도 판단할 수 없었다. 룬은 문득 몸을 내려다보았다가 약간 눈을 가늘게 뜨고 온몸을 구석구석 살폈다. 분명히 부러졌을 가슴 뼈나 여기저기 다쳤던 깊은 상처들이 약간의 흉터만 남기고 사라져 있었다. 룬은 이런 사실들을 총합하여 이곳이 어딘지 대략 생각했다.

"병원… 아니면 신전인가?"

누가 자신을 병원에다가 옮겨놓았는지에 관한 의문은 금방 풀렸다. 아마도 레전트일 것이다. 엠슨일 수도 있지만 이런 고급 병원—혹은 신전—에 환자를 데려다 놓을 정도면 보통 신분이나 돈으로는 안 될 게 뻔했다. 그렇게 생각한 룬은 이번에는 손끝을 조금씩 움직여 보기 시작했다. 당연히 엄청난 통증이 신경을 따라 흘렀지만 몸의 어느 부위가 특별히 다쳐 있는 것은 아니었기 때문에 이 정도의 고통은 극복이 가능했다.

덜컥—

문이 열리고 누군가 들어오자 룬은 버릇대로 문 쪽을 바라보려 하다가 척추를 따라 흐르는 고통에 움찔했다. 방금 문을 열고 들어온 레전트는 그런 룬을 바라보더니 픽 웃었다.

"정신 차렸나?"

"당신……."

"자꾸 당신 당신 하던데 내 이름은 레전트야. 어쨌든 몸은 괜찮아?"

"몸에 상처가 너무 없다는 게 이상하긴 하지만. 여기는 신전인가?"

"신전 겸 병원. 어쨌든 상처가 없는 건 네가 사흘 동안이나 혼수상태에 빠져 있는 동안 회복 마법을 써서 그래. 회복 마법을 시전했던 성직자가 하는 말이, 회복 마법은 자신의 자체 치유력을 향상시키는 작용과 신성력 자체로 인한 육체의 상처를 치유하는 작용을 동시에 지니고 있어서 일어나면 근육통 때문에 고생할 거라고 하던데? 움직이는 것 보니까 괜찮나 보네?"

룬은 아무 말 없이 빛이 들어오는 창밖을 바라보았다. 라이칸슬로프와 싸운 것이 불과 어제 일 같은데 사흘이라는 시간이 흘렀다는 것이 뭔가 이상하게 느껴졌다. 룬은 잠시 동안 그렇게 자신에게 비춰지는 햇빛을 바라보다가 입을 열었다.

"여긴… 어디지?"

"커뮤파이스."

질문의 요점을 잘 집어낸 레전트의 대답에 룬은 고개를 끄덕였다. 네스트의 작은 마을 중 하나인 페츠와 페츠 근처의 도시인 커뮤파이스. 근처라고 하기에는 상당히 먼 거리이기는—왕복에 하루 정도 걸리는—했지만 페츠에 사는 사람들이 생활에 필요한 물건들을 보충할 수 있는 곳이었다. 룬은 알고 있지 못했지만 커뮤파이스는 마물과 싸울 때 전초 기지쯤으로 사용되던 곳이라 시설이 잘되어 있었고, 그런 이유로 사람들이 모여서 큰 도시가 이루어져 있었다.

"그 마법검은?"

"마법검?"

"네가 나에게 사용하라고 빌려줬던 마법검."

룬은 사용하는 단어를 조심스럽게 골랐다. 이터는 지금 자신의 소유가 아니었다. 자신에게 검을 사용하라고 주었던 것은 레전트였다. 어떤 경로로 레전트가 그것을 얻었는지, 그리고 그것을 자신이 다시 되찾을 수 있는지에 대한 정보를 알아내는 것이 지금 룬이 할 수 있는 일이었다.

"가져왔어. 그런데 왜?"

레전트가 등 뒤에서 칼집에 씌워진 이터를 빼 들자 룬은 아무 말 없이 이터를 바라봤다. 조금 기분이 나빠졌다. 자신의 가장 소중한 것이 남의 손에 넘어가 있다는 사실이 묘하게 룬의 감정을 자극했다.

'하지만……'

자신의 손으로 버렸었기 때문에 아무 말도 할 수 없었다. 레전트는 그렇게 아무 말 없이 계속 검을 바라보고 있는 룬의 눈치를 조심스럽게 살피며 자신이 묻고 싶었던 것에 대한 질문을 했다.

"뭐 하나 물어도 돼?"

"무엇을?"

"위에서 계속 보고 있었는데, 내가 보기에는 분명히 이 검에 마력이 감겨드는 느낌이 들었어. 도대체 어떻게 그런 걸 한 거야? 네가 마법사일 리는 없고, 그렇다면 검에 있었던 기능일 텐데 스승님도 그건 알아내지 못했거든. 그리고……."

한참 동안 혼자서 지껄이던 레전트는 침대 옆에 있는 의자에 주저앉더니 이터를 조심스럽게 반쯤 뽑았다. 검이 부엌에서 쓰이는 그런 칼하고는 다르다는 것은 마법사인 레전트도 충분히 인식하고 있었다.

"왜 이 검이 이렇게 변한 거야? 원래 쓰던 칼집이 안 맞을 정도로… 뭐랄까, 커졌다고 해야 하나?"

이터는 전체적으로 붉은빛을 머금고 있었다. 녹슨 금속이 보이는 그런 푸석푸석한 붉은빛이 아니라 루비를 깎아서 날을 만든 것 같은 그런 반투명한 붉은빛이 검날 전체를 휘감고 있었다. 룬은 그런 이터의 모습을 보다가 손을 내밀었다. 레전트는 의외로 순순히 이터를 룬에게 넘겼고 룬은 이터를 받아 들었다.

"…폭식한 거다. 오랜만일 테니까."

"뭐? 무슨 소리야?"

레전트가 이터에 어떤 능력이 있는지 알 리가 없었다. 이터는 겉으로 보기에는 질도 별로 좋지 않은 마법검일 뿐이었다. 룬은 이터를 감싸 쥐며 입을 열었다.

"당신, 이 검에 대해서 얼마나 알고 있나?"

"나는 잘 몰라. 스승님도 마찬가지고. 그냥 마법검이라는 것밖에
는… 하기야 좋은 검이라면 하만 같은 녀석한테 주지도 않았겠지만."

룬은 한숨을 쉬고 말았다.

"이 검은 내가 2년 전에 잃어버린 검이야. 어떻게 당신의 스승님에
게 넘어간 건지는 모르겠지만… 그전까지는 계속 내가 사용했었지."

"그래? 그런데 어쩌다가 잃어버렸어?"

"꼭 말해야 하나?"

룬은 일부러 '버린 것'이 아닌 '잃어버린 것'이라는 단어를 사용했
다. 원래대로라면 룬은 이터를 버렸었다. 하지만 룬은 이런 사소한 말
이라도 자신에게 유리하도록 말을 하려 노력했다.

레전트는 룬의 말에 고개를 흔들었다. 레전트에게는 대부분의 귀족
이 가지고 있는 남의 기분이야 어떻든 나쁜 기억을 떠올리게 하는 버
릇이 없었다.

"좋아!"

잠시 뭔가를 생각하던 레전트가 큰 소리로 외쳤다. 어떻게 하면 이
터를 되찾을 수 있을까 고민하던 룬은 레전트가 소리를 지르자 눈을
들어 레전트를 주시했다. 레전트는 룬이 보기에 왠지 거북한 반짝이는
눈을 하고 있었다.

"나한테 3년만 고용당해라. 그럼 그 검 너한테 줄게. 원래 네가 가지
고 있던 거라고는 하지만 잃어버렸으니까 지금은 네 것이 아니지?"

"협박인가?"

"협박이라고 하긴 뭐하지. 아티팩트는 아무리 싸다고 해도 비싸다

고. 요즘 마법사들은 사소한 아티팩트를 제외하면 잘 만들지 못하거든. 이런 마법검도 시세 꽤 된다고."

레전트는 오른손을 쫙 폈다. 룬은 그 손가락 하나하나를 보다가 다시 눈을 들어 레전트의 얼굴을 바라보았다.

"5엘 피안?"

"50엘 피안이야. 나도 물가는 잘 모르지만 50엘 피안이 결코 푼돈은 아니라고 생각하는데?"

레전트는 아까부터 계속 무미건조한 표정을 짓고 있던 룬의 얼굴이 약간 일그러지는 것을 보고 유쾌함을 느꼈다. 완벽할 정도의 무표정이 자신의 말에 의하여 깨지는 것을 본 레전트는 묘한 성취감을 가져다 주었다.

50엘 피안은 보통 4인 가족의 가정 집이 2년 동안 아무 일도 안 하고 먹고 살 수 있을 정도의 돈이었다. 일반적으로 아무리 성능이 떨어지는 아티팩트라고 하더라도 마법이 들어 있는 물건은 가격이 상상을 초월할 정도로 비쌌다.

"지금 그 검의 주인은 내 스승님이야. 게다가 그 검, 다른 사람한테 넘어갈 수도 있을걸? 그렇게 되면 더 찾기 힘들어질 텐데?"

레전트는 룬이 고민하고 있다는 것을 눈치 채고 결정타를 찔러 넣기 위해서 노력했다. 하지만 레전트의 생각과는 다르게 이미 룬은 이 이상 다른 방법이 없다는 것을 확실히 눈치 채고 있었다. 게다가 자신이 이런 신전에서 며칠 동안이나 치료를 받았다면 그 치료비만 해도 상당할 것이다.

결국 룬은 고개를 끄덕였다.

"잘 부탁한다."

레전트는 너무나도 순순히 대답하는 룬의 모습에 맥이 탁 풀리는 듯한 느낌을 받았다. 보통 사람이라면 자존심 때문에 퉁기거나 하겠지만 룬은 전혀 그런 반응을 보이지 않았다. 레전트는 속으로 작게 중얼거리며—재미없어—자리에서 일어섰다.

"고용주라고 존댓말 안 붙여도 돼. 나 그런 거 딱 질색이니까. 그 하만 녀석은 내가 꼴 보기 싫어서 내버려 뒀지만… 하기야 이제 죽었으니 더 이상 볼일도 없겠지. 어쨌든 쉬어둬. 나갈게. 뭐 필요한 것 있으면 밖에 사람 있을 테니까 부르고."

룬은 레전트가 씁쓸한 미소를 짓는 것을 보고 약간 의외라고 생각했다. 자신보다 신분이 낮은, 게다가 자신이 싫어했던 인간의 죽음을 씁쓸하게 생각하는 귀족은 몇 되지 않았다. 레전트는 머리를 긁적이며 룬에게 쉬라고 말하며 문을 닫고 나가 버렸고, 룬은 체력을 회복하기 위해 이터를 끌어안은 채 누워서 눈을 감았다.

신전에서 약초와 광물 등을 이용하여 만든 약물 요법과 치료 마법을 동시에 행하는 방법은 대륙상의 모든 신전에 널리 퍼져 있었다.

성직자들은 신은 인간이 손을 벌리면 언제나 힘을 빌려주는 존재가 아니라는 것을 알고 있었다. 신은 인간이 자기 스스로의 힘으로 살아가기를 원하고 있었다. 그렇기에 살고자 노력하지 않는 인간에게 신은 힘을 빌려주지 않았다.

혼수상태에서도 살고자 강하게 염원했던 룬의 목숨을 위협했던 큰 상처들은 전부 나아 있었다. 부러진 뼈도 붙어 있었고 라이칸슬로프가 물어뜯어 너덜거리던 어깨도 약간의 흉터를 남기고 치료되어 있었다. 다만 잔잔한 상처나 근육통을 치료하기 위해서는 약물을 사용해야 했다. 그런 작은 상처에는 치료 마법이 듣지 않았다. 꼭 그런 게 아니라고 할지라도 룬은 치료 마법은 육체가 쉽게 내성을 잃게 만든다는 것을 알고 있었기에 순순히 담즙과도 같이 쓴 약을 마셨다.

그리고 이틀이라는 시간이 흘렀을 때 룬은 신전 밖의 땅을 밟을 수 있었다. 룬은 병원에서 치료를 받는 동안 생각했던 것을 만들기 위해서 커뮤파이스를 돌아다녔다. 레전트는 신전에서 나오자마자 그런 것을 구입하는 룬을 이상하게 생각했지만 룬은 묵묵히 물품들을 구입했다. 룬의 머리 속에는 이미 자신이 만들 것에 대한 구상이 그려져 있었다.

룬은 마지막까지는 아닐지라도 앞으로 자신이 망치를 잡을 일은 없을 거라고 생각했다. 그렇기에 마지막으로 자신의 능력을 시험해 보고 싶었다.

그리고 그 다음에 가장 급한 일은 용병 패스를 받는 일이었다. 지금도 용병 패스가 없는 룬은 함부로 이터를 들고 다닐 수 없었다. 다행히 커뮤파이스는 이쪽 지방에는 몇 안 되는 커다란 도시였기에 일거리를 찾는 개인 용병들이 꽤나 잘 모이는 곳이었고, 일거리를 맡았다가 주는 용병 길드는 필연적으로 존재했다.

룬은 레전트가 보증인을 맡는다고 해도 한 명이 더 필요하다는 것을 알고 있었기 때문에 일단 페츠로 돌아가 엠슨에게 양해를 구해볼 생각이었지만 레전트는 그런 룬을 끌고 억지로 길드로 향했다.

끼익—

용병 길드 안에는 몇몇 남자가 서 있었고 여성 상담원 한 명과 거친 용병들을 상대하는 남성 상담원이 앉아 있었다. 레전트는 그 둘을 바라보다가 여자 쪽으로 걸어갔다. 룬은 별수없이 레전트의 뒤를 따라갔

다. 적어도 룬이 보기에 레전트는 안 될 일을 억지로 하는 남자는 아니
었다.

"무슨 일로 오셨습니까?"

용병 길드의 상담원은 친절한 미소를 지으며 그렇게 말했다. 레전트
는 팔꿈치로 룬의 옆구리를 가볍게 찔렀고 룬은 앞으로 나서며 말했다.

"패스를 다시 받을까 합니다. 싸움 도중 패스를 잃어버렸습니다."

"예… 그럼 패스 재발급 신청이신가요?"

"성함이?"

"룬 크리셔드."

"룬 크리셔드 씨, 그럼 옆에 계시는 분이 보증인이신가요?"

"그렇습니다."

"하지만 보증인은 두 명이 있어야 가능……."

레전트는 상담원이 뭐라고 말을 끝맺기 전에 자신의 길드 문장을 조
용히 탁자 위에 올려놓았다. 상담원은 레전트가 뭔가를 책상 위에 올
려놓자 길드 문장을 바라보았다. 그리고 잠시 후 상담원의 얼굴은 새
하얗게 변해 있었다. 마법사들은 매우 괴팍하면서도 강한 존재들이었
다.

"되겠지?"

"예? 예, 예."

상담원은 급히 문장의 아래에 작게 새겨져 있는 이름을 보고 이번에
는 얼굴을 새파랗게 변하게 만드는 묘기를 선보였다. 그리고 손을 떨
면서 양피지에 레전트의 풀 네임을 옮겨 적었다. 룬은 새삼스럽게 권
력의 힘이란 것이 상당히 막강한 것이라고 생각했다.

"여, 여기에서는 제대로 된 패스를 발급해 드릴 수 없습니다. 증명

도장을 영구히 찍을 수 있는 곳은 몇 군데 안 되니……."

룬은 고개를 끄덕거렸다. 이런 마을에서 제대로 된 패스를 받을 수 있을 거라고는 생각하지 않았던 터였다. 여기서는 임시 패스를 받고 좀 더 커다란 도시로 가서 금속으로 된 패스를 발급받아야 했다. 상담원은 양피지에 특수한 잉크로 만든 도장을 찍고 자신의 이름을 서명했다. 그리고 난 뒤 이곳 용병 길드의 일련 번호가 박혀 있는 도장을 찍었다. 전부 다 이 양피지의 증명이 진짜라는 것을 말해 주는 증거였다.

"얼마입니까?"

"임시 패스 발급 비용은 50피안입니다."

레전트는 군말없이 금액을 지불했다. 룬은 상담원이 손을 떨면서 자신에게 넘기는 양피지를 받아 들고 건물 바깥으로 나갔다. 레전트도 자신의 길드 문장을 다시 갈무리해 두고 상담원에게 가볍게 윙크를 한 다음 룬의 뒤를 따랐다.

"너는 지금까지 몇 번이나 여행을 해봤지?"

"글쎄? 음… 이번까지 합하면 다섯 번 정도?"

"수행원을 데리고 다닌 적은?"

"수행원? 아, 하만 같은 녀석? 이번이 처음이야. 이런 장거리 여행은 처음 해보거든."

룬은 레전트가 장거리 여행이 처음이라는 말을 듣고 약간 걱정이 되었다. 단거리 여행과 장거리 여행은 상당히 달랐다. 룬은 그래도 어느 정도의 여행 지식이 있다면 앞으로 같이 다니는 것이 좀 더 편할 것이라고 생각하며 아무 말 없이 길을 걸었다.

아무도 없는 교외로 나갔을 때쯤 레전트는 룬을 향해서 손을 내밀었다.

"잡아."

"무슨 소리지?"

"계속 걸어갈 생각이었어? 말도 없는데 너무 오래 걸린다고. 잡아. 안 떨어뜨릴 테니까 날아가자."

잠시 자신에게 내밀어진 손을 바라보던 룬은 결국 한숨을 쉬면서 그 손을 꽉 움켜잡았다.

"그때는 몰랐는데 꽤 많이 부서졌네……."

여기저기 불에 탄 집들이 널려 있었고 라이칸슬로프가 휩쓸고 지나간 자리에 있던 집은 적어도 절반 정도는 부서져 있었다. 마수에 의한 습격이었기에 이 지방의 영주에게서 어느 정도의 보상금은 받을 수 있겠지만 그 돈만으로는 턱없이 부족할 건 불 보듯 뻔했다.

공중에서는 유난히 그런 모습이 잘 보였다. 상처를 입은 사람들, 폐허 속에서 실의에 빠진 사람들, 그리고 죽어 땅에 묻히길 기다리고 있는 시체들. 룬과 레전트가 날아오는 길에 마을의 묘지의 상공을 지나쳤을 때 아직 채 마르지 않은 흙들이 보였다. 룬은 그 아래에 누군가의 시신이 묻혀 있을 것이라고 생각하며 눈을 살짝 감았다.

레전트는 여관 앞에서 내려섰다. 원래대로라면 하늘에서 내려온 레전트와 룬의 모습은 충분히 이야깃거리가 될 만한 것이었겠지만 마을 사람들은 놀랄 힘도 없는 듯 모두 축 늘어진 상태로 일을 하고 있었다. 룬은 그런 마을 사람들을 잠시 지켜보다가 철괴 같은 것이 들어 있는 가죽 주머니를 어깨에 짊어지고 대장간으로 향했다.

"이틀만 기다려 달라고?"

"안 되겠나?"

"급한 건 아니니까 상관없긴 하지만. 뭔지는 몰라도 빨리해."

룬은 레전트에게 매달려 날아올 때 레전트에게 어느 정도의 시간을 요청했고, 레전트는 룬의 요청을 받아들여 주었다.

엠슨도 복구 공사에 참여하고 있다면 대장간에는 없을 것이다. 룬은 대장간의 문을 조심스럽게 열고 안으로 들어갔다. 화로는 싸늘하게 식어 있고 그 옆에 있는 모루와 벽에 걸려 있는 망치에는 먼지조차 앉아 있었다. 자신이 이곳에 와서 모루에 먼지가 쌓인다는 것은 생각도 할 수 없는 일이었다. 룬은 모루를 만지작거리다가 조용히 엠슨의 이름을 되새겼다.

"엠슨."

하지만 대장간은 조용했다. 평소에 바깥에 진열되어 있던 철제 농기구나 단검, 그 외의 것들도 없었다. 룬은 고개를 들고 주위를 둘러보다가 문득 문틈에 끼워져 있는 종이를 발견하고 그것을 펼쳐 보았다.

『만약 룬, 자네가 돌아온다면 이 글을 보게 되겠지. 나는 마을의 보수 공사에 참여하기 위해서 얼마 동안 이곳을 비울 거네. 그 젊은 마법사에 의해서 자네가 병원으로 간 것은 들었네. 나는 자네가 죽지 않았을 거라고 믿네. 그게 내가 자네를 신뢰하는 방법일 테니. 돌아와서 나를 만나든지 만나지 않든지 그것은 자네가 선택할 일이네. 나를 찾는 게 어려운 일은 아닐 게야. 어쨌거나 작은 마을이니 말일세. 하지만 되도록이면 자네가 하고 싶은 일을 하게나. 나는 자네가 반드시 천직을 찾을 거라고 생각되네.

추신, 문은 잠가두지 않았으니 만약 두고 간 물건이 있거든 가져가게.』

분명히 엠슨의 필체였다. 룬은 그 종이 쪽지를 한참 동안이나 읽고 또 읽었다. 엠슨은 룬이 이곳을 떠나갈 것을 알고 있었던 것 같았다. 룬은 편지의 글씨가 뿌옇게 보이다가 뭔가 뜨거운 것이 볼을 타고 흐르는 것을 느꼈다. 따뜻한 느낌이었다. 룬은 그 느낌이 따뜻하다고 느꼈다. 자신이 눈물을 흘린다는 사실이 신기하게 느껴졌다. 전혀 익숙하지 않지만 더할 나위 없이 익숙한 그런 느낌.

룬은 등에 지고 있던 짐을 놔두고 주위를 둘러보았다. 담금질을 할 때 쓰던 물통. 항상 붉은 불꽃이 피어 오르던 화로가 차갑게 식은 모습. 룬은 더 이상 이런 모습을 보기 싫다고 생각했다.

룬은 생각을 행동으로 옮겼다. 모루의 옆에 있던 나무 물통을 양손에 들고 공동 우물로 향했다. 담금질을 하기 위해서는 물이 필요했다. 룬이 두 개의 물통에 물통을 채우고 대장간으로 향했다. 그때 룬의 귀로 누군가의 목소리가 들려왔다.

"어이! 시간 달라고 하더니 뭐 하는 거야?"

"일을 하고 있는 거다."

"응? 뭐라고?"

룬은 고개를 들어 2층에서 자신을 내려다보고 있는 레전트를 잠시 관찰했다. 그리고 귀를 향해서 손짓을 하자 레전트는 귀를 막고 있던 뭔가를 빼내며 귀를 후비적거렸다.

"아아, 미안. 시끄러워 귀 좀 막고 있었어."

주위에는 부서진 집을 수리하느라 상당한 소음이 발생하고 있었다. 여관 1층 벽이 불에 그슬려 있었고 그 건너편에 있는 집은 지붕이 사라져 있었다. 그 외에도 마을 전체 여기저기에서 뭔가를 부수고 뚝딱거리는 소리가 울리고 있었다.

"수리를 돕는 건 어때?"

"뭐? 내가 왜? 이래 봬도 난 귀족이라고. 내가 왜 그런 귀찮은 일을 도와야 하는 건데?"

"마법이 있잖아. 그리고 수리가 빨리 끝나면 너도 좀 더 편안히 쉴 수 있을 텐데."

레전트는 룬의 말에 대해서 곰곰이 생각하더니 잠시 후 플라이를 써서 수리 중인 근처 건물로 날아갔다.

"이봐! 뭔가 도울 일 없어?"

"히, 히익! 괘, 괜찮습니다!"

"괜찮기는 뭐가 괜찮아! 내가 눈 깜짝하는 사이에 수리가 끝날 게 아니면 빨리 말해."

"그, 그래도……."

"아~ 사람 짜증나게 하네. 왜 내가 도와준다고 해도 뭐라고 하는 거야? 잔말하지 말고 빨리 내가 도울 수 있는 거나 말해 보라니까! 나도 지금 편하게 쉬고 싶어서 이러는 거라고!"

룬은 그런 레전트를 뒤로 놔두고 대장간으로 돌아갔다. 대장간 안에 들어간 룬은 기름걸레를 찾아 모루와 망치에 앉은 먼지를 털어내고 모루 옆에 있는 물통에 물을 부어 넣었다. 그리고 나서 밖으로 나가 숯을 고르기 시작했다. 숯을 고르는 룬의 머리 속에서 엠슨이 했던 말이 떠올랐다. 좋은 숯은 철에 큰 시련을 주고 그 시련은 철을 더 더욱 강하게 만든다고.

그렇게 골라온 숯과 장작을 화로에 넣은 다음 불을 붙이고 풀무질을 하자 곧 화로는 평소와 같이 뜨겁게 달아오르기 시작했다. 룬은 짐에서 철괴들을 꺼내서 뜨겁게 달아오른 화로에 집어넣은 다음 풀무질을 시작했다.

후욱— 후욱—

철괴는 보통 철을 네모난 형태로 만들어놓은 물건이다. 그리고 그것을 녹여서 주조를 하든지 담금질을 하든지는 만드는 사람의 마음이다. 순수한 철의 덩어리. 그러기에 철괴는 연하고 잘 찌그러진다. 룬은 붉게 달아오르고 있는 철괴가 아직 여물지 않은 인간의 모습과 닮아 있다고 생각했다. 바로 지금의 자신처럼.

철괴들이 붉게 달아오르자 룬은 집게로 철괴를 집어 모루 위에 올려놓았다. 꽉 조인 듯한 집게의 감촉이 좋았다. 룬은 오른손에 들고 있는 망치로 철괴를 내려쳤다.

까앙—

망치가 철괴를 내려치는 숫자가 늘어나자 철괴는 점점 납작해지며 모습이 변하기 시작했다. 점점 철판이 되어가는 철괴가 검게 식자 룬은 그것을 다시 화로에 넣고 다른 철괴를 꺼내서 두들겼다.

시련이었다. 살아가면서 겪는 시련. 그 시련을 거치고 많은 시간을 거치며 자신의 존재와 자신의 존재 이유를 찾는다. 그리고 그 시련이 끝나면 진정한 자신으로 태어난다.

룬은 넓게 퍼진 철판들을 적당한 크기로 잘라내고 본격적으로 모루질을 시작했다.

까앙— 까앙—

모습을 다듬고 경도를 높인다. 한참 동안 모루질을 계속하자 룬은 팔이 아파오는 것을 느꼈다. 아직 이렇게 모루질을 할 만큼 체력이 회복되지 않았던 것이다. 며칠 전만 해도 죽을 뻔했던 몸이 며칠 만에 회복되어 있을 리가 없었다. 하지만 룬은 모루질을 멈추지 않았다. 룬의 머리 속에는 절대로 모루질을 멈추면 안 된다는 생각으로 가득 찼다.

까앙— 까앙—

철판의 부분부분이 둥그렇게 우그러지거나 또 어떤 부분은 뾰족하게 변하면서 점차 모습을 찾아가기 시작했다. 룬은 자신의 머리 속에 그려졌던 그 모습대로 변해가는 철판들을 바라보며 한숨을 쉬었다.

"후우……."

룬은 턱을 따라 흘러 떨어지는 땀을 닦았다. 그동안 룬이 만들었던 것은 농기구나 간단한 작업에 쓰이는 나이프 정도였다. 이런 건 만들어본 적이 없었기 때문에 조금이라도 실수를 하면 그것을 수정하는 데 많은 시간이 걸렸다. 하지만 점차 시간이 흐르며 그것을 수정하는 것이 익숙해진다. 어떻게 하면 잘못된 것을 고칠 수 있는지 알아간다.

룬은 모루질을 계속했다. 적당히 두들겨진 철판들을 물속에 넣었다가 다시 화로 속에서 달구고 꺼내 두들긴다. 그런 작업을 반복하는 동안 룬은 자신이 몇 번이나 모루질을 했는지, 시간이 얼마나 흐르는지도 잊어갔다. 그리고 그 두드리는 소리가 어느 순간 멈췄을 때 룬의 얼굴에는 미묘한 경련이 일고 있었다.

"윽……."

땡그랑—

망치가 룬의 손에서 미끄러졌다. 근육통이 다 낫지 않은 상태라 근육이 더 이상 마음대로 움직이지 않았다. 고통뿐이라면 충분히 참아낼 자신이 있었지만 몸이 마음대로 움직이지 않는 데는 별수가 없었다. 룬은 부어버린 팔을 잠시 동안 바라보다가 자리에서 일어나 망치를 움켜잡았다. 그리고 망치가 미끄러지지 않도록 망치와 손을 천으로 묶었다. 룬은 다시 모루질을 시작하려고 했을 때 해가 사라져 있다는 것을 깨달았다.

까앙— 까앙—

지금 손을 놔버릴 수는 없었다. 자신과의 싸움, 그것 때문에 룬은 망치질을 멈추지 않았다. 누군가 특별히 보고 있는 것도 아니지만 자기 자신에게 져버려서는 안 된다. 엠슨에게 몇 번이나 들었었고 며칠 전에는 목숨이라는 것을 걸고 그 사실을 배웠다. 자신을 배신할 수는 없었다. 끝까지 자신을 포기하지 않는다.

'이게 지금의…….'

누군가 본다면 미련하다고 할 수 있을 정도였다. 하지만 룬은 모루질을 멈추지 않았다.

'나의 신념이다.'

털썩—

꽤 시간이 흐른 후 룬은 서 있었던 그 자리에 주저앉아 버리고 말았다. 그리고 한참 동안이나 그렇게 멍하게 주저앉아 있었다. 모루 옆에 있는 나무판자 위에는 일곱 개의 각각 다른 모습의 철판들이 올려져 있었다. 드디어 모루질이 끝난 것이다.

룬은 마음대로 움직이지 않는 팔을 부들부들 떨며 끈을 풀어 망치를 손에서 떼어냈다. 아픈 것도 느껴지지 않을 정도였다. 아픔뿐만 아니었다. 피곤함도 온몸에 흐르는 땀과 함께 흘러내렸는지 머리는 더할 나위 없이 맑았다. 룬은 대장간 밖으로 아침 햇빛이 은은하게 비추는 것을 보며 나지막이 중얼거렸다.

"아침인가……."

분명히 룬이 마지막으로 시간을 확인했을 때는 밖이 깜깜한 상황이었다. 빛이 조금씩 안쪽으로 새어 들어오고 있는 지금은 적어도 아침이라는 소리였다. 룬은 몸을 일으켜 바깥으로 나갔다. 몸이 제대로 움직이지 않고 삐걱거렸지만 며칠 전 그날 밤보다는 훨씬 나았다.

룬은 아침 햇살이 이렇게나 기분 좋아본 적은 처음인 것 같다고 생각했다. 인간에게 있어서 아침은 시작하는 시간. 잠시 동안 그렇게 멍하게 서서 햇빛을 바라보던 룬은 다시 대장간 안으로 들어가 자신이 벼려낸 철판 일곱 개를 만지작거렸다. 두 번째였다. 자신이 뭔가를 만들어 만족할 수 있었던 것은.

"그럼… 해볼까……."

"어이! 뭐 하는 거야?"

"무슨 일이지?"

"무슨 일이고 자시고……."

레전트는 대장간 안쪽에 있는 방 안에서 쭈그려 앉아 뭔가를 만들고 있는 룬을 한심한 듯 바라보며 중얼거렸다. 잠도 제대로 자지 않은 것처럼 눈동자는 흐릿흐릿했고 팔도 미세하게 떨고 있었다.

"좋아, 어쨌든 뭔지는 몰라도 얼마나 끝난 거야?"

"이제 조립만 하면 되니까. 그런데 잘도 찾아왔군."

"그냥, 너 어디서 사냐고 물었더니 말해 주던데? 그래서 와본 거지."

룬은 철사와 두들겨 만든 징을 박아 철판들을 일정한 모양으로 고정시키고 그 안쪽에 가죽을 대고 있었다. 레전트는 그것을 한참 동안 바라보다가 그것이 무엇인지 생각해 냈다. 자신과는 전혀 상관없는 방어구였지만 레전트는 그것이 어떤 이름으로 불리는지 알고 있었다.

"건틀릿? 그거 만들려고 기다려 달라고 한 거야?"

"그래."

"참내~ 차라리 나한테 부탁하면 제대로 된 거 사줄……."

순간 레전트는 날카롭게 눈을 뜨고 자신을 바라보는 룬을 보고 그 뒷말을 꺼내지 못한 채 입을 다물어 버렸다. 원래대로라면 귀족인 자신에게 평민인 룬이 이런 태도를 취한다는 것 자체가 문제였지만 당사자인 레전트는 룬의 눈빛에 우물거리며 아무 말도 하지 않았다. 룬은 가만히 레전트에게서 눈을 돌리고 다시 건틀릿에 가죽을 고정시켰다.

"뭐 됐어. 네 말이 맞다. 제대로 되지 못한 방어구일지도 모르지. 아마 다른 대장장이들이 만드는 게 더 나을 거야. 하지만……."

룬은 가죽을 조여 매며 중얼거렸다.

"이게 내 각오다. 그뿐이야."

"바보 같은 짓거리네. 그리고 그 태도는 뭐야? 이래 봬도 난 귀족이라고."

"미안하다."

"아아, 됐어됐어. 어떻게 된 게 발끈하지도 않고, 그렇다고 움츠러드는 것도 아니고. 재미없게시리."

"계약… 파기할 생각인가?"

"누가 계약 파기한대? 아아, 정말 재미없는 녀석이라니까."

하지만 말과는 다르게 레전트는 룬 옆에 자리를 잡고 주저앉더니 턱을 괴고 룬이 하는 모습을 보고 있었다. 조금 시간이 흐른 후에 룬은 침묵을 깨고 입을 열었다.

"여관에 가서 쉬지 그래?"

"할 일 없어. 차라리 이거나 보고 있을래. 그쪽은 도와주고 도와줘도 일이 안 끝난다고."

룬은 레전트에게서 신경을 끄고 일곱 개의 철갑이 각각의 자리를 제대로 잡고 있는지를 살폈다. 그리고 대충 완성된 건틀릿을 왼팔에 끼워봤다.

"끝난 거야?"

"거의."

룬은 레전트가 졸린 목소리로 중얼거리는 것에 대해서 대답하고 왼팔을 움직여 불편하지 않은지 점검했다. 꽉 조이기는 했지만 움직임 자체에 지장을 주지는 않는 것 같았다. 룬은 세부 조정은 천천히 해도 되겠다고 생각하며 레전트에게 눈길을 옮겼다.

"시간… 얼마나 지났지?"

"응?"

"그날 여기 오자마자 바깥에 나간 적이 없어."

"그날부터라면… 하루 하고도 반나절이 지났는데? 질렸다. 밖에 나간 적 없다고? 밥은 먹었어?"

"아니."

룬은 레전트의 질문에 간단히 답했다. 레전트는 어쩔 수 없다는 듯한 표정으로 자리에서 일어서며 룬의 어깨를 툭툭 쳤다.

"어쩔 수 없군. 따라와. 밥 먹으러 가자."

"식비는 네가 내는 건가?"

"…돈 걱정은 하지 마. 안 떼먹을 테니까."

Chapter 1 귀환

4

라이칸슬로프가 마을에서 일을 벌인 지 일주일이라는 시간이 흘렀다. 이제 거리에 널려 있던 쓰레기들은 거의 다 치워졌고 건물의 보수 공사가 전면적으로 이루어지고 있었다. 영주에게서 나온 보상금만으로는 보수 공사를 하는 데 부족했지만 마을 주민들은 직접 산에서 나무를 베어와서 가공하거나 모금을 하며 서로를 도왔다. 해가 저물어 길게 저녁놀을 드리우자 한 집의 수리를 끝낸 사람들이 각각 자신의 집으로 돌아가기 시작했다.

"허허, 이제 겨우 조금 쉴 수 있겠군. 이 나이에 이 고생이라니……."

"자네 며칠 만에 집에 들어가는 거지?"

"글쎄… 한 일주일쯤 되었나?"

백발이 성성한 한 노인네가 그렇게 말하며 빙긋이 웃었다. 일주일간 엠슨은 일부러 대장간에 가지 않았다. 겉보기에는 냉정하고 감정이 없어 보이는 룬이었지만 자신의 얼굴을 본다면 이곳에 떠나는 것을 주저하게 될 것 같았다.

분명히 룬은 이곳을 떠날 것이다. 몇 년 전 이곳에 찾아왔을 때처럼. 그것을 알기 때문에 엠슨은 룬에게 굳이 모습을 비추지 않으려 했다. 억지로 모습을 보여서 룬의 다리를 무겁게 만들기는 싫었다.

"그럼, 나도 이만 가네. 내일 보세."

마지막으로 한 노인이 자신의 집 쪽으로 걸어가기 시작하자 엠슨은 이제 혼자가 되었다. 엠슨은 대장간이 있는 쪽으로 걸어가면서 중얼거렸다.

"이제 외로워지겠군……."

전처와 사별한 이후 혼자 살았던 엠슨에게 있어서 갑자기 이곳으로 찾아왔었던 룬은 마치 자신의 자식 같은 느낌을 주었다. 그러기에 엠슨은 룬이 무엇을 하든지 들어주려고 노력했고 때로는 따끔한 충고도 아끼지 않았다.

그런 룬이 이곳을 떠난 것이다. 룬이 이곳을 떠났다는 소문은 다른 이들에게 들어서 알고 있었다. 그렇기 때문에 마음 한구석이 쓸쓸해지는 건 엠슨에게 있어서 어쩔 수 없는지도 몰랐다. 어쩌면 자신이 대장간에 가지 않았던 이유는 룬을 잡기 위해서가 아니라 룬을 잡을지도 모르는 자신의 행동을 우려했기 때문일지도 몰랐다.

"자식 장가보낸 기분이 이런 건가? 허허허……."

막 대장간에 도착한 엠슨은 닫혀 있는 문을 열고 안으로 들어가 주위를 둘러보았다. 싸늘히 식어 있는 화로. 엠슨은 모루와 망치에 앉아 있는 먼지를 털어내려다가 모루 위에 놓여 있는 종잇조각을 찾아냈다.

그는 그 종잇조각을 펼쳐서 그 안에 적혀져 있는 내용을 한참 동안이나 읽었다. 결코 길지 않은 글이지만 엠슨은 계속 종이에서 눈을 떼지 못했다.

잠시 후 그는 눈가에 흐르는 눈물을 억세게 훔쳐 내며 방 안으로 들어갔다. 그 종잇조각에는 서툰 글씨체로 결코 길지 않은, 어떻게 보면 짧다고 할 수 있을지도 모르는 말이 쓰여져 있을 뿐이었다.

『그동안 감사했습니다, 엠슨. 나중에 제가 사는 이유를 찾게 된다면… 반드시 찾아뵙겠습니다. 그때까지 건강하십시오.』

여행

어디론가 떠나가는 것은 돌아올 곳이 있을 때 안전하다.
그것이 장소이든, 사람이든.

Chapter 2 여행

1

"슬슬 겨울인데……."

레전트는 의미없는 말을 중얼거리며 주위를 둘러보고 있었다. 가을의 산 풍경은 절경을 이루고 있었다. 한번씩 스쳐 지나가는 가을바람에 수많은 단풍들이 아름드리 나무들의 가지에서 떨어져 나와 휘날렸다. 가을 산의 모습은 여름이나 겨울과는 또 다른 특이한 멋이 있었다.

심심한 것에 대해 참는다는 것을 모르는 레전트는 계속 혼자서 중얼거리며 주위를 둘러보고 있었다. 룬으로서는 계속 떠들고 있기는 하지만 자신에게 별다른 피해를 끼치지 않는 레전트에게 제재를 가하지 않았고, 레전트는 레전트대로 아무 말도 없이 계속 길만 걷고 있는 룬의 반응을 재미없어하며 혼자서 중얼거렸다. 그렇게 악순환 아닌 악순환은 계속되고 있었다.

룬과 레전트는 빅 웜 산맥을 넘어가고 있었다. 마수의 서식지가 여기저기에 있기 때문에 일반인들의 통행이 상당히 제한되는 곳이긴 하지만 빅 웜은 네스트의 동과 서를 거의 갈라놓을 정도로 긴 산맥이기에 돌아서 가는 것은 상당히 많은 시간을 지체하게 만들었다.

마물들은 성스러운 기운이 얼마간이라도 느껴지면 접근하는 것을 싫어하기 때문에 의외로 쫓아내는 것이 쉬웠다. 하지만 그런 마물들도 배가 고프면 성스러운 기운을 무시할 수도 있었고 몬스터들은 그런 성스러운 기운에는 전혀 영향을 받지 않았다. 때문에 국가에서는 몬스터의 출현이 없는 곳 몇 군데를 통행로로 삼았다. 그리고 그 근처에 성스러운 신의 표식을 새겨 넣은 돌을 배치시켜 마물의 출현을 최대한 막고 근처에는 레인저들을 배치시켜 혹시 모를 비상 사태에 대비하게 했다.

"밤이 늦기 전에 넘어야 해. 아무리 안전한 통행로라고는 하지만 어떻게 될지 모르니까."

레전트가 공중에서 떨어지던 낙엽을 잡아채면서 길을 걷고 있을 때 룬이 몇 시간 만에 처음으로 입을 열었다. 레전트는 그런 룬의 말이 무엇을 의미하고 있는지 알고 있었기 때문에 주위를 둘러보며 약간 주눅든 목소리로 중얼거렸다.

"마수들이나 몬스터가 나와봤자 너나 나나 약한 것도 아닌데……."

"여행이라는 건 조금이라도 안전하게 하는 게 좋다고 생각한다."

"알았어. 알았다고."

원래대로라면 레전트와 룬이 타고 다닐 말이 페츠에 있었어야 했다. 하지만 레전트에게 있어서 굉장히 불행하게도—룬은 말을 타는 것보다 걷는 것에 익숙했다—그날 밤 레전트와 하만이 타고 다녔던 말들은 라이칸슬로프에게 의해서 살해당해 버렸다. 인간들은 고삐에 묶여 있지 않았기에 도망칠 수 있었지만 말은 고삐에 단단히 묶여 있어 도망칠 수 없었다.

원래대로라면 말을 타고 약간 빠른 걸음으로 한나절만 가면 빅 웜 산맥을 넘을 수 있었다. 하지만 커뮤파이스에도 마 시장이 없었기 때문에 결국 룬과 레전트는 두 다리로 걸어서 빅 웜을 넘어야 했다.

레전트는 날아서 산맥을 넘어보자는 야무진 생각을 룬에게 말해 보기도 했지만 룬은 간단히 고개를 흔들었다. 물론 레전트의 비행 망토는─룬은 이 망토의 정체를 알고 난 뒤 망토를 이렇게 불렀다─이동에는 편리하기는 했지만 사람이 공중을 난다는 것은 주위 사람들의 눈길을 충분히 끌어 모을 수 있는 행위였다. 산맥에서는 사람들의 눈이 거의 없기는 하지만 대신 날개가 달린 몬스터나 마물들이 항상 그런 먹잇감을 찾고 있었다.

게다가 둘이 각자 가지고 있는 배낭의 무게는 상당히 무거웠다. 비록 망토의 능력으로 나는 것이기는 하지만 그것을 구현하는 것은 레전트의 몸. 레전트의 몸이 두 사람과 배낭 두 개의 무게를 얼마 동안이나 버텨낼 수 있을지도 의문이었다.

둘의 이동 목표는 네스트의 수도인 커르니안이었다. 원래 레전트의 이동 목표는 마법사 길드의 본거지가 존재하는 칼스의 수도인 디스터였지만. 그곳까지 가는 데 보통 육로를 이용하면 시간이 상당히 많이 소요됐다. 말을 타고 아무리 빨리 달린다 해도 몇 개월이 걸릴지 모르는 거리라 결코 짧지 않았다.

레전트는 자신이 이 나라에 왔을 때처럼 커르니안에 있는 워프 게이트를 이용하려 했다. 원래 워프 게이트는 나라와 나라 사이를 이어주는 마력으로 발동하는 이동 시설이었지만 몇몇 사이가 좋지 않은 나라는 전쟁에 이용될 수 있다는 구실을 삼아서 워프 게이트의 크기를 줄여 버리고 이용까지 제한하고 있었다.

네스트와 칼스는 서로 간에 국교를 맺고 있는 상태였기 때문에 양쪽의 합의하여 워프 게이트를 발동할 수 있었다. 물론 일반인이 사용하는 것은 거의 불가능에 가까웠다. 워프 게이트는 양국의 귀빈이 안전하게 먼 거리를 이동할 때를 위해서 발동됐다.

"대충 일주일쯤 걷는다면 커르니안까지 도착할 수 있겠군."

잠시 멈춰 서서 현재의 위치와 지도를 비교하던 룬이 레전트에게 들으라는 식으로 중얼거렸다. 룬의 말을 들은 레전트는 울상이 되어 룬의 팔을 잡더니 울먹거리기 시작했다.

"그러니까 날아가자. 응? 날아가면 금방 가잖아. 이런 산맥 넘는 건 일도 아니라고."

"놔."

"날아가자고 하기 전까지는 안 놓을 거야."

"사내자식이 같은 사내자식한테 달라붙어서 눈물을 글썽이는 걸 다른 사람이 봤을 때 일어날 수 있는 파급 효과에 대해서는 말하지 않아도 충분히 알 거라고 생각하는데. 그리고 날아서 간다고 해도 네 몸이 버틸 수 있을 것 같나?"

룬은 협박을 하기 위해서 레전트가 잡고 있는 왼팔은 그대로 놔둔 채 오른손으로 이터의 손잡이를 잡으며 중얼거렸다. 그러자 레전트는 룬의 옷자락에서 손을 떼고 축 늘어진 채 걷기 시작했다. 룬은 그런 레전트의 모습에 짧게 한숨을 내쉬고 다시 발걸음을 옮겼다.

"그런데 너는 왜 용병이 된 거지? 고작해야 스무 살이 좀 넘은 것 같은데. 게다가 그런 마을에서 뭐 하고 있었던 거야?"

레전트는 룬이 입을 연 기회를 놓치지 않고 기어코 룬에게 말을 계속하게 만들려고 했다. 바깥에 나와서 행동한 경험이 적은 레전트에게 있어서 룬은 꽤나 신기한 인간이었다. 일반인들을 상대하는 건 수행인들이 전부 도맡아 처리했던 데다가 일반인들은 레전트와 같은 귀족에게 반감을 가지고 있었기 때문에 이렇게 편하게 말한 적은 없었다.

"별로 말할 필요는 없다고 생각하는데."

레전트의 기대와는 달리 룬은 무뚝뚝한 말투로 레전트의 요청을 간단히 거절했다.

"너와 난 고용주와 고용인의 관계다. 서로에 대해서는 그렇게나 자세히 알 필요는 없다고 생각한다."

"그래도 3년 동안이나 이러고 다닐 거라면 좀 터놓고 사는 게 좋지 않아?"

납득만 시키면 룬은 의외로 순순히 넘어온다는 것을 며칠 전의 경험으로 알고 있는 레전트였기에 레전트는 룬을 납득시키려고 머리를 굴렸다.

사실 3년이라면 상당히 긴 시간이었다. 전 생애에 비교하여 생각해 보면 그다지 긴 세월은 아니라고도 할 수 있을지도 몰랐지만 어쨌거나 결코 짧기만 한 시간은 아니었다. 레전트는 이것으로 룬을 납득시킬 수 있다고 생각했다.

"뭐가?"

"뭐?"

"뭐가 좋은 거지?"

레전트는 질문으로 돌아온 룬의 답변에 대해 대답하기 위해서 잠시 허둥거렸다. 둘이 몇십 발자국쯤 더 걸어 앞으로 전진했을 때 레전트는 그제야 답변이라고 할 수 있을 것 같은 말을 꺼냈다.

"3년 동안이나 같이 다닐 거면 서로 잘 아는 게 좋잖아? 무슨 일을 당할지도 모르고. 이왕이면 가깝게 지내는 게……."

"서로 잘 아는 게 좋은 이유는 뭔데?"

"……."

순간 뻔뻔할 정도로 무표정한 룬의 얼굴을 향해 마법을 날리고 싶어지는 기분이 든 레전트는 주먹을 꽉 움켜쥐었다. 다행히도 룬의 얼굴에는 조롱을 한다던가 하는 감정이 조금도 없었기에 그런 기분을 어렵지 않게 억누를 수 있었다.

"너는 나에 대해서 궁금한 것 없어?"

"왕족의 피를 이어받은 자가 일개 마법사로서 이런 곳을 돌아다닌다는 것 자체가 이상하긴 하지만 내가 너에게 그런 것을 물을 이유는 없잖나?"

서로 간의 이야기 교환의 조건으로도 룬의 입은 열리지 않았다. 레전트는 오기로라도 꽉 닫혀 있는 룬의 입을 열겠다고 마음속으로 결심했다.

"너, 내가 떠드는 거 정신 사납지 않아? 게다가 궁금하다고."

"정신 사납기는 하지만……."

"특별히 말하기 싫은 이야기라면 듣지 않겠어. 하지만 만약 네가 이야기를 해준다면 나도 입을 다물게. 어때? 이 정도 조건이면."

레전트의 이야기를 들은 룬은 짧게 한숨을 내쉬었다. 확실히 말한다고 해도 그다지 기분 나쁠 것도 없는 이야기였다. 룬은 계속 떨어지는 낙엽을 잡아채는 레전트를 바라보면서 저런 정신 사나운 짓거리를 그만두게 할 수 있다면 자신의 과거 이야기를 늘어놓는 정도는 할 수 있다고 납득했다.

레전트의 노력이 결실을 맺는 순간이었다.

*   *   *

"……?"

검은 머리의 소년은 정신을 차렸다. 오랫동안 무릎을 꿇고 있었는지 약간 다리가 저린 것이 느껴졌다. 힘겹게 자리에서 일어난 소년의 무릎은 파란 풀물이 들어 있었다. 주위를 둘러본 소년의 검은색 눈에 비친 것은 온통 푸른 들판.

"……"

온통 푸른빛 풀밭뿐. 소년의 시야가 닿는 곳에는 오직 푸른빛만이 넘실거리고 있었다. 소년은 자신이 왜 이런 곳에 있었는지 생각하다가 고개를 갸웃거렸다. 생각이 나지 않았던 것이다. 어째서 자신이 이곳에 있는 건지… 이곳이 어딘지는 생각이 났다.

"그린 에메랄드……"

이그노어의 대평원. 이상하게도 인간이 심은 식물은 절대로 자라지 않고 거대한 식물들도 이곳에 뿌리를 내리지 못한다. 겨우 인간의 허리춤까지 올까 말까 한 작은 식물들만이 이곳에서 자라고 그런 식물들을 양식으로 많은 초식 동물이 살아간다. 그리고 그런 초식 동물을 먹이로 사나운 야수도 살아가기 때문에 보통 인간은 이곳에서 살지 못한다. 소년은 자신의 지식을 꺼내어 되새기는 중 어디선가 이상한 소리가 들리는 것을 느꼈다.

"큭큭큭큭……."

마치 누군가를 비웃는 듯한 웃음소리. 소년이 고개를 돌린 자리에는 대평원에 서식하는 하이에나가 소년을 노리고 있었다.

'다른 육식 동물이 남긴 시체를 먹기도 하는 청소부. 하지만 전투 능력도 그다지 약한 편은 아니다.'

소년은 이런 순간에도 그런 지식이 머리 속에서 지나가는 것을 느꼈다. 보통 사람이라면 일단 공포감이나 당혹감 등을 느꼈겠지만 소년은 그에 앞서 순간적으로 지금 자신의 앞에서 낮게 으르렁거리는 하이에나가 자신의 적이라는 것을 인식했다.

키리릭—

소년의 팔은 자연스럽게 허리에 달려 있던 검집에서 칼을 꺼내 들었다. 어째서 이 칼이 자신에게 있는지 자신이 칼을 쓸 수 있는지도 몰랐지만 소년의 몸은 너무나도 자연스럽게 자세를 잡았다. 그 다음 순간 하이에나가 땅을 차고 오르며 소년에게 달려들었다. 하지만 소년은 순식간에 몸을 낮춘 후 자신의 몸 위로 지나가는 하이에나에게 칼을 휘둘렀다.

케캥!

하이에나는 외마디 비명을 남기며 대평원의 푸른 풀잎을 붉게 물들였다. 소년에게도 피는 쏟아졌지만 소년은 단지 끈적끈적하고 안 좋은 냄새가 난다고 생각했을 뿐. 더 이상은 아무런 생각도 하지 않았다. 그리고 자신의 허리쯤에 오는 풀들을 헤치며 어딘가 걸어가기 시작했다. 무작정…….

"푸후~ 지루하구만."

중년이라고 부르기에는 조금 더 늙은 것 같은 남자가 그렇게 중얼거리며 이마에 흐르는 땀을 훔쳤다. 이곳에서 일한 지도 사흘째. 그린 에메랄드 근처의 목장에서 그는 일을 하고 있었다. 간혹 대평원에서 양을 훔치러 내려오는 육식 동물들을 쫓아내기 위해서 사나운 개가 있었지만 얼마 전에 그 개가 당해 버리고 만 것이었다. 그렇기 때문에 이 남자는 목장 주인에게 의뢰를 받았다. 그런 사나운 개를 찾기 전까지 얼마 동안 이곳에서 짐승들을 쫓아보내 달라고. 개 대신이라는 게 조금 찜찜하기는 했지만 그다지 위험하지도 않았고 보수도 넉넉한 편이었기 때문에 남자는 그곳에서 머물기로 했다.

　사실 목장의 양을 훔치러 오는 짐승들은 약한 놈이 대부분이었다. 대평원에서 강자에 속하는 녀석들은 인간을 싫어하여 인간의 냄새가 잔뜩 배인 목장 근처에 오는 것 자체를 꺼려한다. 그런 강자에게 밀린 약한 녀석들만이 그런 인간 냄새를 무시하고 목장에서 양을 훔쳐 가려고 하는 거다.

　부스럭—

　"왔나?"

　그는 조심스럽게 도끼를 들고 목장 한구석으로 달려가기 시작했다. 이중으로 쳐진 울타리 바깥쪽에서 뭔가 부스럭거리는 것이 보이고 있었다. 그것은 울타리 하나를 넘어서 덫들을 피해 두 번째 울타리 쪽으로 다가오고 있었다.

　"이놈!"

　그는 막 울타리에 다다른 그것을 향해서 도끼를 휘둘렀다. 하지만 그는 막 도끼를 휘두르고 나서 깜짝 놀라고 말았다. 그것은 짐승이 아닌 인간. 그것도 아직 풋기가 가시지 않은 소년이었다. 그 외의 다른 것을 확인하기도 전에 도끼는 소년의 머리를 향해 떨어지고 있었고, 그는 재빨리 도끼를 비틀었다. 워낙 거세게 내려친 공격이었기에 궤도를 약간 트는 게 그에게는 고작이었다. 그래도 죽이는 것보다는 다치고 마는 것이 낫지 않은가? 하지만 소년은 그의 예상을 넘어 궤도를 틀어 자신의 어깨로 떨어지는 도끼의 날을 왼손으로 밀어내며 오른쪽으로 몸을 날렸다.

쿵—

도끼가 바닥에 박혔고 그는 멍한 표정으로 어느새 검을 빼 들고 자신을 경계하고 있는 소년을 바라보았다. 결코 쉽게 피할 만한 공격이 아니었는데… 그런 생각을 하던 중 그는 소년의 몸 여기저기에 상처가 나 있고 피가 흐르고 있는 것을 눈치 채고 조심스럽게 말을 걸었다.

"이, 이봐, 괜찮은 거냐?"

하지만 소년은 그의 말을 무시하고 계속 그를 경계하고 있었다. 누구라도 초면에 자신에게 무기를 휘둘렀다면 결코 좋은 생각은 가질 수 없으리라. 그는 소년이 자신을 적으로 인식하고 있다는 것을 눈치 채고 도끼를 내려놓은 채 조심스럽게 뒤로 물러섰다. 적의 앞에서 무기를 내려놓는다는 것은 위험한 일이지만 그는 소년을 적으로 인식하고 있지 않았다. 아무리 강하다고 해도 아이는 아이니까. 달려든다고 해도 맨손으로 제압할 수 있다고 생각한 것이다. 그의 그런 행동에도 소년은 꿈쩍도 하지 않았고 도끼와 어느 정도 거리가 떨어진 그는 소년을 향해 조심스럽게 외쳤다.

"미안하다. 나는 짐승이 양을 훔치러 온 것인 줄 알고… 다친 것 같은데 괜찮은 거냐?"

"……."

"걱정하지 마. 나는 너를 해칠 생각이 없어. 무기도 버렸잖아?"

소년은 그가 그렇게 말하자 비로소 공격 자세를 풀고 그에게 다가왔다. 아직 어쩔지 모른다고 생각한 그는 그 자리에 서서 소년이 무슨 행동을 하는지 지켜보기로 했다. 소년은 검을 다시 검집에 꽂아 넣더니 그가 버린 도끼로 가까이 다가갔다. 땅에 떨어져 있는 도끼와 그를 번갈아 보면서 주위를 살피던 소년은 그 도끼를 힘겹게 들어 올려 그에게 가까이 다가갔다. 그런 소년의 행동에 약간 놀란 그였지만 소년이 자신의 가까이에 다가올 때까지 아무런 행동도 하지 않은 채 가만히 있었다. 소년은 도끼를 높이 들어 그에게 내밀었다.

"다시 주는 거니?"

끄덕.

"고맙다. 그런데… 너는 누구니?"

리테일은 자신의 도끼를 받아 들고 자신에게 경계를 푼 소년의 머리를 쓰다듬으며 말했다.

"룬."

"그래, 룬. 나는 리테일이라고 한단다. 그런데 왜 이런 곳에 있는 거지?"

자신을 룬이라고 말한 소년은 리테일의 질문에 답하지 않은 채 계속 눈을 깜빡였다. 그리고 한참이 지난 후에야 룬은 입을 열었다.

"…몰라요."

"뭐?"

"모르겠어, 왜 내가 여기 있는지."

그리고 룬은 몸을 휘청거리더니 쓰러지고 말았다. 리테일은 그런 룬을 보고 당황하다가 심장이 뛰는 것을 확인했다. 잠시 동안 그런 상태로 자신이 어떤 행동을 해야 하는지 생각하던 리테일은 룬을 안아 들고 목장의 집이 있는 쪽을 향해서 뛰었다.

"……."

"정신이 드니?"

룬은 누운 채로 고개를 끄덕였다. 자신의 몸 여기저기에 붕대가 솜씨있게 감겨 있는 것을 발견한 것도 그때였다. 작은 움막 같은 곳 안에서 램프 하나가 천장에 달려 집 안을 밝히고 있었다.

"내가 잠자는 곳이다. 그나저나 어쩌다가 그렇게 다친 거냐?"

"싸웠어."

"싸워? 누구랑?"

"하이에나, 늑대."

"그렇구나… 몸은 괜찮아?"

룬은 다시 한 번 고개를 끄덕였다. 자신이 생각하기에 그다지 깊이 입은 상처는 없었다. 그런 룬을 바라보던 리테일은 옆에 있는 나무쟁반을 들어 룬에게 내밀었다. 거기에는 빵과 우유가 담긴 나무컵이 놓여져 있었다.

"룬… 이라고 했던가?"

룬은 자리에서 일어나 쟁반 위에 있는 빵을 뜯으며 가볍게 고개를 끄덕였다.

"왜 그런데 있었던 거야?"

"몰라요."

리테일은 고개를 끄덕이며 웃었다.

"어른한테 존댓말을 쓰는 건 네가 나쁜 아이는 아니란 거겠지… 누구한테 배운 거냐?"

"예."

"그렇구나, 엄마가 가르쳐 주셨니?"

룬은 고개를 흔들었고 리테일은 정색을 하며 다시 물었다.

"그럼 아빠?"

하지만 룬은 다시 고개를 흔들고 나서 말했다.

"몰라요."

"그게 무슨 소리냐? 모른다니……."

"모르겠어요. 아무것도."

룬은 그렇게 말하고 자신을 바라보는 리테일을 마주 바라보았다. 아무것도 기억이 나지 않았다. 지식은 있었고, 자신의 이름… 이라는 이름은 알고 있었지만 그 외의 어떠한 기억도 룬의 머리 속에는 존재하지 않고 있었다.

*   *   *

"…그리고 며칠 동안 리테일에게 보호받던 나는 결국 리테일을 따라 용병이 되기로 한 거지."

"그랬군… 아, 저기… 미안해. 쓸데없는 거 기억하게 해서."

레전트는 무안한지 뒤통수를 벅벅 긁으며 중얼거리듯 사과했다. 남의 아픈 기억을 꺼내게 했다는 죄책감이 레전트 자신을 무안하게 만들고 있었다.

"그러니까 나쁜 이야기면 하지 않아도 된다고……."

"별로 미안할 것 없어. 그다지 나쁜 과거는 아니니까."

"에… 그래?"

룬은 이야기를 하는 도중 리테일의 얼굴을 떠올렸다. 룬은 문득 리테일이 보고 싶다는 생각을 하게 됐다. 칼라스는 커르니안에서 그다지 멀리 떨어지지 않은 작은 마을이라고 알고 있었다.

'커르니안에 도착하면 잠시 허락을 받아 칼라스에 다녀와 볼까?'

그렇게 앞으로의 일을 생각하던 룬은 레전트가 소리를 지르자 정신을 차리고 레전트의 손이 가리키고 있는 곳을 바라보았다.

"아, 저기 불빛이 보인다."

"마을이군. 아마 저기가… 차테라였던가?"

해는 사라지고 그날 떴던 기분 나쁜 붉은 달보다 약간 더 밝은 빛을 띤 진홍빛 달이 막 공중에 떠오르려 하고 있었다. 레전트는 다행히도 밤이 늦기 전에 마을에 도착했다는 안도감이 생겼는지 한숨을 푹 쉬었다.

"그럼 내일도 오늘만큼 걷는 게 좋겠군."

"뭐어어어엇?!"

"오늘은 산길이어서 천천히 걸었잖아. 평지에서라면 별로 힘들지 않아."

"하지만! 나는 좀 더 여행의 기쁨을 즐기며 여행하고 싶… 봐! 룬! 내 듣는 거야? 야!"

"나는 제안을 하는 것뿐이니까. 이걸 어떻게 듣고 어떻게 행동하는 것은 네가 정할 일이다. 지금까지 용병을 다뤄본 적이 없는 건가?"

"음… 사실은 그래."

"그 하급 기사와 용병들은 뭐지?"

"사실 나는 용병 고용 같은 거 별로 하고 싶은 생각 없었어. 하만이 위험한 일이라고 하니까 자기 방패로 삼으려고 고용했던 거겠지. 나도 혼자 다니는 게 편해.”

룬은 무심히 질문했다.

“그러면서 나를 고용한 이유는?”

“재미있을 것 같아서.”

“단지 재미 때문에 50엘 피안인가.”

악의없는 중얼거림은 다시 레전트를 당황하게 만들었다. 레전트는 자신이 평소와는 다르게 굉장히 당황해하는 횟수가 많다고 생각하면서도 일단 변명을 늘어놓았다.

“아, 저… 마법사가 혼자 여행하는 건 위험하다는 거 알고 있었으니까 그런 이유도 있어. 그리고 네 실력도 꽤 좋아 보였고.”

이미 설득력이 없는 말이었고 룬도 별다른 반응을 보이지 않았다. 룬은 검과 방패라는 이름의 주점 앞에서 걸음을 멈추고 레전트를 바라보았다. 하지만 레전트는 오히려 자신을 바라보는 룬을 이상한 눈으로 바라보았다. 한참 동안이나 그런 상황이 계속되자 룬은 눈을 깜빡이다가 입을 열었다.

“내일도 오늘만큼의 길을 더 걸어야 할 테니까 이만 쉬어야 한다고 생각하는데. 그리고 이미 저녁 시간이 지나서 배가 고프지 않나?”

“응, 그렇긴 한데… 이거 내가 결정해야 하는 거야?”

룬은 눈썹이 꿈틀거리는 것을 오른손으로 눌렀다.

“지금까지 여행을 어떻게 한 거지?”

“응? 하만이 전부 결정했지.”

룬은 왜 그런 실력없는 기사가 혼자서 다녀도 충분할 것 같은 이런 마법사와 같이 다녔던 건지 겨우 이해할 수 있었다. 룬이 보기에 레전트는 거리에다 내놓으면 아무것도 못하고 굶어 죽기 딱 좋을 능력을 가지고 있었다.

"아마도 그 녀석은 너의 보호자였던 것 같군."

"무슨 소리야? 그런 놈이 내 보호자라고?"

"여기에서 커르니안까지 가기 위해서 어떻게 해야 한다는 것. 알겠나?"

"그냥 날아가거나 계속 걸어가면 되지. 야, 사람이 말하는데 왜 고개를 돌리고 그래?"

어쨌거나 귀족은 귀족이었다. 아무리 레전트가 서민적인 사고방식을 가지고 있다고 하더라도 귀족의 행동 양식을 일반인들의 범주에서 생각하는 것 자체가 잘못된 행동이었다. 특히 마법사들은 마법 생명체를 만들거나 하인들을 고용해서 일을 시키는 경우가 대부분이었다. 어쩌다가 자신이 졸지에 보호자 역할까지 하게 됐는지 잠시 고민하던 룬은 일단 걸음을 옮겼다.

"오늘은 여기에서 쉬고 내일 아침에 출발하자."

"알았어."

그래도 쓸데없는 고집은 부리지 않으니까 좋다는 생각이 드는 룬이었다. 룬은 여관 안쪽으로 들어가서 그곳을 둘러보았다. 하지만 막 일터에서 돌아온 남자들이 대부분의 식탁을 차지하고 있었기 때문에 다른 자리에 합석을 하거나 해야 할 것 같았다.

"아무래도 합석해야겠는데."

"상관은 없지만……."

상관없다는 말과는 달리 레전트의 표정은 그다지 좋지 않았다. 레전트에게 일반인과 식사를 한다는 것은 어딘가 모르게 어색했고 불편했다. 룬은 그런 레전트의 생각을 눈치 챘다. 어쨌거나 레전트는 자신에게 있어서 고용주였다. 결국 룬은 고용주의 입장을 좀 더 고려하기로 하고 다른 의견을 내놓았다.

"합석하기 싫다면 방을 잡아서 식사를 달라고 해도 돼."

룬의 말에 레전트는 얼굴을 피고 고개를 끄덕였다. 룬은 카운터로 다가가 이쪽이 이 안에 들어오자마자 계속 이쪽의 태도를 관찰하며 노심초사하던 남자에게 말했다.

"2인용 방 하나 있습니까?"

"예, 손님."

룬은 자신의 뒤에 서서 주위를 둘러보고 있는 레전트를 향해서 말했다.

"괜찮겠나?"

"으음… 방 따로 잡으면 안 되나?"

"네가 불편하다면."

"그럼 방 두 개로."

2인용 방 하나가 1인용 방 두 개를 잡는 것보다 돈이 적게 드는 게 사실이었지만 어차피 돈은 룬이 내는 것이 아니었다. 레전트가 그렇게 말하자 여관의 주인은 레전트의 생각이 바뀌기 전에 재빨리 열쇠를 내밀었다.

"2층으로 올라가서서 왼쪽에 3과 4라고 쓰여진 방입니다."

"식사는 방으로 가져다 주세요."

"아… 그리고 선불입니다만."

레전트는 자신을 바라보고 있는 룬의 시선이 무엇을 뜻하는지 금방 눈치 챘다. 주머니에 손을 넣고 잠시 뒤적거리던 레전트는 금빛으로 빛나는 동전을 꺼냈다. 그리고 그것을 손가락으로 튕겨서 주인에게 던지며 말했다.

"이 정도면 되겠어?"

빙긋 웃는 레전트의 미소는 보기 싫은 정도는 아니었지만 룬은 그 미소를 보며 웃는 대신 단호한 목소리로 주인에게 말했다.

"물론 나머지 돈은 거슬러 주셔야 합니다."

룬의 말에 레전트는 왜 그러는지 모르겠다는 듯한 표정으로 룬을 바라보며 뭐라고 말을 하려고 했다.

"왜 그……."

하지만 룬이 눈을 얇게 뜨고 자신을 노려보자 레전트는 슬그머니 눈을 돌리면서 입을 다물고 말았다. 1엘 피안짜리 금화는 결코 흔하지 않았다. 진짜 금으로 만들어져 그 가치가 증명되는 1엘 피안짜리 금화는 하루 벌어 하루 먹고 사는 일반인들이라면 구경하기도 힘들 만큼 큰 단위의 금화였다. 레전트가 던진 1엘 피안짜리 금화는 주인의 손 위에서 노랗게 빛나고 있었다. 표면에 1엘 피안이라고 양각으로 새겨져 있고 그 위로 어떤 남성의 흉상이 세밀하게 묘사되어 있는 금화. 룬은 얼이 빠져 있는 주인을 바라보다가 약간 뒤로 물러서 레전트에게만 들릴 정도로 작게 말했다.

"너 이런 데서 돈 지불한 적 한 번도 없지?"

"어? 어떻게 알았어?"

레전트도 룬에게만 들릴 정도로 작게 대답했다. 룬은 하룻밤 숙박비와 식사비로 1엘 피안을 던지는 여행자가 어디 있냐라고 충고하고 싶었지만 사람들의 시선이 이쪽으로 모인 이런 상황에서 그런 말을 하는 것은 더욱 눈에 띄는 일이니 조금 나중에 해야겠다고 생각하며 주인에게 손을 내밀었다. 하지만 그는 여전히 금화에서 눈을 떼지 못하고 있는 상태였기 때문에 룬은 카운터를 건틀릿으로 툭툭 쳐 소리를 내서 주인의 정신을 차리게 했다. 정신을 차린 주인은 카운터 아래를 뒤지며 거스름돈을 찾기 시작했다.

자신과 레전트의 숙박비를 아무리 많이 친다고 해도 이런 여관에서라면 2, 3백 피안이 넘지 않을 것이다. 룬이 그렇게 머리 속으로 생각하고 있을 때 한참 동안이나 돈을 세던 주인은 룬의 손위에 거스름돈을 올려놓았다. 1백 피안짜리 은화 네 개와 동전 수십 개. 룬은 그 동전을 전부 계산해서 주인이 거슬러준 돈이 총 720피안이라는 것을 알아냈다. 조금 바가지를 씌운 듯한 기분이 들었지만 룬은 더 이상 다른 말을 하는 대신 레전트에게 손짓을 했다.

"식사는 대충."

"예? 예, 예. 잘 알겠습니다."

주인은 룬의 주문에 움찔하며 고개가 땅에 닿을 것처럼 인사했다. 1엘 피안짜리 금화를 가볍게 튕기고 나서 '이 정도면 되겠지?' 라고 말하는 사람이라면 적어도 어디서 막 굴러먹다 온 부랑자는 아니라는 소리였다. 룬은 위층으로 올라가다가 뒤에서 들려오는 소리를 듣고 걱정이 되기 시작했다.

"그거 진짜 1엘 피안짜리 금화야?"

"가짜 아냐? 가짜면 큰일 아닌가?"

"그것보다 저런 인간이 이런 데 웬일이지?"

소동이 커질 징조가 보이고 있었다. 룬은 자꾸 뒤를 힐끔거리는 레전트를 밀어 위층으로 올려보내고 나서 급히 열쇠를 받아 자신도 위로 올라갔다. 룬은 계단의 끝에서 얼굴 전체에 물음표를 띠고 자신을 바라보고 있는 레전트를 향해 열쇠 한 개를 던지며 말했다.

"여비 얼마나 있지?"

"응? 금화로 5엘 피안 정도 있고, 바꾸면 돈 될 보석들이 4개."

"보여줘."

룬은 주위를 둘러보고 아무도 없다는 것을 확인한 후 손을 내밀었다. 레전트는 품속에서 작은 비단 주머니를 꺼내어 룬의 손 위에 올려놨다. 보석은 흠이 나면 가치가 그만큼 떨어지기에 부드러운 비단으로 만든 작은 주머니에 넣어두는 것이 일반적이다. 룬은 주머니의 입구를 묶고 있는 끈을 풀어 그 안에 있는 보석들을 꺼냈다. 손가락 끝마디 정도 크기의 붉은색 보석과 파란색 보석이 천장에 매달려 있는 랜턴의 빛을 받아 반짝였다. 룬은 자신의 손바닥 위에서 반짝이는 네 개의 보석의 가치가 상당히 크다는 것을 어렵지 않게 알 수 있었다.

"원래는 하만이 가지고 다니던 건데 내가 일단 회수해 뒀어."

"……."

아래층은 아직도 떠들썩했다. 1엘 피안짜리 금화를 일반인이 본다는 것은 상당히 진귀한 일이었다. 룬은 오늘 하룻밤 동안 조심해야겠다고 생각하며 보석을 주머니 안에 넣었다.

"잘 들어. 나는 너에게 고용되기는 했지만 지금부터 너의 보호자 역할을 맡겠다. 말 끊지 말고 끝까지 들어. 마법사 길드에서 생활하면서 어떤 금전 감각을 가지고 지냈는지는 모르겠지만 이곳은 그런 곳과 달라. 이런 식으로 돈을 펑펑 쓰다가는 어느 사이에 빈털터리가 되어서 노숙을 하게 될지도 모른다. 너도 노숙하는 것은 별로 바라지 않을 것 같으니까 이 의견에 별다른 불만은 없을 거라고 생각하겠다. 괜찮겠나?"

"아, 알았어……."

숨도 쉬지 않고 말을 끝까지 이은 룬을 바라본 레전트는 왠지 질린 표정이 되어서 고개를 끄덕거렸다.

마법사의 총본산지라고 할 수 있는 허무의 전당에서 수련을 하며 지내는 마법사들은 바깥 세상의 물가에 대해 잘 모르고 있었다. 그럴 수밖에 없는 것이 일단 허무의 전당에 들어가게 되면 마법의 수준이 일정 이상이 되지 않을 경우 바깥으로 나갈 수조차 없었다. 그렇다고 밖으로 나갈 수 있는 수준이 됐다고 해서 마음대로 바깥으로 나갈 수 있는 것이 허용되는 것도 아니었다. 그런 이유로 허무의 전당에 관련된 이런저런 일을 관리를 하는 마법사들만이 바깥쪽의 물가에 대해서 잘 알고 있었다.

"돈도 줘. 내가 관리해 두지."

원래대로라면 이런 잡다한 일에까지 신경 쓰고 싶지는 않았던 룬이었지만 레전트에게 계속 돈을 맡겨두면 커르니안에 도착할 때까지 돈이 남아날지 충분히 의심스러웠다. 그리고 레전트에게 돈이 없어진다면 지금 현재 돈 한푼 없는 룬으로서는 사냥을 하며 노숙을 해야 했다. 룬은 되도록이면 그런 일은 사양하고―레전트는 재미로 그런 일을 하자고 할지도 몰랐다―싶었다.

룬은 레전트가 건네주는 돈주머니와 보석을 받아 품속에 잘 넣어두며 말했다.

"네가 쓰고 싶다면 얼마든지 써도 상관은 없어. 주인은 너니까. 하지만 돈은 내가 가지고 있을 거고 흥정도 내가 한다. 알겠지?"

"예예."

룬은 문득 레전트가 혼자 여행을 했거나 성격 더럽고 욕심 많은 용병 같은 것들과 같이 다녔다면 제대로 된 여행은 하기 힘들었을 거라고 생각했다.

"식사는 각 방으로 올 거니까 오늘은 이만 쉬지."

"알았어."

룬은 가지고 있는 열쇠로 문을 열고 안으로 들어갔다. 방은 꽤 오랫동안 쓰지 않았는지 퀴퀴한 냄새가 나고 있었다. 겨울이 다가오는 시점에서 여행하는 사람은 얼마 되지 않았다. 룬은 복도 쪽의 문을 열고 창문을 열었다. 금세 차가운 바람이 방 안으로 들어오며 퀴퀴한 냄새를 쓸어내었다. 룬은 가방을 침대 옆의 탁자 위에 놓아두고 검집을 풀어 그 옆에 세워둔 다음 침대에 앉아 건틀릿을 풀어냈다.

건틀릿을 풀어낸 후 왼손을 쥐었다 폈다가 하고 있는 룬의 귀에 누군가 2층으로 걸어 올라오는 발소리가 들렸다. 룬은 그 소리에 자연스럽게 침대 위에 올려져 있는 이터를 움켜잡고 반쯤 열려 있는 문을 바라보았다. 그 발소리는 문 앞에서 멈췄고 웬 소녀가 고개를 빠끔히 내밀어 방 안쪽을 바라보다가 룬과 눈을 마주치고 말았다.

"아, 저……."

"……."

룬은 서로가 어떤 반응을 보이기를 기다렸다. 소녀는 룬이 뭔가 묻기를 바랐고, 룬은 소녀가 자신이 이곳에 온 목적을 말하기를 바랐다. 하지만 소녀는 창밖에서 비치는 달빛과 별빛으로 겨우 보이는 무표정한 남자의 얼굴에서 무서움을 느끼고 자신이 왜 이곳에 왔는지 잠시 망각한 채 서 있었다. 룬은 소녀의 손 위에 올려져 있는 쟁반에 있는 음식을 보고 소녀의 목적이 무엇인지 알아냈다.

"식사 가지고 오신 것 아닙니까?"

"아, 예……."

언뜻 본 것으로 봐서는 식사는 일 인분이었다. 양쪽 손에 쟁반을 들고 있기는 했지만 그 양쪽의 메뉴는 너무나 달랐다. 룬은 옆방을 가리키며 이터 위에 올려두었던 손에서 슬그머니 손을 뗐다.

"저쪽 먼저 가져다 주세요."

"예, 알겠습니다."

소녀는 방문 앞에서 사라졌다. 곧 옆방에서 문을 두드리는 소리와 열리는 소리가 거의 동시에 울렸고 가벼운 소녀의 발소리가 다시 1층으로 재빠르게 사라졌다. 룬은 그대로 침대 위에 쭉 누워서 눈을 감았다. 하지만 룬은 누군가가 문 앞에 서서 자신을 부르자 다시 눈을 떠야 했다.

"자는 거냐?"

"아니."

"자는 게 아니면 좀 일어나 보지 그래?"

룬은 몸을 일으켰다. 자리에서 일어난 룬이 본 것은 양손에 접시를 들고 방문에 비스듬히 기대서 이쪽을 바라보고 있는 레전트의 모습이었다.

"무슨 일이지?"

"같이 먹자고. 혼자 먹으면 심심해."

"사람이랑 식사하는 거 싫어하는 건 아니었나?"

"아래층은 너무 시끄러워서. 시끄러우면 정신이 산만해지거든."

레전트는 침대 가까이 다가와 룬에게 접시를 내밀었다. 룬이 접시를 받고 나자 레전트는 뭐라고 짧게 중얼거리며 공중에 손가락을 튕겼다. 그러자 등불도 켜져 있지 않아서 어두웠던 방 안이 순식간에 밝아졌다.

"마법이란 게 그렇게 쓰기 쉬운 건가?"

"마력을 배치하는 능력이 있어야 돼. 재능 문제야 이건. 아무리 똑 똑해도 재능이 없으면 마법 못 배워."

"그렇군."

룬은 그제야 왜 그 소녀가 자신을 보고 아무 말도 없이 굳어 있었는 지 생각해 냈다. 밝은 쪽에서는 어두운 쪽을 잘 보지 못한다. 거기다가 무의식적으로 인기척을 최대한으로 줄이고 있는 룬이 갑자기 입을 열 어 말을 하니 놀랄 수밖에 없었을 것이다. 이런 여관의 방 안에는 랜턴 과 랜턴에 불을 붙일 수 있는 성냥이 준비되어 있었다는 것을 망각한 룬의 실수였다.

룬은 문득 마법을 배워서 이렇게 광원을 만들 수 있다면 편하겠다는 생각을 했다.

잠시 후 아까 그 소녀가 다시 양손 가득히 음식을 가지고 방으로 들 어왔다. 그 소녀는 공중에 떠 있는 빛을 보고 깜짝 놀라더니 곧 룬을 보며 약간 어색한 웃음을 띠며 접시를 내려놓고 말했다.

"그럼 맛있게 드세요. 접시는 내놓으시면 가져가겠습니다."

룬이 고개를 끄덕이자 소녀는 조금 쭈뼛거리면서도 인사를 하고 바 깥에 나가 버렸다. 룬은 소녀가 쭈뼛거린 이유가 공중에 떠워져 있는 빛덩이 때문이라는 것을 알 수 있었다. 마법은 일반인이 그리 쉽게 볼 수 있는 것은 아니니까.

어쨌든 식사나 방의 상태는 그럭저럭 훌륭했다. 몇 개 안 되는 빅 웜 산맥의 통행로의 근처에 위치한 마을들은 꽤나 사람이 많았다. 마을에 사는 사람은 몇 되지 않지만 모험자나 상인 같은 잠깐 들렀다가 지나 가는 여행객이 많은 것이다. 그러다 보니 주점이나 여관의 숫자도 늘어나고 장사꾼들은 손님을 끌기 위해서 자신의 이득이 있는 한에서는 서비스의 질을 높였다. 레전트는 식사를 끝냈는지 포크를 내려놓고 나서 만족한 표정을 지었다.

"후유, 잘 먹었다."

"음식은 별로 가리지 않는 편인가 보군."

"너도 허무의 탑에 들어가서 수련하거나 연구해 봐. 식사를 언제 했는지도 까먹게 되는데 먹는 걸 가리겠냐?"

"귀족치고는 꽤나 서민적인데… 어디 이야기 좀 들어볼까."

룬은 접시를 들어 바깥에 내다놓고 다시 들어와 침대 끄트머리에 걸터앉아 레전트를 바라보았다. 인간으로서의 감정에는 굉장히 무딘 룬이었지만 궁금함이라는 감정은 확실히 느끼고 있었다. 애초에 룬이 여행을 떠나게 된 계기는 궁금함이라는 감정이 생긴 이후라는 것이 그것을 증명했다.

룬이 알고 있는 선에서는 알카티온이라는 성을 쓰는 왕족은 없었다. 결코 네스트의 근교에 존재하는 나라는 아닐 것이다. 레전트는 룬의 말에 찬바람이 몰아쳐 들어오는 창밖을 바라보며 바닥이 꺼질 듯 한숨을 쉬었다.

"그러니까 너도 말했으니 나도 말하라는 거지?"

"싫으면 하지 않아도 상관없어."

"그래? 그럼 안 하지 뭐."

"……."

레전트는 고개를 가볍게 돌려서 룬의 얼굴을 보지 않는 것만으로 대답을 회피했다. 잠시 그 상태를 유지하던 레전트는 자리에서 일어설 때까지 아무 말도 하지 않았다. 룬으로서도 자신의 고용주의 신경을 건드리면서까지 물을 필요는 없다고 생각했기에 더 이상 아무 말도 하지 않았다.

"하나만 말하자면 나는 귀족이란 칭호가 굉장히 껄끄러워. 내가 위급할 때 쓰기는 하지만… 이거 모순인가?"

레전트는 문 바깥으로 나서며 그렇게 입을 열었다. 그리고 그런 레전트의 언행은 룬의 궁금함을 풀어주기는커녕 더욱 복잡하게 만들었다.

"내일 아침에 보자고."

문은 소리없이 닫쳤다.

Chapter 2 여행

2

아주 작게 부스럭거리는 소리가 들려오자 룬은 눈을 뜨지 않은 상태로 잠에서 깨어났다. 룬은 그 소리가 결코 바람이 내거나 하는 자연스러운 소리가 아니라는 것을 눈치 채고 있었다. 폭풍이 몰아닥치지 않는 이상 바람은 창문 안쪽에 걸려 있는 빗장을 열지 못했다.

'아침까지 푹 잤으면 좋겠다고 생각하고 있었는데.'

하지만 현실은 룬을 약간 비참하게 만들었다. 빗장이 잘 열리지 않는지 달그락거리는 소리가 계속 룬의 귀를 건드리고 있었다. 룬은 침대 밑으로 이터를 움켜잡았다. 그리고 조용히 숨을 들이쉬고 내쉬며 온몸의 근육을 긴장시켰다. 눈을 감은 상태로 몸만 깨어나게 만든다는 것은 일반인에게는 굉장히 지루하며 힘든 일이지만—보통은 잠들어 버리니까—룬은 지금 그 일을 하고 있었다.

룬은 눈을 감은 채 생각했다. 아까 아래층에서 보였던 레전트를 삼자의 입장에서 생각해 보면 영락없이 철없는 부잣집 도련님의 분위기. 인간의 입에서 입으로 퍼지는 소문이 빠른 것은 알고 있지만 새삼스럽게 빠르다고 느껴졌다. 불과 몇 시간도 되지 않는 사이에 도둑 길드에 레전트와 자신에 대한 일이 알려져 버릴 정도였다. 하지만 룬은 아까 아래층에서 많은 사람들의 빛나는 눈을 보고 일이 이렇게 될 거라고 예상하고 있었다. 단 하나 의문점은 어째서 돈이 있어 보이는 쪽은 레전트였는데 목표가 레전트가 아니고 자신이냐는 것이었다.

찰칵—

창문이 조심스럽게 열리더니 누군가가 조용하게 방 안으로 들어왔다. 룬은 시험 삼아 몸을 뒤척여 보았다. 그러자 방 안에 들어온 누군가의 기척이 완전히 사라졌다. 당황해하거나 하는 기척은 전혀 느껴지지 않았다. 룬은 상대방이 이 정도로 기척을 없앨 수 있다면 결코 아마추어는 아닐 거라고 생각했다. 룬이 한참 동안 가만히 있자 잠시 후에 인기척이 다시 생겨나더니 그 인기척이 방 안 여기저기를 이동하기 시작했다. 룬은 그 인기척이 자신의 가방이 있는 곳에서 멈추고 나서 한참 동안 그곳에서 머무른 것을 눈치 챘다. 하지만 가방 안에는 돈이 없었다.

룬은 그 인기척이 자신에게 다가오자 온몸의 근육을 긴장시키며 대비를 했다. 이럴 경우에는 사람을 수면제로 더 더욱 깊게 잠들게 만들고 사람의 몸을 직접 뒤지기 마련이다. 마침내 그 인기척은 룬의 공격 범위 안에 들어왔고 룬은 주저하지 않고 이터를 뽑아 들었다.

츠아악!

모포가 찢겨지며 이터는 막 그 도둑의 팔을 스치고 지나갔다. 룬은 도둑의 손에서 뭔가가 땅으로 떨어지는 것을 보고 몸을 튕기며 턱을 올려챘다.

"컥! 커헉!"

"손 가만히 놔둬라. 벤다."

룬이 이터를 도둑의 목을 자를 듯 말 듯 아슬아슬하게 내리누르며 경고하자 그 도둑은 막 허리춤에서 대거를 빼려다가 몸을 움찔했다. 무표정한 사내의 감정없는 눈빛과 싸늘한 검의 감촉은 그 도둑으로 하여금 전의를 상실하게 만들기에 충분했다. 도둑은 만약 자신이 조금이라도 다른 생각을 품는다면 자신의 목을 아슬아슬하게 누르고 있는 검이 목을 깊숙이 파고들 것이라는 것을 예상할 수 있었다.

룬은 도둑이 행동을 정지하자 도둑의 품을 뒤져 대거 몇 개와 독침이 담긴 상자 등을 찾아내 멀리 치워 버리고 자리에서 일어섰다. 도둑은 누운 자세 그대로 룬을 올려다보았다. 검은 여전히 자신을 노리고 있었다. 만약 조금이라도 쓸데없는 움직임을 보일 경우 저 검이 가차없이 자신의 급소를 파고 들어올 것이 뻔했다.

"질문하겠다. 어떻게 나에게 돈이 있는지 알았던 거지?"

"그런 걸 내가 말할 것 같냐?"

룬은 자리를 옮겨 도둑의 옆으로 이동했다. 도둑은 눈알을 굴려 룬이 자신의 옆으로 이동하는 것을 지켜보았다.

"이 나라의 법으로는 도둑질하다가 잡힌 사람은 그 죄에 따라 3가지 처벌을 가하지. 너의 경우에는 귀족의 물품을 훔치려 했으므로 중죄이다."

"……!"

어둠만이 내려앉은 방 안에서 도둑의 얼굴이 새하얗게 빛났다. 룬은 한쪽 발로 도둑의 손을 가만히 밟았다. 그리고 이터를 역수로 틀어 잡았다.

"별로 사람을 해칠 생각은 없다. 어떻게 안 거지?"

"제, 젠장! 그 부잣집 도련님 같은 게 귀족이었다는 건가? 재수 옴 붙었군!"

룬은 대답 대신 이터를 강하게 내려찍었다. 이터는 도둑의 팔을 스치며 바닥으로 깊이 파고 들어갔고 도둑은 팔에 통증을 느끼면서도 비명을 지르지 못했다. 대신 이빨을 악물고 고통을 참으며 룬을 올려다보았다.

"내가 한 질문에 대한 답이 아닌 것 같은데."

"크윽……."

"내가 한 질문에 답할 거면 눈을 위아래로 움직여라."

공포에 질린 도둑의 눈알이 위아래로 움직였고 룬은 이터를 뽑아낸 후 다시 이터를 역수로 잡았다. 붉은빛이 도둑의 옷을 빠르게 물들이며 바닥으로 번져 나갔다.

"질문이다. 내가 돈을 가지고 있는지 어떻게 안 거지?"

도둑은 아무 말도 하지 않았다. 하지만 다시 한 번 이터가 조금 높게 올라가자 급히 입을 열었다.

"찌, 찍은 거지. 그거 말고 뭐가 있겠어?"

룬의 이마에 약간의 주름이 생겼다.

"거짓말하지 마라."

"크, 큭! 저, 정말이다! 나 말고도 또 다른 녀석은 옆방을……."

룬은 도둑이 말하는 부분은 거기까지 듣고 도둑의 손을 밟고 있던 발을 들어 힘껏 도둑의 머리를 걷어찼다. 강하고 짧게 걷어찬 룬의 발길질에 도둑은 찍소리도 못한 채 기절하고 말았고 룬은 기절한 도둑의 몸뚱이를 바닥에 내버려 둔 채 옆방으로 뛰어갔다. 다른 녀석이 레전트의 방으로 갔다는 것은 레전트가 위험할 수도 있다는 소리였다.

똑— 똑—

"레전트, 안에 있나?"

하지만 안쪽에서는 아무런 반응이 없었고 룬은 조금 더 세게 문을 두드리며 레전트의 이름을 불렀다. 하지만 레전트는 여전히 대답이 없었다.

"레전트!"

룬이 다시 크게 소리를 치면서 문을 두드리려 할 때 갑자기 문이 벌컥 열렸고 잠든 레전트의 얼굴 앞에까지 반쯤 갔었던 주먹을 재빨리 회수했다. 레전트는 졸린 목소리로 눈을 게슴츠레하게 뜨더니 룬을 올려다보며 말했다.

"하암~ 왜 그래? 아직 밤이잖아? 벌써 출발… 하기에는 좀 이르지 않아?"

"무사했었군."

"뭐? 무슨 일인… 하암… 데."

"도둑이 들었었다. 네 쪽은 아무 일도 없었……."

원래대로라면 '네 쪽은 아무 일도 없었나 보군' 이라고 말을 하려고 했던 룬은 말을 중간에서 끊을 수밖에 없었다. 방문의 정 반대쪽에 위치하고 있는 창이 활짝 열린 채 하늘 가득히 펼쳐진 별빛을 방 안으로 쏟아내고 있는 것이 눈에 들어왔기 때문이다.

"정말로 업어가도 모를 정도로 깊이 자는군."

"그, 그게……."

룬은 이대로 신고를 한다 해도 물건을 찾는다는 것은 불가능하다는 것을 알고 있었다. 이런 곳의 도둑 길드는 경비대에 연줄이 있기 마련인 데다가 상납금을 받으면 입을 다물어 버리는 경우가 허다했다. 물론 레젠트가 마법사인 이상 입을 다물어 버리지는 못하겠지만, 그렇다고 억지로 도둑 길드와 싸우려고 하지는 않을 것은 뻔한 일이었다.

궁여지책으로 어떻게 도둑 길드를 뒤질 수 있다고 해도 이미 물건은 처리된 후일 것이다. 장물을 오랫동안 가지고 있지 않는 것은 도둑들이 기본적으로 지키는 사항 중 하나였다.

룬은 레젠트에게서 귀중품은 거의 다 맡아두고 있다고 생각했다. 하지만 망각하고 있던 사실이 있었다. 레젠트의 배낭에 들어가 있던 라이칸슬로프의 심장. 그만큼이나 붉은 수정 덩어리는 상당히 비싸 보였을 것이다. 그리고 레젠트의 망토가 낡아 보이기는 했지만 아티팩트였다. 도둑들 중에서 아티팩트를 감정할 능력이 있는 자들은 얼마든지 있었다. 그나마 다행인 것은 길드 문장은 자면서도 품속에 품고 있었기 때문에 도둑맞지 않았다는 것 하나뿐이었다.

"이런 고급스러운 물건을 잘도 알아보고 훔쳐 갔군……."

룬은 머리를 매만지며 중얼거렸고 레젠트도 굉장히 우그러진 얼굴로 고개를 끄덕였다.

"이 녀석을 다그치면 되지 않을까?"

"소용없어. 알고 있는 건 더 이상 없을 거다."

"어떻게 장담해?"

룬은 침대의 끄트머리에 팔다리가 묶여 있는 도둑을 바라보았다. 그 도둑은 퉁퉁 부은 얼굴로 룬과 레전트의 모습을 보고 있다가 룬이 자신을 바라보자 깜짝 놀라며 발버둥을 쳤다.

"난 다 말했어! 더 이상 말할 게 없다고!"

"너 도대체 뭔 짓을 한 거냐?"

"아무 짓도 안 했어. 이봐, 너. 가만히 있어."

그 도둑은 룬의 말에 따라 입을 다물었다. 잘못하면 정말로 죽을 것 같은 위협이 느껴졌기 때문이다. 레전트는 그런 도둑에게서 눈을 돌리며 중얼거렸다.

"그거 스승님이 빌려준 거야. 찾아야 돼."

"못 찾으면?"

"그런 아티팩트는 현재 기술로는 만들기 굉장히 어려운 거라고. 못 찾으면 뭔 일이 있을지는 몰라도 큰일이 날 거야. 어쩌면 이쪽 도둑 길드 전체가 뒤집어질지도……."

"그건 나하고는 상관없는 일인데."

딱딱한 룬의 말에 레전트는 의외로 화를 내지 않고 고개를 끄덕거렸다.

"나도 도둑 길드 따위는 없어져도 상관없어. 하지만……."

"하지만?"

"나한테 아무런 일이 없을 리 없잖아! 반드시 찾아야 해!"

"그것도 나하고는 상관없는 일인데."

"나한테 고용된 녀석이 할 소리냐!"

방법은 하나밖에 없었다. 오늘 밤이 지나가기 전에 그 물건을 훔쳐 간 도둑 길드를 알아내고 단 둘이서 길드를 덮쳐 물건을 찾아내는 방법밖에는. 하지만 이 방법은 너무나 위험성이 컸다. 도둑이라고 해서 전투력이 아주 떨어지는 것은 아닌 데다가 이쪽에서는 저쪽이 무슨 함정을 파났을지 예측하지 못한다.

"하아, 큰일이네."

"그런데 그 정도의 아티팩트라면 마법으로 찾을 수도 있지 않나?"

"그런 거 찾는 마법 정도야 당연히 있지. 그런데 짐을 통째로 도둑맞아서 사용하기 위해서 필요한 시약이라든가… 악!"

잃어버린 짐에 대해서 생각하던 레전트는 갑작스럽게 비명을 내질렀다. 레전트는 머리를 쥐어뜯으며 방 안을 뛰어다니기 시작했고, 그런 레전트를 한참 동안이나 바라보던 룬은 레전트가 자리에 주저앉아서 의미 모를 말을 중얼거릴 때까지 기다렸다.

"무슨 큰일이라도 있나?"

"생각해 보니까 심장이랑 다 도둑맞았잖아? 겨우 도려낸 건데. 아, 진짜 큰일이네……."

"둔하군."

레전트는 룬에게서 둔하다는 소리를 듣고 나서 축 늘어졌다. 룬은 다시 침대 위에 묶여 있는 도둑을 바라보았다. 지금 여기서 단서는 저 도둑밖에 없었다. 그 도둑은 룬이 자신에게 다가오자 룬이 자신을 찾지 못하게 하려는 듯 최대한 몸을 침대로 파묻었다. 하지만 룬은 그런 도둑의 멱살을 움켜잡으며 낮고 위협적으로 말했다.

"이봐."

"뭐, 뭐냐?"

"너 말고 이 옆방으로 침입했다는 녀석, 전혀 모른다고는 하지 않겠지?"

"그거야……."

그 도둑은 룬의 눈치를 보면서 말꼬리를 흐렸고 룬은 한숨을 푹 내쉬었다. 그리고 검집에 꽂혀 있던 이터를 빼 들고 은근슬쩍 협박과 회유를 동시에 하기 시작했다.

"그 녀석을 잡을 수 있게 도와준다면 너는 그냥 놔줄 수도 있다. 이대로 잡혀가게 된다면 적어도 10년은 감방에서 썩던가 해야 할 텐데……."

"정말… 인가?"

"믿지 않으려면 믿지 말든지."

가능성은 두 가지가 있었다. 도둑 길드가 직접 일을 벌였던가, 아니면 도둑 길드로부터 정보를 산 개인이 이런 일을 벌였던가. 어쨌든 이것만이라도 알아내면 어떤 행동을 취해야 할지 방법이 나올 수도 있었다.

그 도둑은 고개를 숙이고 뭔가를 생각하는 듯했다. 동료 의식이 그를 끌어당기고 있었고, 현실의 냉혹함이 그를 반대 방향으로 끌어당겼다. 룬은 그 도둑이 생각하는 시간이 꽤 오랫동안 소모되자 이터를 쳐들며 도둑이 결정을 내리도록 도왔다.

"하지만 감옥에서 10년 동안 썩는다는 건 인간적으로 너무한 일이군. 어차피 귀족에게 불경한 짓을 한 것은 즉결 처분할 수도 있지. 원한다면……."

"알았어! 말할게! 말한다니까!"

현실의 냉혹함은 꿈이나 맹세에 비교하여 무겁고 강했다. 룬은 레전트가 질렸다는 듯한 표정으로 자신을 바라보는 것을 무시하고 반쯤 뽑았던 이터를 다시 칼집에 꽂아 넣었다.

"동료를 배신한다면 이곳 길드에서는 배척받게 되겠지. 다른 곳으로 갈 수 있는 돈 정도는 주겠어."

"고양이 쥐 생각해 주는군."

둘이 대화하는 꼴을 옆에서 보고만 있던 레전트가 어깨를 으쓱하며 한마디했다.

"쥐 생각해 주는 고양이가 이상해? 우리 스승님 친구 분이 키우는 고양이는 쥐한테 젖도 주던걸?"

"……."

순간 분위기가 묘하게 변했다. 도둑은 입을 딱 벌렸고 룬은 머리를 긁적이며 레전트에게서 시선을 외면했다. 룬은 한 손으로 머리를 가볍게 긁으며 검집으로 도둑의 어깨를 툭툭 건드렸다. 그 도둑은 정신을 차린 듯 조심스럽게 자신이 아는 내용을 털어놓기 시작했다.

"그 녀석은 이곳에서 약간 떨어진 '산맥의 쉼터'라는 여관에서 방을 빌리고 있어. 아마도 훔쳐서 이곳을 뜨는 척하려고 그런 것 같아. 그러면 이곳에서의 조사는 어쨌든 자신하고는 상관없어지니까."

"이름은?"

"어느 이름을 원하는 거지?"

"가명. 여관을 잡은 이름. 진짜 이름은 알아도 별로 쓸모없겠지."

"아일 펠콘이라는 이름일걸. 이제 내가 아는 건 다 말했어. 이제 날 놔줘."

"안 돼."

룬은 그 도둑의 요청을 간단히 묵살해 버렸다. 그러자 그 도둑은 절망스러운 표정으로 룬의 얼굴을 바라보았다. 룬이 자신을 속이고 정보만을 알아내려 했을지도 모른다는 생각이 그의 머리 속을 마구 헤엄쳤다. 하지만 룬은 건틀릿을 착용하면서 도둑을 안심시켰다.

"완전히 신용할 수는 없으니까. 물건을 찾게 된다면 풀어주겠어."

룬은 건틀릿을 착용하고 도둑의 손가락이 움직이지 못하게 단단히 묶어 결박했다. 관절을 빼거나 해서 이런 결박에서 빠져나갈 수도 있었기 때문에 룬의 밧줄 묶는 솜씨가 총 동원됐다. 허술하게 묶여 있었던 팔과 다리가 다른 사람이 풀어주기 전까지는 빠져나올 수 없도록 단단히 묶이자 룬은 그제야 허리를 펴고 자리에서 일어섰다.

"준비됐나?"

"아아, 근데 룬, 부탁 하나만 해도 될까?"

"뭔데?"

"그게… 웬만하면 사람 죽이지는 말아줄래?"

룬은 고개를 끄덕이고 문을 열었다.

"그럼, 가자."

룬은 될 수 있으면 빨리 목적지에 다다르고 싶었지만 레전트가 발목을 잡고 있었다. 아무래도 마법사이다 보니 체력이 약한 것은 어쩔 수 없었다. 장거리 이동은 비행 망토로 해결하던 레전트로서는 이런 장거리 아닌 장거리를 뛰어다니는 건 겪어본 적이 별로 없었던 일이었다. 정확히는 겪어보리라고 생각하지도 않았을 일이었지만.

"같이… 헥! 헥! 가… 자… 헥! 헥! 고……!"

처절한 레전트의 목소리에도 불구하고 룬은 재빨리 발을 움직여야 했다. 이런 때 조금이라도 시간을 지체하는 것은 좋지 않았다. 게다가 그 산맥의 쉼터라는 여관은 검과 방패로부터 꽤나 먼 곳에 있었다. 어쨌거나 위에서 우당탕거리는 소리가 나자 깜짝 놀라서 뛰어 올라왔던 주인에게 들은 정보니 확실할 것이다. 레전트는 주점에서 뛰쳐나오며 그 여관 주인에게 쓸데없는 짓 했다가는 재미없을 거라고 으름장을 놓는 것을 잊지 않았다.

어쩌면 그 도둑이 아직 물건을 자신이 가지고 있다면 이 선에서 끝을 낼 수도 있었다. 룬은 그런 생각으로 빨리 발을 재촉했다. 그렇다고 하지 않아도 어쩌면 다른 단서를 얻을 수도 있었다.

계속 뛰던 룬은 여관 주인이 말한 대로 네 번째 갈래길에서 오른쪽으로 돌아 멈춰 섰다. 그곳에는 산의 모습이 그려진 모습의 간판이 도로 쪽으로 나와 있는 것이 보였다. 곧 레전트도 거의 죽을 얼굴이 되어서 룬의 뒤에 도착했고 룬은 숨을 고르고 있는 레전트를 향해 이제 어떻게 해야 할지 간단히 설명했다.

"내가 안으로 들어간다. 너는 주위를 지켜보고 있다가 주위의 창문으로 뭔가가 나오거나 하면 바로 공격해. 죽이지는 말고."

"하악, 하악, 아, 알았어……."

정확히 범인이라고 밝혀지지 않은 시점에서 사람이라도 죽였다가는 무슨 일이 벌어질지 모르는 일이다. 물론 레전트의 신분이라면 어느 정도의 벌금형으로 끝나겠지만. 그렇다고 해도 일이 복잡해질 가능성은 충분했다.

룬은 문을 약간 세게 두들겼다. 만약 그 도둑이 귀가 밝다면 자신이 문을 두드리는 것만으로도 어느 정도 낌새를 느낄 수 있을지도 몰랐다. 룬은 레전트에서 조금 더 뒤로 가라고 손짓을 하며 몇 번 더 문을 두드렸다. 잠시 후 안쪽에서 인기척이 나더니 누군가가 문에 걸려 있는 빗장을 젖히고 문을 열었다.

"무슨 일이유? 이런 한밤중에……."

그 늙은 여인은 처음에는 귀찮다는 듯이 룬과 레전트를 훑어보았지만 곧 룬의 허리에 달려 있는 이터와 손에 있는 건틀릿을 보더니 깜짝 놀라며 약간 뒤로 물러섰다. 룬은 오해를 사지 않도록 그녀에게 가볍게 고개를 숙이며 인사를 한 후 자신이 문을 두드렸던 것에 대한 목적을 말했다.

"아일 펠콘이라는 이름의 사람이 이곳에 있습니까?"

"그, 그게 누구……?"

"도둑입니다. 저희의 물건을 훔쳐서 달아났는데 이곳에 묵고 있다고 하더군요."

그 여인은 조금 더 뒤로 물러나더니 룬과 레전트를 번갈아 보았다. 상대방이 자신보다 더 강하게 보이면 위압감을 느끼는 것은 인간의 본성이었다. 그녀는 곧 룬에게 길을 비켜주며 중얼거렸다.

"들어오슈, 도둑이라구? 흥, 그런 놈들은 잡아서 족쳐야지. 아무렴."

그녀는 만약 정말로 이 남자의 말이 맞을 경우에는 이 여관의 평이 떨어질지도 모른다는 생각을 했다. 그렇게 된다면 당연히 수입이 크게 떨어지게 될 것은 당연한 사실이었다. 룬은 안쪽으로 들어가기 전에 레전트에게 눈짓을 했다. 레전트는 그런 룬의 눈짓이 무슨 뜻인지 알아차리고 근처를 더 더욱 자세히 살폈다.

그 여인은 카운터로 걸어가더니 열쇠로 책상에 달려 있는 작은 자물쇠를 연 후 책 같은 것을 꺼내어 훑어보기 시작했다. 한참 동안 손가락으로 글씨들을 손으로 짚어 내려가던 그녀는 어느 순간 손가락을 멈췄다.

"아일 펠콘… 아일 펠콘이라. 아, 여기 있군. 2층 5호실이유. 그런데 이미 체크 아웃이 되어 있는데?"

"정말입니까?"

"여기 봐요, 체크 아웃 했다고 나와 있잖수. 이미 방은 비어 있는데… 오늘 밤 해질녘에 체크 아웃 했군."

"확인시켜 주실 수 있겠습니까?"

룬의 얼굴이 조금 일그러지자 그 여인은 움찔거리면서도 고개를 끄덕거렸다. 곧 그 여인은 5호실의 문을 열어서 룬에게 그 안을 보여주었다. 여인의 말대로 방 안은 깨끗했다. 누군가 이곳에 있다가 갔다는 표시도 나지 않을 만큼 깨끗하게. 그 순간 룬의 머리 속에서는 수많은 생각이 지나갔고 곧 그 생각은 행동으로 옮겨졌다. 룬은 재빨리 바깥으로 나가며 멀뚱히 서서 창문을 바라보고 있던 레전트를 향해서 외쳤다.

"레전트! 다시 돌아간다!"

"에에?! 또 뛰는 거야?"

"천천히 와도 상관없으니까 알아서 해. 난 먼저 간다!"

룬은 이곳에 오던 것보다 더욱 빠른 속력으로 우리들이 묵고 있던 곳으로 뛰기 시작했다. 가능성은 여러 가지가 있었다. 일단 가장 간단한 경우라면 그 도둑이 거짓말을 했을 경우가 있을 수도 있었고 그 도둑 말대로 아일 펠콘이라는 자가 그곳에 있었다가 도둑질을 하기 전에 체크 아웃 한 다음 이곳을 튀어버렸을 가능성도 있었다. 하지만 그 아일 펠콘이라는 자가 체크 아웃 한 시간은 레전트와 룬이 이곳에 왔을 때와 거의 일치한다는 것을 생각했을 때 결론은 한 가지였다.

'거짓말인가. 그놈.'

"…젠장."

룬은 평소 때 하지 않던 욕지거리를 내뱉으며 한숨을 내쉬었다. 룬이 여관에 도착했을 때 로프는 뭔가 날카로운 것에 잘려 바닥에 흩어져 있었고 그 로프에 묶여져 있던 도둑은 사라진 뒤였다. 분명히 룬은 그 도둑의 무장을 해제했고 이런 로프를 맨손으로 잘라낼 수 있을 리는 만무했다. 게다가 룬은 그 도둑이 만에 하나라도 팔다리를 쓸 수 없도록 특수하게 포박을 해놓기까지 했었다.

"속였군."

경솔했다는 생각이 뼈아프게 스며들었다. 도둑의 표정이 너무나 처절했기 때문에 설마 거짓말이라고는 생각하지 않았었다. 그것이 연기였다면 정말 완벽한 연기였다. 게다가 자신이 한 말이 거짓말이라고 한다면 자신이 룬에게 어떤 일을 당하게 될지는 잘 알고 있었을 것이다. 그럼에도 그 도둑의 태도는 뻔뻔하다고 할 수 있을 정도로 안정적이었다. 자신이 죽을지도 모르는 상황에서 그만큼이나 침착했다면 뭔가 믿는 구석이 있었을 것이다.

그때 뭔가가 꽤나 시끄럽게 계단을 기어 올라오는 소리가 나더니 곧 레전트가 방문 앞에서 쓰러지며 눈도 제대로 뜨지 못한 얼굴로 중얼거렸다.

"이… 망할 놈아, 도대체 무슨 일이야… 말은 해주고 뛰던가… 우욱!"

레전트는 헛구역질을 하며 비틀거리면서도 용케 룬에게 가까이 다가왔다. 룬은 고개를 숙인 채 건틀릿을 끼고 있는 왼손으로 이마를 만지작거리며 그런 꼴사나운 모습의 레전트에게 말했다.

"마법사치고는 체력이 좋군."

"그걸 듣자고 하는 게… 우욱! 아니잖아……."

"그놈이 거짓말을 했다."

"그래? 그런 거군. 그런데 뭐가 어떻게 되는 건데? 나쁜 거야? 아니… 잠깐. 그 도둑이 거짓말을 했다는 소리야?"

한참 동안 바닥에 널브러진 채 헛소리를 중얼거리던 레전트가 벌떡 일어나더니 룬의 멱살을 잡으며 소리쳤고 룬은 그 상태 그대로 고개를 끄덕거렸다.

"이렇게 된다면… 어쩔 수 없이 도둑 길드로 가야겠군."

"길드를 어떻게 알아서? 그리고 위험하지 않아?"

"글쎄."

룬은 아직 자신의 멱살을 잡고 있는 레전트의 손목을 잡고 힘을 주었다. 레전트는 손에서 통증을 느끼고 깜짝 놀라 하며 멱살을 쥐고 있던 손을 놓았다. 룬은 이마를 만지작거리던 왼손을 내리고 아래층으로 내려갔다. 1층에는 언제 나왔는지 우락부락한 남자가 잠옷 비슷한 것을 입고 주인의 멱살을 잡아서 공중에 쳐들고 소리를 지르고 있었다.

"도대체 무슨 일이기에 이 밤중에 이 소란이야?! 난 편하게 자고 싶어서 이곳에 왔다고!"

"그, 그게… 손님… 죄송하지만 그게……."

불쌍한 주인은 컥컥거리며 버둥거리기만 할 뿐 아무런 행동도 하지 못하고 있었다. 룬은 아무 말 없이 그 뒤로 다가가서 그 남자의 어깨를 두드렸다.

"응? 뭐야, 너는?"

"그 주인에게 용건이 있다. 나와."

"뭐라고?"

그 남자는 보기에 굉장히 껄끄러운 우그러진 얼굴로 주인을 바닥에 내팽개치더니 자신의 뒤에 서 있던 룬의 멱살을 잡고 외쳤다.

"뭐라고, 이 새끼야? 지금 잠도 제대로 못 자서 열받아서 미치겠는데 나오라고? 네가 대신 보상금이라도 줄 거야? 앙?!"

룬은 뭔가 머리 속에서 툭 끊어지는 느낌을 받았다. 순간 뭔가가 튀어나오려는 듯했지만 룬은 그런 기분을 억지로 눌러 참았다. 이런 머리에 든 것 없고 무식한 것들의 협박에 굴복할 생각도, 진지하게 이야기 할 생각도 눈곱만큼도 없었다.

"보상금 따위는 줄 수 없겠는데."

"뭐야? 이 새끼가!"

퍼억—

룬은 얼굴을 돌렸다. 하지만 멱살을 잡힌 채로는 그다지 충격을 흘려 버릴 수는 없었다. 단지 고개를 돌린 것만으로는 충격을 다 흘려 버리기에는 무리였다. 하지만 룬은 고개를 다시 원상태로 돌리며 자신의 앞에서 으르렁거리고 있는 남자를 노려보았다.

"어때! 또 그런 건방진 얼굴을 하고 떠들어보시지?"

"솜주먹은 아니군."

룬의 표정이 더 더욱 딱딱하게 굳어갔다. 룬은 가슴속 깊은 데서 뭔가가 부글부글 끓어오르는 것 같은 느낌을 분출시키고 싶었다. 하지만 그 남자는 딱딱하게 굳은 룬의 표정을 보고 룬이 겁을 먹은 상태에서 객기를 부리는 것으로 생각했는지 다시 크게 소리치며 주먹을 쳐들었다.

"뭐라고? 이 자식이!"

퍼억—

하지만 룬의 왼쪽 주먹이 더 빠르게 움직였다. 건틀릿이 씌워져 있는 룬의 왼쪽 주먹은 정확하게 남자의 오른쪽 턱에 펀치를 적중했고, 룬은 충격이 머리 안쪽으로 잘 퍼지도록 주먹이 남자의 턱과 적중하는 순간 주먹을 뒤로 뺐다. 그러자 그 남자는 룬의 멱살을 바로 놓았고 룬은 그 남자가 비틀거리기도 전에 배를 발로 걷어차 버렸다. 그 남자는 배를 움켜잡고 뒤로 날아가서 벽에 부딪혀 쓰러지고 말았다. 룬은 바닥에 쓰러져 입에서 피를 흘리고 있는 남자를 지나쳐 바닥에 쓰러져 있는 주인에게 손을 내밀었다.

"가, 감사합니다… 히익?"

룬은 손을 뻗는 주인의 손을 잡아서 일으켜 세우고 난 뒤 왼손을 그의 어깨에 올려놓고 최대한 감정을 짓누르며 중얼거렸다.

"길드. 위치 알고 있을 거라고 생각합니다만."

"소, 손님? 그게 무슨 소리신지?"

"저꼴이 되고 싶지 않다면 빨리 말하는 게 좋을 겁니다."

주인은 우는 얼굴이 돼서 룬을 바라보았다.

"도둑 길드에 가면 뭔가 뾰족한 수라도 생기는 거야? 야, 대답 좀 해."

"그래."

룬은 평소와는 다르게 혼란스러운 기분이 되어 빠른 속력으로 길을 걷고 있었다. 룬은 자신이 지금 얼만큼이나 흥분한 상태인지 깨닫지 못하고 있었다. 지금 룬의 머리 속에서는 자신을 속였던 그 도둑을 잡아서 어떻게 해버리고 싶다는 생각만이 솟아오를 뿐이었다.

무작정 뭐든지 잡고 부수고 싶어지는 기분. 이 기분을 뭐라고 표현해야 하는지는 알 수 없었다. 하지만 룬은 이성적으로 그런 행동이 절대로 옳은 행동이 아니라는 것을 알기 때문에 그런 기분을 억눌렀다.

　"일단 도둑 길드로 간다. 그 다음 일은 그때 생각하지."

　"알았어. 그런데 지금 어디로 가고 있는 거야?"

　"도둑 길드."

　조금 더 자세한 소리를 듣기 위해서 질문을 했던 레전트는 기분이 상당히 나빠졌지만 더 이상 뭐라고 말을 하지 못했다. 마력의 흐름을 민감하게 읽을 수 있는 레전트는 룬의 감정이 지금까지완 다르게 급격히 변화하고 있다는 것을 알 수 있었다.

　흥분하거나 하는 감정적 변화를 보이면 인간의 몸에 있는 영혼의 움직임이 급변하고 그 사람 주위의 마력은 그 영혼에 반응하여 격렬하게 흔들리게 된다. 그렇기 때문에 레전트는 룬의 옆에 있으면서 꽤나 편한 기분을 유지할 수 있었다. 룬은 다른 사람들과는 달리 어느 때라도 감정이 급격히 변화하는 적이 없었다. 하지만 지금 룬은 레전트가 알고 있는 그런 룬의 모습이 아니었다.

　"미친놈 같아……."

　레전트는 룬의 주위로 맹렬하게 흐르는 마력의 흐름에 현기증마저 느끼며 낮게 중얼거렸다. 대기조차 마력의 흐름에 영향을 받아 작게 흔들리고 있었다.

　정작 본인은 그런 반응을 정확히 느끼지 못하고 있었다. 주위에 바람이 스쳐 지나가고 맹렬한 감정이 머리를 뜨겁게 달궜다. 그리고 어느 순간 룬은 걸음을 멈춘 채 어딘가를 멍한 표정으로 주시했다.

룬의 주위에 흐르는 마력이 점점 격해지기 시작했다. 레전트는 그 느낌을 느끼고 겁이 났다. 뭔가 잘못된 것 같다는 느낌이 레전트의 온 몸을 휘감았다. 그리고 그것을 느낀 레전트는 반사적으로 손을 뻗어 룬의 어깨를 움켜잡았다.

…….

누구지……?

심장이 가슴을 찢고 튀어나올 정도로 강하게 뛰고 있다. 주위는 비 가 쏟아지는 벌판. 강렬하게 온몸을 때리는 빗줄기는 얇은 여름 옷 따 윈 금방 적셔 버리고 피부로 스며든다. 피부 위로 흐르는 미적지근한 물기가 온몸을 간지럽힌다.

나의 주위에 누군가 존재한다는 느낌이 든다. 피를 토할 정도로 단련하여 가지게 된 감각은 빗속에서도 결코 무뎌지지 않았다. 나 는… 나는 너무나도 당당하게 나의 정면으로 다가오는 자를 바라보 았다.

쾨릉―

벼락이 내려치자 그의 모습이 잠시 비춰진다. 어둠의 그것처럼. 나 와 같은 검은 머리카락이 허리 아래까지 휘날리는 남자. 얼굴을 자세 히 보려고 몸을 움직이려 했지만 몸은 움직이지 않았다. 본능적으로 상대방이 위험하다는 것을 인식했다. 함부로 움직이면 죽는다.

빗줄기가. 왠지 모르게 끈적끈적한 빗줄기가 몸 전체를 따라 뜨겁게 흐르며 나의 이성을 흐려지게 만들고 있다.

나는 주먹을 꽉 움켜쥐었다. 본능을 감정이 억누르며 몸이 천천히 움직이려 하고 있었다.

알고 있다. 지금 내가 느끼는 감정을 무엇이라 표현해야 하는
지…….

　…….

"룬!"

룬은 누군가 자신의 어깨를 강하게 움켜쥐자 정신을 차렸다. 비에
젖었던 몸은 완전히 말라 있고 맑은 하늘에서는 붉은빛의 달이 대지를
비추고 있었다. 룬은 잠깐 동안 주위를 둘러보았다. 그리고 얼마 지나
지 않아 자신이 보았던 것과 느꼈던 것이 모두 환상이었다는 것을 자
각했다.

"괜… 찮은 거야?"

"미안하다. 잠시…….."

룬은 꽉 움켜쥐었던 주먹을 풀었다. 기분 나쁠 정도로 확실하게 다
가오는 환상. 기억 어딘가에 단단히 뿌리 박혀 있는 감정. 룬은 자신이
지금 느꼈던 감정을 무엇이라 표현하는지 표현할 수 있었다.

죽이고, 부수고, 복수하고 싶다. 자신에게 이 감정을 품게 만드는 대
상이 자신의 앞에서, 이 세상에서 영원히 사라지기를 바란다. 끝없이
저주하고 증오한다. 그것은…….

분노.

룬은 오른손으로 얼굴을 감싸 쥐었다. 얼굴 위로 흐른 땀이 턱을 따
라 흘렀다. 온몸에서 살갗을 뚫고 벌레가 스멀스멀 기어나오는 듯한
느낌. 그리고 부정적인 감정이 몸서리치게 떠올랐다.

"룬?"

"왜 부르나."

"왜… 화난 거야?"

조심스러운 레전트의 말투에 룬은 길게 한숨을 내쉬며 분노를 삭였다. 이렇게 분노라는 감정이 몸을 지배하게 놔두면 미쳐 버릴 것만 같았다. 마치 자기 자신이 아닌 게 돼버릴 것 같은 끔찍하고 불쾌한 감정.

룬은 얼굴을 감싸고 눈을 감은 채 숨을 들이쉬고 내쉬며 잠시 동안 숨을 가다듬었다. 이런 감정에 몸을 맡기면 안 된다는 이성적인 충고가 기억의 저편에서 흘러나왔다. 잠시 후 룬은 온몸에서 벌레가 기어가는 것 같던 느낌이 점차 사라지고 나자 눈을 떴다.

"분노인가… 이것이."

"……."

"익숙하지 않아서 그런 것 같다. 미안하다."

룬은 얼굴을 감싸고 있던 오른손을 내렸다. 달빛 아래에 드러난 룬의 얼굴은 땀에 조금 젖어 있는 것만 빼면 예전과 다를 것 없는 무표정한 얼굴이었다. 레전트는 그런 룬의 표정을 보며 안도의 한숨을 내쉬었다. 룬의 몸 주위에 흐르던 마력은 언제 그랬었냐는 듯 안정되어 있었다.

룬은 레전트가 한숨을 쉬는 것을 바라보다가 문득 레전트가 아까 자신에게 도둑 길드에 대해서 물었었다는 것을 생각해 냈다. 그리고 자신이 그 질문에 대해서 이상한 대답을 했었다는 것도 생각해 냈다.

'분노란… 인간의 이성을 이렇게 상실시켜 버리는 감정인가?'

룬은 다시 걸음을 옮기며 레전트가 질문을 한 목적에 맞는 대답을 하기 시작했다.

"그 점의 주인이 알려준 곳으로 가고 있는 거다. 그 주인이 거짓말 하지 않았다면 아마 거기에 도둑 길드가 있겠지."

"그런데 어떻게 그 주인이 도둑 길드를 알 거라고 생각한 거야?"

"그 영감도 공모자니까 알겠지."

"에? 뭐라고?"

레전트는 깜짝 놀라며 걸음을 멈췄다가 룬이 쉬지 않고 걷자 다시 발을 놀리며 계속 질문했다.

"어떻게 그런 걸 알아차린 거야?"

"시간이 너무 짧았다."

"시간?"

"도둑 길드는 소문이 진짜인지 확인한다. 그리고 그 소문이 진짜라 는 확증이 붙게 되면 그게 정보가 되고 돈이 되는 거지. 우리가 이곳에 온 지 불과 4, 5시간 정도. 도둑 길드에서 그 소문을 정보로 확인하기 까지의 시간이 꽤 짧았다. 여관 주인이 도둑 길드에 영향을 받고 있었 다면 금방 정보로 확인이 가능했겠지. 정확하진 않아서 반쯤 찔러본 게 맞는 거다."

"이런 상황에서 잘도 그런 추리를 하는군."

반쯤이라고 하지만 룬은 어느 정도 확신을 가지고 있었다. 룬은 어 떤 상황이 벌어질지 몰라 창문을 걸어 잠그고 밖에서 빗장을 열지 못 하게 단단하게 밧줄로 묶어둔 뒤 그 도둑이 있다는 곳으로 갔었다. 그리고 방문에는 자물쇠까지 다시 채워두었다. 두 명이 여관으로 돌 아와 있을 때는 창문은 그대로였고 방문의 자물쇠가 열려 있었다. 누 군가 방 바깥에서 자물쇠를 열고 도둑을 데리고 정문으로 나갔다는 소리였다. 만약 도둑이 문을 통해 나갔다면 룬이 소란을 피울 때부터 깨어서 안절부절못하던 주인이 그런 도둑을 보지 못했을 리가 없었다.

룬은 레전트가 지치지 않도록 배려하며 약간 빠른 걸음으로 걸었다. 어쩌면 싸움이 벌어지게 될지도 모르는 상황에서 동료를 지치게 만들고 싶지는 않았다.

빠르게 길을 걷던 룬은 어떤 집 앞에 멈춰 서서 한 손으로 이터의 칼집을 잡고 문을 가볍게 다섯 번 두들겼다. 레전트는 룬에게 무슨 일인지 물어보려고 했다가 룬이 손을 뒤로 뻗어 제지하자 얌전히 입을 다물었다. 둘은 그렇게 잠시 동안 가만히 안쪽의 반응을 기다렸다.

"누구야?"

낮고 음침한 목소리가 느릿느릿하게 문 안쪽에서 흘러나왔다.

"사람을 찾고 있습니다."

"미아 보호소에나 가보시지. 여기는 사람 찾는 데가 아니야."

"짧은 갈색 머리. 약간 찢어진 갈색 눈에 나이는 30대 후반. 키는 그다지 크지 않고 팔에 꽤 깊은 상처를 입고 있습니다. 찾을 수 있겠습니까?"

룬은 그 목소리의 주인공이 뭐라고 하든지 무시한 채 말했고 그 목소리의 주인공은 갑자기 잠잠해졌다. 룬은 인기척이 문에서 멀어지는 것을 느끼고 다시 문을 두드렸다. 하지만 이번에는 아무런 반응이 없었다. 룬은 발끝으로 문을 가볍게 두드려 본 뒤 이터를 꽉 움켜잡고 낮게 중얼거렸다.

"미는 문이군."

쾅─

룬은 문을 발로 걷어찼다. 손가락 두 마디쯤 될 것 같은 판목으로 만들어진 단단한 문에 달려 있던 경첩이 뜯겨져 나갔고 룬은 다시 문을 걷어차서 기어코 문이 열리게 만들었다. 룬은 안쪽으로 급히 들어가는 우를 범하지는 않았다. 그리고 안쪽의 상황을 재빨리 살피기 시작했다. 안쪽은 그냥 평범한 일반 가정집 같은 모습이었지만, 일반 가정집이 별빛이나 달빛조차 새어들지 않게 창문마다 일일이 커튼을 칠 리가 없었다.

"정면에 셋… 네 명."

어둠 속에서 적응된 룬의 눈에는 비반사 처리를 한 숏 소드와 대거를 뽑아 들고 자신을 노려보는 남자들의 모습이 보였다. 룬은 입을 열려고 하다가 여기서 입을 열어봤자 아무런 소용이 없을 거라고 생각하며 문 안으로 몸을 들이밀었다. 상대방은 자신들의 머릿수를 믿고 있을 것이다.

획!

룬은 머리 위에서 느껴지는 기척에 재빨리 왼팔을 들어 머리 위로 떨어지던 대거를 막으면서 이터를 휘둘렀다. 레전트의 머리 위로 떨어지던 대거가 이터와 부딪치면서 쩽— 소리를 냈고 룬의 뒤에 숨어 앞만 바라보고 있던 레전트는 방 한구석으로 굴러가는 대거를 한번 바라본 뒤 천장을 바라보았다. 룬의 본능적인 행동으로 인해서 목숨을 구한 것이다.

"위에 한 명인가?"

밖에서 볼 때는 이층집이지만 안에 들어와서 보니 일층집이었다. 비정상적으로 높은 천장에 매달려 있던 남자는 아무 말 없이 다시 허리춤에서 대거를 뽑아 들며 낮은 목소리로 룬을 위협했다.

"웬 놈이냐! 경비대 쪽 끄나풀은 아닌 것 같은데?"

"말했을 텐데. 나는 내가 말한 인상착의를 한 남자를 찾고 있다."

"이쪽에서도 말했다. 이곳은 미아 보호소가 아니라고."

"이곳의 길드원을 모를 리 없을 텐데, 문지기."

천장에 매달려 있던 남자는 더 이상 말을 하지 않는 대신 행동을 취하는 현명함을 보였다. 순식간에 두 개의 대거가 다시 한 번 룬을 노리고 떨어졌다. 천장에서 거꾸로 매달린 채 이런 던지기 실력을 보인다는 것은 저쪽이 상당히 실력이 뛰어나다는 증거였다.

룬은 당황하는 대신 한 개의 대거는 피하고 한 개의 대거는 건틀릿으로 쳐냈다. 그리고 막 자신에게 달려드는 두 명의 남자 중 한 명의 다리를 강하게 걸어찼다. 그 남자가 다리에서 통증을 느끼며 자리에 주저앉는 사이 또 다른 남자 한 명이 룬을 향해서 검을 휘둘렀고 룬은 배를 향해서 뻗어오는 숏 소드를 이터로 후려쳐 궤도를 바꾸며 건틀릿을 낀 왼손으로 턱을 올려쳤다. 굳이 이런 곳에서 피를 볼 필요는 없었다.

"으으윽!"

"컥!"

막 자리에서 일어나려 하는 남자의 얼굴을 밟아 뭉개 버린 후 비틀거리며 뒤로 물러서는 남자를 걸어찼다. 막 룬을 향해서 달려들려던 다른 남자는 자신들에게 밀려오는 동료의 몸을 그대로 받으며 뒤로 넘어지고 말았다. 그 모습을 잠시 지켜본 룬은 천장에 달려 있는 남자에게 말했다.

"길드의 문지기가 길드원을 모른다면, 그는 길드 아지트를 위장하는 인물이든가 세상에서 둘도 없는 바보겠지. 지금 이곳 분위기를 봐서는 전자는 아닌 것 같은데. 그렇다면 당신은 후자에 속하는 인물인가?"

"너… 정체가 뭐지?"

그는 자신의 공격을 두 번이나 막아낸 사내를 노려보며 이를 악물었다. 이런 곳에 들어온 사람들은 위에서 공격이 날아올 거라고 생각하지는 못한다. 그렇기에 지금까지 이 방에 들어왔던 자들은 위에서부터의 공격에 제대로 반항하지 못하고 쓰러지고 말았다. 아래에 있는 남자들은 그저 문을 통해 들어오는 사람들의 시선을 끌기만 하면 됐던 것이다. 그는 다시 대거를 뽑아 들었다. 지금까지 한 번도 침입을 당한 적이 없었던 자신의 경력에 먹칠을 해버린 사내를 무사히 돌려보낼 수는 없었다.

"밤눈이 매우 좋은가 보군! 하지만 과연 저 녀석도 그럴까?"

어둠 속에서는 시야가 상당히 제한된다. 하지만 룬은 그 제한된 시야 속에서 대거의 목표가 자신이 아니라는 것을 금방 눈치 챌 수 있었다. 룬의 몸이 재빠르게 움직였다. 룬의 왼팔이 레전트의 목덜미를 움켜잡았을 때 이미 대거들은 레전트의 머리 위에서 막 머리 속으로 파고들려는 듯 날카로운 날을 세우고 있었다. 룬은 급히 레전트의 목덜미를 잡아당기며 허리를 비틀었다.

"우악!"

쿠당탕―

갑자기 멱살을 잡혀 버린 레전트는 반항도 제대로 하지 못하고 끌려와 넘어지고 말았다. 룬은 레전트가 구석으로 처박히는 것을 모르는 척해 버리고 바닥에 박혀 버린 대거를 집어 들어 위로 던졌다. 룬이 자신이 던진 대거를 뽑아 던질 거라고 생각하지 못한 문지기는 그대로 허벅지에 대거가 박히는 아픔에 당황해하며 다리의 힘을 풀고 말았다.

"윽!"

쿵—

짧은 비명 소리와 함께 무거운 남자가 바닥으로 떨어져 내려왔다. 겨우 착지 비슷한 것을 해내서 목을 부러뜨리지 않은 남자는 그대로 바닥에 쓰러져 버렸고 룬은 바닥에 밀착한 채 신음을 내고 있는 남자의 멱살을 잡아서 일으켜 세웠다. 그리고 그의 목에 이터를 겨누고 막 일어나서 이쪽을 다시 덮치려고 하던 네 명의 남자들에게 조용히 말했다.

"경고하는데, 움직이면 이 인간은 죽는다."

그 남자들의 행동이 정지하자 룬에게 잡혀 있는 문지기가 비웃는 듯한 말투로 중얼거렸다.

"쳇! 이미 늦었어. 소란을 피우면 다른 녀석들은 비밀 통로를 통해서 도망가는 게 규칙이니까. 내가 싸우고 있는 동안에 이미 다른 녀석들은 도망갔을 거야."

룬은 그의 말을 무시한 채 이터를 입에 물고 그의 몸 여기저기에 숨겨져 있는 대거들을 찾아 전부 빼내서 바닥에 던졌다. 작업을 다 끝낸 룬은 다시 이터를 손에 들면서 말했다.

"속이려 해도 소용없어. 이곳은 단지 입구일 뿐이라는 것 알고 있으니까. 지하의 중간 통로에 또 한 명의 문지기가 지키고 있겠지? 진짜 신호를 보내는 문지기가."

룬이 문지기의 말을 완전히 부정해 버리자 구석에서 허리를 두드리며 바닥에서 일어난 레전트가 중얼거렸다.

"너, 전직이 도둑이었나?"

용병 생활을 하다 보니 도둑 길드와 인연이 있었던 것뿐인 룬이다. 룬은 으르렁거리며 틈이 나면 자신을 덮치려는 자세를 취하고 있는 남자들에게 시선을 고정시킨 채 말을 이어갔다.

"그리고 이 단검에는 약이 발라져 있겠지. 마취제였던가, 아니면 수면제였던가?"

"너, 너! 도대체 정체가 뭐냐? 다른 지방의 길드원이냐?"

"그냥 용병이다. 어쨌든 질문하지."

룬은 잠시 레전트에게 눈짓으로 문지기의 다리에 꽂혀 있는 대거를 가리켰다. 레전트는 움찔거리면서도 이쪽으로 다가와 대거를 뽑아서 룬에게 내밀었고 룬은 문지기의 목을 팔로 감은 채 대거를 받아 들었다.

"아까 말한 인상착의대로. 그 녀석 지금 어디 있지?"

문지기가 목이 졸리는 듯한 음성으로 입을 열었다. 자신을 인질로 잡고 있는 사내에게서 빈틈을 찾아보기는 힘들었다.

"좋아, 도대체 무슨 일로 그 녀석을 찾는 거지?"

"내 고용주의 물건을 훔치는 데 영향을 끼쳤지."

"그 녀석이 팔에 칼집이 나서 돌아온 건 역시 네 솜씨인가 보군. 하지만 그 녀석은 오늘 아무런 매상을 올리지 못했어."

"대신 다른 녀석이 매상을 올리지 않았던가?"

그 문지기는 잠시 동안 뭔가를 생각하는 듯하다가 결국 룬이 대부분의 상황을 예측하고 있는 거라고 생각했는지 입을 열었다.

"마스터와 이야기를 해야 한다. 괜찮겠나?"

문지기의 말에 룬을 향해 으르렁거리던 남자들이 조용히 칼을 내리

고 뒤로 물러섰다. 룬은 일이 잘되어간다고 생각했다. 어차피 장물에
관한 거래를 하기 위해서는 도둑 길드의 마스터와 대화를 해야 했다.
룬은 그 남자들의 행동을 지켜보다가 자신의 곁에 있는 레전트에게 조
용히 속삭였다.

"레전트, 이 인간들 전부 잠재워. 가능하지?"

룬은 용병단의 마법사가 적군의 일부를 잠재우는 마법을 사용했었
던 것을 기억해 냈다. 지금 이 상황에서 저 남자들을 그냥 내버려 두는
것은 상당히 위험한 짓이었다. 레전트는 고개를 끄덕이더니 룬도 알아
들을 수 있는 말로 작게 주문을 외웠다.

"안식의 구름. 바란다. 나의 앞에 있는 자에게 가져다 줄 안식을……."

레전트가 주문의 영창을 끝내자 곧 연한 안개 같은 것이 뒤에 서 있
던 남자들 사이에 깔렸고 그들은 갑자기 눈을 비비며 비틀거리더니 그
대로 그 자리에 쓰러져 요란하게 코를 골기 시작했다.

"됐어. 아마 4, 5시간 동안은 세상 모르고 잘 거야."

룬은 레전트의 말을 듣고 문지기를 잡고 있던 손을 놓고 대거와 이
터를 든 채 그를 경계했다. 여차하면 없애 버리겠다는 소리없는 경고
였다. 그 문지기는 떨리는 손으로 주머니에서 알약 하나를 꺼내서 입
에 털어 넣더니 목 언저리를 쓰다듬으며 중얼거렸다.

"마법사였나? 단순한 부잣집 도련님이나 돈 많은 상인의 아들인 줄
알았는데."

그는 뻣뻣하게 굳어가던 팔을 놀려 옷을 찢어내 다리를 지혈했다.
룬은 그런 문지기에게서 눈을 떼지 않고 검을 겨누고 있었다. 마취제
의 효과 때문인지 그의 몸놀림은 상당히 딱딱했다. 그리고 그도 자신
의 몸 상태를 알고 있었기 때문에 함부로 위험한 행동은 하지 않았다.

하지만 레전트는 그런 문지기의 행동이 불안했는지 룬에게 가만히 속삭였다.

"놔둬도 되는 거야?"

"완전히 안심할 수는 없지만."

룬의 성실한 대답에 레전트는 오히려 더 불안해했다. 그러는 사이 문지기는 자리에서 일어나 바닥을 가리고 있던 카펫을 걷어냈다. 그리고 단단히 잠겨 있는 문을 힘겹게 들어 올렸다. 거의 일반적인 문의 두 배 정도나 두꺼운 나무판으로 만들어져 있는 바닥의 문이 열리자 지하로 곧게 뻗어 있는 계단이 룬과 레전트의 눈에 들어왔다.

"내가 먼저 들어가겠다. 따라와."

"수상한 행동은 하지 마라."

"알았다. 마법사가 있으니까 나도 함부로 행동하지는 않아."

문지기는 지하로 통하는 계단을 따라 비틀거리며 천천히 내려갔고 룬은 바닥에 떨어져 있던 대거를 몇 개 더 집어 들어 허리춤에 끼워 넣었다. 그리고 이터를 꽂은 다음 양손에 대거를 하나씩 든 채 그 뒤를 따라 걸어 들어갔다. 룬의 뒤를 막 따라 들어가려던 레전트는 주위를 둘러보더니 경첩이 부서져서 열려 있는 문을 억지로 닫은 다음에 그 앞에서 주문을 외웠다.

"구속. 묶임. 나의 의지로 굳어 풀리지 않는 자물쇠가 돼라."

주문의 영창이 끝나고 문을 몇 번 두드려 본 레전트는 급히 지하실로 통하는 계단의 안쪽으로 내려갔다. 지하실은 성인 남자 한 사람이 몸을 움츠려야 지나갈 수 있을 정도로 좁았다. 룬도 이런 좁은 곳에서 이터를 휘두르는 건 상당한 무리수가 있다는 것을 알기 때문에 굳이 대거를 들었던 것이었다. 룬은 이런 곳에서는 충분히 다른 수를 쓸 수 있다는 것을 알고 있었다. 이곳 사람들만 아는 함정이라든지, 아니면 숨겨진 복병이 있다든지. 룬은 레전트에게 주의를 하며 문지기의 발걸이나 행동 하나하나에 신경 쓰며 천천히 그 뒤를 따라갔다.

"여기다."

복도가 점점 넓어져 룬이 허리를 펼 정도가 됐을 때 문지기가 걸음을 멈춰 섰다. 아직 복도가 끝나지 않았지만 룬은 고개를 끄덕였다. 이런 복도의 끝 쪽에 방이 있을 거라고 생각하는 일반적인 사람들의 상식을 이용한 심리적인 함정이었다. 문지기가 자세히 보면 쌓여 있는 벽돌의 균열이 약간 큰 부분을 손으로 몇 번 두드리자 벽으로 위장되어 있던 문 안쪽에서 누군가의 목소리가 들려왔다.

"무슨 일이야?"

"으음, 손님… 이다."

"손님이라고? 잠깐 기다려."

그러자 벽이 돌아가며 길이 생겼고 그 안쪽에서는 위에서 단잠에 빠져 있을 남자들만큼이나 험상 굳게 생긴 남자가 이쪽을 바라보았다. 그 남자는 룬과 레전트를 훑어보더니 눈살을 찌푸리며 재빨리 뒤로 물러서면서 허리춤에서 숏 소드를 뽑아 들었다.

"뭐야? 무장 해제가 안 돼 있잖아! 제길! 배신이냐, 네 녀석?"

"아, 아니야. 이 사람들은 마스터에게 볼일이 있어서 찾아온 거다."

문지기가 재빨리 변명하자 그는 여전히 탐탁지 않은 눈으로 이쪽의 세 사람을 번갈아 보더니 다시 벽을 닫았다.

"마스터에게 이야기하겠다. 기다려."

이 정도로 어떤 조직이 잘 이끌어지려면 그 조직을 이끄는 사람이 그만큼 영향력이 커야 한다. 그렇다는 것은 여기의 길드 마스터는 어느 정도 이야기가 통할 수 있는 상대라는 소리였다. 룬은 일단 일이 제대로 되어가는 듯싶다고 생각하면서도 주위를 연신 둘러보고 있는 레전트에게 속삭였다.

"긴장 풀고. 어떨지 모르니까 마법 사용할 수 있게 준비해 둬라."

"…긴장 풀라면서 어떨지 모른다는 건 뭐야?"

"대비한다는 거다."

그때 벽의 건너편에서 무언가가 걸어오는 소리가 예민한 룬의 청각에 포착되었다. 룬은 대거를 꽉 움켜쥐며 그 벽을 주시했다.

"문지기 아저씨?"

아까의 그 허스키한 목소리가 아니었기 때문에 룬은 약간 긴장이 풀어지는 느낌을 받았다. 이런 곳에서 들을 수 있을 거라고 상상하지 못했던, 상당히 날카롭지만 아직 앳된 소녀의 목소리. 하지만 룬은 그 목소리가 어디에선가 한 번 들었었던 목소리라는 것을 눈치 챌 수 있었고 그제야 어떤 의문 하나가 풀리는 것을 느꼈다.

"너인가? 소문을 정보로 확인한 사람이."

"무서운 아저씨, 나까지 기억해 낸 거예요?"

다시 벽이 돌아가며 길이 생기자 레전트는 약간 놀란 목소리로 외쳤다.

"어? 그 소녀?"

룬은 이런 소녀가 길드원이라고는 생각하지 못했던 것을 실수라고 생각했다. 룬과 레전트의 방으로 음식을 날라왔었던 그 소녀가 문에서 얼굴을 내밀고 이쪽을 바라보고 있었다. 그 소녀의 목소리를 들었을 때부터 표정이 이상하게 변했던 그 문지기는 울 것 같은 얼굴이 되어서 쥐어짜듯 말했다.

"아, 아가씨가! 왜 여기 계시는 겁니까?!"

"왜? 나 여기 있으면 안 돼?"

"그, 그게… 이런 위험한……."

그 소녀는 머리를 움켜잡고 중얼거리는 문지기를 놔두고 룬과 레전트를 향해 손짓했다.

"아버지가 들어오시래요. 별다른 장치는 해두지 않았으니까 걱정하지 마세요."

"믿으라는 건가?"

"믿기 싫으면 믿지 마세요."

그 소녀는 그렇게 말한 후 뒤에서 누가 따라오든지 신경 쓰지 않고 안쪽으로 휙 하고 들어가 버렸다. 룬은 닫히지 않은 문을 잠시 동안 주시하다가 아직 머리를 쥐어뜯고 있는 문지기와 멍하게 굳어버린 레전트를 흔들어서 정신을 차리게 했다.

"당신이 앞장서."

"아, 알았다."

문지기는 우물쭈물거리면서도 앞서 그 벽 안쪽으로 들어갔고 룬과 레전트도 그 뒤를 따라 안쪽으로 들어갔다. 짧은 복도의 끝에는 또 하나의 문이 있었고 문지기는 그 문을 가볍게 두들겼다.

"들어와."

아까 그 남자의 목소리였다. 문지기는 문을 열고 안쪽으로 들어갔지만 룬은 안쪽으로 들어가지 않고 문에서 약간 떨어진 채 안쪽을 향해서 말했다.

"누가 길드 마스터인가?"

"버릇없는 놈! 방 안에 들어와서 말해!"

"쓸데없이 들어갔다가 공격받으면 곤란하니까."

"뭐야? 우리는 그렇게 비겁한 짓은 하지 않는다!"

도둑이 비겁하지 않다는 것 자체가 웃긴 말이었다. 동료들의 눈이 전부 자신을 향하자 그 남자는 무안해하면서 어쩔 줄 몰라 하다가 여전히 문 옆에 서서 안쪽을 바라보고 있는 룬에게 뛰어와 주먹을 휘둘렀다.

"개자식!"

무안한 것을 폭력으로 넘기려 하는 남자의 태도에 룬을 일단 짧게 한숨을 쉬고 팔을 들었다. 몸을 제대로 움직일 수 없는 좁은 길목에서 주먹을 피하는 것은 어렵기는 하지만 그건 어디까지나 피할 경우의 일이었다. 룬은 건틀릿을 들어 그 주먹을 간단히 막아냈다.

쨍—

주먹과 건틀릿이 부딪치자 의외의 소리가 짧게 울려 퍼졌다. 룬은 철과 철이 부딪치는 소리를 듣고 반사적으로 오른손에 들고 있던 대거를 그 남자의 팔에 꽂아버리며 무릎을 강하게 밟았다. 그 남자는 팔과 무릎에서 거의 동시에 느껴지는 통증에 짧은 비명 소리를 지르며 주저앉았고 룬은 그대로 그 남자의 턱을 올려쳤다.

"그런 걸로 사람을 함부로 치면 안 된다는 것쯤은 알 텐데."

룬은 사내의 손에 쥐어져 있던 너클이 땅으로 굴러 떨어지는 것을 보면서 무심하게 중얼거렸다. 순간적으로 분위기가 싸늘해졌지만 룬은 아무런 위협을 못 느낀다는 듯이 방 안쪽을 쭉 훑어보았다. 룬도 혼자였다면 이런 반응을 보이기는 힘들었을 테지만 룬의 뒤쪽에 마법을 준비하고 있는 레전트의 존재가 룬에게 그런 행동을 가능하게 만들었다.

그때 방 안에서 짧은 웃음소리가 들려왔다. 룬은 약간 부드럽지만 확실히 접대용 미소라고 생각되는 얼굴을 하고 앞으로 걸어나오는 중년 남성을 바라보았다.

"역시 대단한 청년이군. 이 녀석이 버릇이 없어서 그런 거니 용서해 주시오."

겉으로 보기에는 그냥 마음씨 좋은 중년 남성의 모습이었지만 룬은 그가 길드 마스터라는 것을 직감적으로 눈치 챌 수 있었다. 길드 마스터라고 해도 이마에다가 길드 마스터라고 써 붙이고 다니는 것은 아니었다. 오히려 특이한 인상의 소유자는 눈에 띄기 쉽기 때문에 도둑질을 하기에는 부적합했다. 룬은 그 사실을 잘 알고 있었기에 방심하지 않았다.

"그럼 바로 본론으로 들어가는 게 좋지 않겠소? 길게 끌어봤자 좋은 일은 아닐 듯하니."

"그렇게 하지요."

룬은 길드 마스터가 의외로 친절한 태도를 보이자 그를 경계하면서도 말투를 최대한 부드럽게 바꾸었다.

"자, 그럼 무슨 일이신지 말해 보시겠소?"

"오늘 밤 이쪽이 저희에게서 훔쳐 간 물건을 돌려달라는 용건입니다."

룬의 말에 도둑들 사이에서 웅성거리는 소리가 작게 퍼지기 시작했다. 도둑질한 물건을 그냥 돌려준다는 것은 그들로서는 말도 안 되는 헛소리였다. 하지만 논리적으로 룬의 요구는 틀린 것이 없었기에 그들은 웅성거리기만 할 뿐 아무도 앞으로 나서지는 못했다.

법적으로 장물은 사유 재산권에 속하지 않는다. 그리고 당연히 물건을 도둑맞은 본인이 물건을 찾아가겠다고 하는데 틀린 말은 하나도 없었다. 길드 마스터는 웃는 얼굴을 거두고 룬을 설득하려는 듯 말했다.

"말도 안 되는 말이라는 것을 알 수 있을 텐데? 당신이라면 당신이 훔친 물건을 주인에게 돌려주겠소?"

뒤에서 작은 함성이 터졌다. 룬은 아무 말 없이 품속에서 뭔가를 꺼내 길드 마스터에게 던졌다. 길드 마스터는 약간 놀라면서 엉거주춤한 자세로 그것을 받았고, 뒤에서 그 모습을 지켜보던 도둑들은 룬이 길드 마스터를 해하려고 하는지 알고 일제히 룬을 향해 뛰쳐나오려고 하다가 길드 마스터의 제지에 멈춰 섰다. 룬이 길드 마스터에게 던진 것은 무기 같은 것이 아니었다.

"이것은……."

"공짜로 해달라는 건 아닙니다. 솔직히 도둑맞은 쪽에서 이런 조건을 내세운다는 건 보통 없는 일이라는 걸 알 텐데요."

길드 마스터는 자신의 손 위에서 빛나고 있는 붉은 보석을 자세히 바라보다가 품속에서 뭔가를 꺼내서 보석을 자세히 살피기 시작했다. 룬은 길드 마스터가 보석을 감정하는 동안에 약간 고개를 돌려 레전트를 향해 속삭였다.

"싸워서 뺏는 쪽이 더 간단하지만 네가 사람을 죽이지 말라고 해서 이러는 거다. 괜찮나?"

"괜찮아. 되도록 평화적으로 해결하자고."

그때 보석을 감정하던 길드 마스터가 고개를 갸우뚱거리며 중얼거렸다.

"2엘 피안 정도의 가치가 있는 루비로군."

"도둑질해 간 물건을 돌려준다면 그와 같은 루비를 하나 더 내놓을 의향은 있습니다."

주인이 사용해도 된다고 인정한 상태였기 때문에 룬은 돈을 좀 더 내놓을 의향이 있다는 것을 밝혔다.

"흐음, 만약에 말이오……."

길드 마스터는 턱을 쓰다듬던 왼손을 튕겼고 그 신호와 함께 뒤에서 몇몇 도적들이 석궁을 들고 문 쪽을 겨눴다.

"이렇게 나온다면 어떻게 할 건지?"

레전트는 깜짝 놀랐지만 룬은 그런 길드 마스터의 행동에 동요하지 않고 이터를 뽑았다. 그러자 석궁을 들지 않았던 남자들도 모두들 움찔 하며 각자 무기를 빼 들더니 룬을 잡아먹을 듯이 노려보기 시작했다.

"그 정도로 이쪽을 처리할 수 있을 거라고 생각하면 오산입니다. 이쪽은 마법사가 있습니다. 만약 그쪽이 쿼렐을 쏜다고 해도 한 번 정도는 충분히 몸으로 막을 수 있습니다. 그렇게 된다면 오히려 전멸당하는 건 그쪽일 텐데요. 그리고……."

룬은 마지막으로 한마디 더 말했다.

"당신들은 마법사 길드를 적으로 돌리고 싶은 겁니까?"

길드 마스터는 룬이 마지막으로 한 말에 눈살을 찌푸렸다. 마법사 길드를 적으로 돌린다는 것은 자멸을 스스로 택하는 것이나 다름없었다. 비록 세상일에는 그다지 관여하지 않는 그들이었지만 길드에 소속되어 있는 마법사가 행방불명되거나 하면 분명히 그들은 움직일 것이다. 마법사를 조용히 암살해서 처리한다는 것은 위험 부담이 너무 컸다.

길드 마스터는 이쪽으로 안내를 했던 문지기를 바라보았고 문지기는 고개를 끄덕였다.

'정말 마법사인가?'

'예.'

무언의 대화가 간단히 진행되었고, 길드 마스터는 입술을 깨물었다. 배낭을 통째로 훔치긴 했지만 아직 내용물의 감정이 완전히 끝나지는 않았었다. 길드 마스터도 배낭 속에 들어 있는 이상한 시약들을 보고 뭔가 이상하다고 생각하던 중이었다. 그런 시약들은 마법사나 그 외의 특수 직종에 관여하는 사람이 아니라면 사용하지 않는 물건이었다.

몇몇 도둑들은 룬의 제안이 나쁘지 않다는 것을 알고 있는 것 같았지만 젊은 몇몇 도둑들이 룬의 말에 반발하기 시작했다.

"쳇! 마법사 길드 따위 얼마든지 상대해 줄 테니 덤벼보라고!"

"그런 거 무서워해서 이 짓 해먹고 살 수 있겠어?"

"마스터! 그냥 저놈들 다 죽이고 싹 벗겨먹죠!"

아무리 옳은 판단이라고 해도 소수는 다수에 무시되어 버린다. 젊은 도둑들은 평생 마법 한 번 제대로 보지 못한 자들이 대부분이었다. 산전수전 다 겪으며 살아온 노련한 도둑들과는 달리 그들은 마법사의 무서움을 제대로 알고 있지 못했다. 길드 마스터는 방 안이 점점 시끄러워지자 큰 목소리로 소리쳤다

"조용해! 이 바보들아!"

당연히 노련한 쪽에 속하는 길드 마스터는 마법사라는 존재가 얼마나 두려운지 알고 있었다. 이 정도의 단체를 이끌어 나가려면 그런 지식은 당연히 있어야 했다. 길드 마스터가 눈을 부릅뜨며 크게 소리치자 방금 전까지 웅성거리던 도둑들이 갑자기 조용해졌다. 레전트는 순식간에 분위기를 조용하게 만들어 버린 길드 마스터의 능력에 감탄했

다. 방 안에 침묵이 깔리기 시작하자 길드 마스터는 주위의 도둑들을 둘러보며 강한 목소리로 주의를 주기 시작했다.

"너희들은 잠자코 가만히 있어! 너희들은 마법사의 위험성을 모른다."

"하지만 마스터!"

그때 조용히 침묵을 지키던 젊은 도둑 중 한 명이 말했다.

"이대로 놈들을 살려보내는 것이 더 불안하지 않습니까? 길드의 위치까지 알아버린 녀석을 살려두는 것은 위험합니다."

확실히 타당성이 있는 의견이었다. 그의 의견에 조용해졌던 젊은 도둑들이 다시 웅성거리기 시작했다. 길드 마스터는 당황해하며 그들을 진정시키려고 했지만 젊은 도둑들이 석궁을 들고 룬을 겨냥하고 있는 자들을 도발하기 시작했다. 룬은 직감적으로 일이 잘못되어 간다는 것을 눈치 채고 자세를 잡았다. 불과 몇 미터에 가까운 거리에서 석궁의 위력은 두말할 필요가 없는 것이었다. 백 미터 정도의 거리라면 플레이트 메일조차 관통해 버리는 무기가 석궁이었다.

"야! 쏴버려!"

"마킨! 쏴버리라고! 사람 한둘 죽여봤냐!"

"제, 젠장! 난 아직 사람 죽여본 적이 없다고!"

그때 한 남자가 당황해하면서도 석궁의 방아쇠를 당겼다. 룬은 방아쇠가 당겨지는 순간 고개를 숙이려고 하다가 팔을 들었다. 방향에서 쿼렐이 날아올 궤도는 읽고 있었지만 지금 여기서 쿼렐을 피해 버리면 뒤에 있는 레전트가 살해당하고 말 것이다.

쿼렐은 석궁에서 재빠르게 뛰쳐나가 먹이를 노리는 뱀처럼 룬에게 날아들었다. 룬은 어쩔 수 없이 피해를 최소한으로 줄이기 위해서 긴장하고 있던 팔을 교차시켜 머리를 막았다. 룬은 자신이 당한다고 하더라도 목숨만 붙어 있으면 레전트가 뒷일을 책임질 수 있을 거라고 생각했다.

첫 번째 쿼렐이 건틀릿의 철판의 가장자리에 박히며 살갗을 찢어냈다. 정통으로 박혔으면 건틀릿과 팔이 통째로 관통되어 버릴 정도의 묵직한 힘이 팔을 비틀었고 룬은 이를 악물면서도 팔을 풀지 않았다. 첫 번째 쿼렐이 발사되자 다른 도둑들도 당황해하면서도 방아쇠를 당겼다. 룬은 본능적으로 위험을 느끼면서도 몸을 움츠리거나 하지 않았다. 룬은 자신의 의무가 무엇인지 잘 알고 있었다.

'레전트를… 보호해야……'

"적의 위협이 나의 몸에 닿지 않게 되리라. 전지전능한 힘. 무형의 방패가 되어 나를 지켜라."

쿼렐이 석궁에서 뛰쳐나오는 것과 레전트의 입에서 주문이 재빨리 영창되는 것은 거의 동시에 일어난 일이었다. 뒤에서 흘러나온 주문과 함께 엷은 푸른 빛이 룬의 앞으로 흩뿌려졌고 룬을 노리고 날아오던 쿼렐들이 어이없게 쨍— 소리를 내면서 사방으로 튕겨져 나가고 말았다. 룬은 긴장했던 팔을 슬쩍 내리며 조용히 중얼거렸다.

"고맙다."

"너는 나를 따라다녀야 한다고. 이런 데서 죽게 놔둘 순 없잖아?"

레전트는 조금 자랑하는 말투로 말했지만 룬은 별다른 말 없이 건틀릿의 철판을 꿰뚫은 쿼렐을 뽑아냈다. 다행히 톱날 같은 장치는 되어 있지 않았기 때문에 쿼렐은 쉽게 뽑혀져 나왔다. 쿼렐은 살갗을 찢기는 했지만 근육과 뼈를 상하게 하지는 못했다. 룬은 왼팔을 움직여 보고 앞으로 뛰쳐나갈 자세를 취하면서 자신의 고용주에게 질문했다.

"아직도 상대방을 죽이지 말라는 명령은 유효한가?"

"뭐?"

"아까 네가 말했잖나. 되도록 사람 죽이지는 말라고."

"음… 될 수 있으면. 안 된다면 어쩔 수 없지만……."

봐주는 싸움은 상당히 어렵다. 그것도 상대방이 자신을 죽이려고 하는 상태라면 그 어려움은 배가된다. 룬은 일이 좀 어려워질 것 같다는 생각을 하며 이터를 강하게 틀어 잡고 왼손의 단검을 던질 자세를 취했다.

"그럼 간다."

"빛. 파괴가 되라. 나의 적을……."

룬은 레전트가 주문을 외우는 것을 뒤로 흘리며 앞으로 뛰쳐나갔다. 룬은 일단 그 짧은 사이에 퀴렐을 장전하려고 하고 있던 도둑들의 석궁을 향해 이터를 휘둘렀다. 줄만 끊어놓으면 당장 사용하는 것이 불가능하게 되므로 그다지 어려운 일은 아니었다. 석궁을 들고 있던 남자들은 부서진 석궁을 바닥에 팽개치며 대거를 뽑으려고 했지만 그 순간 이터에 옅은 빛이 휘감겼다.

"아악! 파, 팔! 내 팔!"

이터는 남자들의 팔을 예리하게 찢어놓았다. 붉은 피가 바닥에 흩뿌려지고 룬의 몸은 좁은 방 안에서 빠르게 움직였다. 룬의 왼손은 허리춤에서 아까 챙겨두었던 대거를 뽑아 들었다. 마취약이 묻혀 있는 대거가 팔을 감싸 쥐며 비명을 지르는 남자들의 몸 여기저기에 박혔고 룬은 원거리 공격 수단이 사라진 '적'들을 피해 다시 문 쪽으로 몸을 뺐다.

"으아악! 피가! 피가!"

"비켜, 자식아! 시끄럽게 굴지 말고!"

마취제가 몸 안으로 스며들자 그들은 당황해하며 쓰러지면서 자신들의 동료가 갈 길을 방해했다. 룬은 꼼짝도 하지 않고 있는 길드 마스터와 몇몇 도적들을 힐끔 바라보았지만 그들도 이미 시작된 싸움을 쉽게 말릴 수는 없는 것 같았다.

룬은 막 대거를 뽑으며 자신에게 달려오고 있는 남자 넷, 그리고 도둑은 그다지 사용하지 않는 롱 소드를 뽑아 든 남자 둘을 공격 목표로 삼았다. 이미 룬을 위협했었던 남자들의 상당수가 바닥에 널브러져 있거나 새파랗게 질린 얼굴로 뒤로 물러서 있었다.

"쯧."

룬은 일단 자신에게 막 뛰어오던 도둑들에게 왼손에 들고 있던 대거를 던진 후 다시 허리춤에 꽂혀 있는 대거를 빼 들고 던졌다. 이제 남은 대거는 없었다. 원래 이런 식으로 대거를 던지면 명중률이 굉장히 떨어지지만 목표물이 마구 뭉쳐 있는 상태라 별로 상관은 없었다. 두 개의 대거에 명중당한 도둑들이 뒤로 넘어지며 자신의 동료를 깔아뭉갰고 룬은 롱 소드를 들고 달려드는 도둑의 다리를 힘껏 걷어찼다. 로우 킥이 정확히 도둑의 다리에 명중하자 그 도둑은 다리에 극심한 고통을 느끼고 비틀거렸다. 하지만 룬은 막 쓰러지려고 하는 도둑을 가만히 두지 않았다.

'무력화시켜야 한다.'

그렇지 않으면 이야기가 더 이상 진행될 수 없었다. 룬은 무릎으로 막 비틀거리는 도둑의 얼굴을 찍어버리며 대거에 맞은 자신들의 동료를 밀어버리고 자신에게 달려드는 도적 두 명에게 이터를 겨눴다. 하지만 룬이 손을 대기도 전에 룬의 뒤에서 푸른 빛 덩어리들이 빠르게 날아와 룬을 공격하려 하던 남자들의 가슴과 머리를 후려갈겼다. 그 빛 덩어리에 명중당한 남자들은 비명도 지르지 못하고 그대로 뒤로 굴러 기절해 버렸다.

"아픈 줄 알면서 왜 덤비는 거야?"

다시 빛 덩어리 몇 개가 뒤쪽에서 날아오더니 아직 서 있는 남자들 공격했다. 그들도 역시 빛 덩어리에 맞아 쓰러지고 말았다. 룬은 한숨을 내쉬며 중얼거렸다.

"말로 해결하는 게 좋았을 텐데."

피를 흘리는 남자들. 죽었는지 기절했는지조차 모르게 뻗어버린 남자들. 전투력의 차이는 명확했다. 젊은 도둑들은 자신의 눈앞에 있는 남자를 경악스러운 눈으로 바라보았다. 그리고 그 남자의 뒤에 서서 공중에 빛 덩어리를 띄운 마법사에게 공포를 느꼈다.

룬은 서 있는 남자들과 어느 정도 거리를 벌린 후 길드 마스터에게 말했다.

"내놓으실까."

도둑 길드는 싸움을 목적으로 만들어진 길드가 아니다. 그러기에 평균 이상의 전투 능력을 가지고 있다고 하더라도 그 이상의 전투 능력을 가진 이들에게 무력한 건 어쩔 수 없는 일이었다. 전투 전문인 암살자라는 집단이 있기는 하지만 그들은 말 그대로 암살이 목적이고 길드 자체가 도둑 길드와는 별개의 집단으로 이루어져 있다. 되도록 협박과 회유 선에서 이야기를 끝내볼 작정이었던 길드 마스터는 이미 벌어진 상황에 참담함을 느꼈다.

"완패로군……."

그는 자신의 옆에 착 달라붙어 울먹거리는 딸의 등을 토닥였다. 비록 나이에 비해서 영악하고 어른스러운 아이지만 이렇게 일방적인 싸움을 본 경험이 없는 아이였다. 그는 그나마 죽은 사람이 없다는 것을 다행으로 생각하는 수밖에 없었다.

"아이가 무서워하니 칼은 좀 치워주지 않겠소?"

룬은 울먹이는 얼굴로 길드 마스터의 뒤에 숨어 이쪽을 바라보고 있는 소녀를 마주 바라보았다. 어쩌면 속이는 것일 수도 있었지만 그 소녀는 룬이 자신과 눈을 마주치자 급히 길드 마스터의 뒤로 숨어버렸다. 룬은 이터를 칼집에 넣는 대신 뒤로 슬쩍 치웠다. 이미 전투 능력을 가진 인간의 대부분은 바닥에 널브러져 있거나 전투 의사를 보이지 않고 있었지만 적을 앞에 두고 칼을 집어넣는다는 것은 바보 같은 일이었다. 룬은 그 상태로 길드 마스터를 무심하게 바라보았다.

"역시… 마법사를 적으로 만들지 않는 게 좋겠다는 것은 알겠소. 만약 당신들의 물건들을 돌려주면 이 일에 대해서 비밀을 지킬 수 있겠소? 맹세할 수 있겠소?"

룬은 일단 고개를 끄덕이고 나서 문에 기대고 서 있는 레전트에게 조심스럽게 눈을 돌렸다. 레전트는 귀찮다는 듯이 고개를 끄덕였고 그 장면을 본 길드 마스터는 뒤로 손짓을 했다. 그러자 한 남자가 뒤쪽의 벽을 밀더니 비밀문을 열고 사라졌다. 룬은 어쩔지 모르는 상황에 긴장을 늦추지 않고 레전트에게만 들릴 정도로 작게 말했다.

"혹시 모르니까 바깥쪽을 경계하고 있어. 일이 잘못되면 이쪽은 내가 제압한다."

"꽤나 자신만만하네? 혼자서 저 인원을 전부 제압할 수 있어?"

룬은 안쪽을 다시 한 번 쭉 훑어본 후 고개를 끄덕거렸다.

"죽이지 않는 거라면 어렵지만."

"…아아, 그래."

룬은 비꼬는 듯한 레전트의 말투에 약간 거슬리는 느낌을 받고 여전히 앞을 경계하며 레전트에게만 들리도록 말했다.

"저기 가만히 있는 인간들, 적당히 해서 제압할 수 있는 인간들이 아니야. 차라리 죽이는 쪽이 더 쉬워."

"그래?"

방금 룬에게 덤벼들었던 남자들은 룬이 봐주면서 해도 충분할 정도였지만 룬은 진짜 실력이 있는 몇몇은 전혀 움직이지 않고 있다는 것을 알고 있었다. 그들과 싸우게 된다면 죽이지 않을 수가 없었다. 적당히 하면 당하고 말 것이 분명했다.

다행히 잠시 후 뒤쪽 문이 열리면서 아까 그 문으로 들어갔던 남자가 레전트의 배낭과 망토를 들고 나왔다. 길드 마스터는 그 물건을 받아 들고 룬과 레전트를 바라보았다.

룬은 조금이라도 빨리 이 자리를 벗어나고 싶은 생각이 역력했다. 하지만 길드 마스터는 물건들을 손에 든 채 뭔가를 생각하면서 계속 이쪽을 바라볼 뿐 물건을 넘기지는 않았다. 룬은 조금 초조해졌다. 아무래도 적과 대면한 상황에서 신경을 곤두세우고 있는 것은 피곤한 일이었다.

"왜 물건을 주지 않는 겁니까?"

아까부터 감정이 약간 불안정했던 룬이 약간 으르렁거리듯이 말하자 길드 마스터는 주저하면서도 말했다.

"…당신들을 어떻게 믿을 수 있단 말이오. 당신 두 명이 전력으로 덤빈다면 아마 이쪽은 제대로 힘도 못 쓰고 당해 버리고 말 거요. 당신들을 어떻게 믿어서 이 물건들을 함부로 넘겨줄 수 있단 말이오? 게다가 이 물건을 받고 이곳을 나간 후 경비대에 신고한다면……."

불안감을 느끼기는 이쪽이나 저쪽이나 마찬가지였다. 그것을 알고 있었던 룬이기에 보석으로 그 경계심을 없애려고 했던 것인데 방금 싸움으로 인하여 그 경계심이 다시 생겨나 버린 것 같았다.

"하지만 이대로라도 당신들이 무사할 수 있을 거라고 생각하는 겁니까?"

"알고 있소. 하지만… 이 물건들을 방패로 삼는다면 당신들도 우리를 함부로 하지는 못하겠지."

룬의 이마에 몇 개의 주름이 생겨났다. 조금 전 처음으로 분노라는 감정을 알게 된 룬의 정신 상태는 지극히 불안정했다. 평소 때의 룬이라면 얼마든지 시간을 들여서 상대방을 설득했겠지만 지금 룬은 이터를 꽉 움켜잡고 상대방을 주시하는 것으로 위협을 하고 있었다.

그때 룬은 뒤에서 누군가가 자신을 밀어내는 느낌을 받고 급히 고개를 돌렸다. 룬이 뒤를 돌아보기도 전에 레전트는 룬을 밀어내고 앞으로 나와서 주위를 둘러보고 있었다.

룬은 갑작스러운 레전트의 행동에 급히 레전트의 뒷덜미를 잡고 뒤로 잡아당기려고 했다. 이 상황에서 레전트가 앞으로 나왔다가 당해 버리면 이쪽에 승산은 완전히 사라진다. 하지만 레전트는 자신의 뒷덜미를 잡아채는 룬의 손을 매몰차게 뿌리쳤다.

"내 뒷모습이 그렇게 멋져? 그만 좀 잡아채라고. 아파!"

"무슨 생각이냐. 그러다가……."

"됐어. 나한테 맡겨봐. 어차피 이런 상태로는 끝이 안 나잖아?"

레전트는 그렇게 말하더니 길드 마스터에게로 성큼성큼 걸어갔다. 모두들 깜짝 놀라며 레전트를 경계하려 했지만 레전트는 눈 깜짝할 사이에 길드 마스터의 손에서 망토와 배낭을 뺏어 들더니 망토를 걸치고 배낭을 열어 내용물을 확인했다. 모든 이들은 레전트의 행동에 어이없어하면서 딱딱하게 굳어버렸고 룬은 딱딱하게 굳는 대신 얼굴을 찌푸렸다.

"돌려받았으니까 돌아간다. 됐지? 대가는 아까 저 녀석이 치렀고. 다친 녀석들 치료해야 할 테니까 이것도 줄게."

"아… 그……."

길드 마스터는 얼이 빠진 모습으로 품속을 뒤적거리는 레전트를 바라보았다. 양쪽 모두 예측하지 못하는 상황이 터지자 도둑들은 당연히 해야 할 일을—레전트를 인질로 잡는다거나 하는—하지 못했다. 그런 돌발 상황을 터뜨린 레전트는 여행을 떠나기 전 신전에서 구입한 힐링 파우더가 들어 있는 조그마한 주머니를 꺼내 길드 마스터의 손에 쥐어준 다음 아주 자연스럽게 뒤로 돌아 문을 향해 걸어갔다. 룬은 자신의 옆까지 온 레전트를 향해 이를 악물고 짜증이 묻어나는 목소리로 중얼거렸다.

"도대체… 너… 무슨 배짱이냐?"

"좋게 끝났으면 됐잖아. 근데 그 표정 안 어울려. 차라리 웃어 보는 건 어때? 너 웃는 거 본 적이 없는 것 같은데. 아, 보석 하나 더 넘긴다고 하지 않았어?"

"…내 표정에 신경 쓰지 마. 만약 일이 잘못됐으면 어쩌려고 그런 짓을 한 건가?"

레전트는 여전히 도둑들에게 등을 돌린 채 아주 태연하게 룬과 대화를 나누고 있었다. 배짱도 이 정도로 지나치면 객기에 가깝다는 것을 알고 있는 룬은 레전트를 문 바깥으로 밀어내려고 했다. 그때 한 남자가 앞으로 나서더니 천장에서 먼지 부스러기가 떨어질 정도로 크게 소리를 질렀다.

"지금 우리를 무시하는 거냐!"

그는 소리를 지른 직후 바로 옆에 서 있던 동료에게 얼굴과 배를 한 대씩 얻어맞은 후 배와 얼굴을 감싸 쥐고 주저앉아 버렸다. 레전트는 룬에게서 시선을 뒤쪽으로 돌리더니 그를 바라보며 방 안의 모두에게 들리도록 말했다.

"이미 남의 물건을 훔치는 삶을 택했을 때부터 자존심을 버렸던 것 아닌가?"

방 안의 공기가 서서히 긴장되기 시작했다. 인간이란 존재는 자존심을 쉽게 굽히지 못한다. 자신이 비열한 짓을 하고 무시당할 짓을 하더라도 그 자존심만은 쉽게 버리지 못하는 것이 인간이었다.

젊은 도둑들이 허리에서 슬그머니 대거를 꺼내 들다가 길드 마스터의 눈짓에 움직임을 멈췄다. 룬은 이 이상 레전트를 그냥 놔뒀다가는 표적밖에 안 될 거라는 것을 알았기 때문에 머리를 식히며 레전트의 이름을 불렀다.

"레전트."

"가만히 있어. 이야기 좀 하자."

"너 그러다가……."

"됐어. 걱정하지 마."

레전트는 룬의 만류에도 불구하고 오히려 한 발 더 앞으로 나섰다.

"너희들, 이런 위험한 일을 하면서도 자존심을 버리지 못하는 거냐?"

"레전트!"

"가만히 있으라고 했잖아!"

레전트는 다시 자신을 만류하려 하는 룬에게 소리를 질렀다. 그 소리는 좁은 방 안을 강하게 울렸다. 막 레전트의 어깨를 잡으려 했던 룬은 손을 움찔하며 멈춰 버렸고 레전트는 조금 겁먹은 모습으로 자신을 보고 있는 젊은 도둑들을 바라보며 다시 소리쳤다.

"도대체 왜! 자존심 같은 걸 지키기 위해서 이러는 거지? 너희들이 전부 덤빈다고 해도 우리한테는 못 이겨. 아마 죽겠지. 이런 상황에서 왜 쓸데없는 자존심을 살리면서 덤비는 거야?"

레전트의 목소리가 미세하게 흔들렸다. 대거에 손을 뻗었던 자들은 레전트의 모습에 싸울 의사를 잃어버리고 절규하듯 소리치며 횡설수설하는 레전트를 바라보았다.

"어째서 모두들… 그런 쓸데없는 것 때문에 목숨을 쉽게 취급하는 거야!"

레전트의 마지막 절규 이후로 정적이 찾아들었다. 남자들은 자신들을 물기 젖은 눈으로 노려보고 있는 레전트에게서 눈을 돌렸다. 룬은 멈췄던 손을 레전트의 어깨 위에 올렸다. 그리고 그대로 침묵했다. 레전트의 떨림이 룬에게 전해졌다. 룬은 잠시 동안 레전트를 이대로 놔두는 것이 좋겠다고 생각했지만 이곳은 적진 한가운데였다. 룬의 이성은 여간해서는 감상에 빠지는 일이 없었다.

레전트가 귀족이면서 묘하게 서민적이라는 것을. 룬은 평소에 이상하게 생각하지 않았다. 그저 그런 귀족도 있다고 생각했다. 하지만 룬은 지금 머리 속에서 스쳐 지나가는 많은 레전트의 모습 속에서 레전트가 정말로 귀족답지 않았다는 것을 기억해 냈다.

평민에 불과한 자신에게 반말을 들어도 웃기만 했고, 자신의 잘못을 인정하는 것도 서슴지 않았다. 항상 자신이 귀족이라는 것을, 마법사라는 것을 룬에게 각인시키려고 하는 것 같았지만 사실 그런 것은 어쨌든 상관없다는 태도였다.

"가자."

룬은 짧게 말했다. 긴장된 분위기는 없어졌지만 언제 일이 틀어질지는 아무도 몰랐다. 레전트는 룬의 말에 순순히 고개를 끄덕이고 뒤로 돌아 룬을 지나쳐 바깥으로 걸어나가기 시작했다. 룬은 자신을 스쳐 지나가는 레전트의 얼굴을 순간적으로 볼 수 있었다.

자신이 느낀 분노와는 달랐지만. 레전트도 분명히 분노했었다. 룬은 잠시 그런 생각을 하다가 급히 레전트의 뒤를 따랐다. 방금 자신이 경험한 것에 따르면 흥분한 인간은 그만큼 주의 깊지 못하게 변해 버린다. 그리고 그런 레전트는 위험에 노출되기 쉬웠다.

지하실의 문을 열고 밖으로 나가보니 아직도 그 네 명은 바닥에 쓰러져 자고 있었다. 레전트는 그런 것들도 보지 않고 문 앞에 서서 뭐라고 중얼거리더니 그대로 문을 열고 바깥으로 걸어나가 버렸다. 룬은 급히 레전트를 따라 걸어나가 빠른 속력으로 어디론가 걸어가고 있는 레전트의 팔을 잡았다.

"…왜?"

바로 반응이 돌아왔다. 퉁명스러운 레전트의 목소리에 룬은 자신이 아직도 이터를 뽑고 있다는 것을 깨닫고 이터를 칼집에 꽂으며 말했다.

"뭐 때문에 분노한 거냐? 너답지 않군."

레전트는 룬의 말에 픽 웃더니 낮게 중얼거렸다.

"나답지 않다고? 나다운 게 뭔데?"

룬은 레전트의 질문에 대답할 답을 찾지 못했다. 무심코 말하기는 했지만 레전트다운 것이 뭔지 알 수 있을 리가 없었다. 레전트와 만난 지 불과 며칠밖에 되지 않는 자신이.

그저 레전트가 자신의 앞에서 언제나 까불거리고 밝게 웃었기 때문에, 그래서 룬은 레전트가 귀족치고는 괜찮은 녀석이라고 생각했을 뿐이다. 그렇게 룬은 레전트의 밝은 면만을 보고 레전트를 평가하고 있었다.

"나 따라오지 마. 돌아갈 테니까 먼저 가 있어."

레전트는 자신의 팔을 잡고 있는 룬의 손을 가만히 치우더니 하늘로 날아올랐다. 룬은 아무런 행동도 하지 못한 채 레전트가 붉은 달을 향해 날아가는 것을 바라볼 수밖에 없었다. 지금 룬이 레전트에게 할 수 있는 일은 아무것도 없었다.

Chapter 2 여행

3

날아가는 것을 따라가려면 적어도 날 수 있는 능력이 있어야 한다. 룬에게는 하늘을 날 수 있는 능력이 없었고, 룬은 싫어도 어쩔 수 없이 레전트의 말에 따라야 했다. 룬은 레전트의 명령에 따라 여관으로 돌아갔다. 룬이 여관에서 때려눕혔던 사내는 어딘가로 사라져 있었다.

그때까지만 해도 안절부절못한 상태로 홀을 돌아다니던 여관 주인은 룬을 보고 깜짝 놀라 했지만 룬은 그런 주인의 반응을 철저히 무시해 버리고 자신의 방으로 올라갔다. 룬은 방 안에서 약한 피비린내가 나는 것을 느끼며 방 안으로 들어갔다. 기름이 다 타버린 랜턴은 꺼져 있어서 방 안은 충분히 어두웠다. 룬은 도둑의 피가 말라붙어 있는 침대 시트 위에 주저앉아 건틀릿을 풀어냈다. 찢어진 피부에서는 소량의 피가 흘러나오고 있었지만 그다지 출혈이 심하지는 않았다. 룬은 품속에서 힐링 파우더를 꺼내 팔 위에 뿌린 다음 그대로 침대 위에 누워 눈을 감았다.

지난 몇 년 간. 리테일에 의해서 발견되고 리테일에 의하여 거둬져 자라온 룬은 당연하다고 할 만큼 과거에 대해서 생각하지 않았다. 정확히는 흥미 자체가 없었다고 하는 게 더 옳을지도 몰랐다.

과거에 연연하고, 과거에 묶여서 살아봤자 지나간 과거는 돌아오지 않는다. 그렇기에 과거라는 건 소용없고 쓸데없는 시간의 지나침일 뿐이다. 하지만 지금은 달랐다. 그렇게 생각하면서 살아왔던 룬은 지금은 자신이 잃어버린 과거를 찾고 싶어했다.

그날. 언제인지는 기억하고 싶어도 기억나지 않은 그날. 최초로 감정이라는 것에 눈을 떴을 때 룬은 문득 과거가 궁금했다. 언제나 자신의 몸은 어떻든 눈앞의 적을 쓰러뜨리는 데에만 온 노력을 기울여 용아병(龍牙兵)이라고 불리던 룬이 최초로 깨달은 감정이었다. 모든 것에 의문을 품었고, 그 의문은 자신의 존재 가치에 대해서까지 생각하게 만들었다.

며칠 동안이나 룬은 아무것도 하지 않고 방 한구석에 처박힌 채 계속 생각했었다. 하지만 알 수 없었다. 그런 쪽으로 생각하는 것이 익숙하지 않은 룬의 머리 속에는 어떠한 가정조차 떠오르지 않았다.

어떤 풀이 약초인지 어떤 풀이 독초인지도 알고 있었다. 어느 몬스터에게 어떤 급소가 있는지, 칼이나 창을 어떻게 쓰는지, 어떤 지형에 어떤 마수가 있는지도 알고 있었다. 이런 모든 지식은 리테일이 가르쳐 주기 전부터 알고 있었다. 하지만 그것뿐이었다.

왜 자신이 그린 에메랄드에 서 있었는지, 왜 살아야 하는지, 왜 싸우고 있는지, 그리고 왜 감정에 대해서 모르는 건지, 기억을 잃고 있었는

지, 룬 크리서드라는 인간에 대해서 생각하면 생각할수록 많은 의문만
이 생겨났다.

시간이 흐르며 점점 의문한다는 것을 잊어갔다. 하지만 언제 의문이
라는 감정을 꺼내야 하는지는 알 수 있었다. 그리고 그 감정을 제어할
수 있게 됐다. 그리고 룬은 의문함으로써 인간이 기본적으로 가지는
감정들에 대해서 알아가고 몇 가지는 익힐 수도 있었다.

그리고 지금 이 순간 룬에게 의문이라는 감정이 강하게 작용했다.
룬의 머리 속에는 레전트에 대한 생각은 상당히 많이 사라져 있었다.
다만 아까 분노에 미쳐 폭주하기 직전이었을 때 떠올랐던 환상에 대한
생각이 룬의 머리 속에 채워져 있었다. 어쩌면 그것은 과거부터 의문
을 품어오고 이 순간까지도 궁금해했던 자신의 과거의 한 단편일지도
몰랐다.

"후우……."

그 남자의 모습을 찬찬히 떠올리자 길게 한숨이 나왔다. 왜 화가 났
었는지는 예상이 갔다. 그 도둑에게 속았다는 것 때문에 분노라는 감
정이 폭발한 것 같았다. 왜 그런 사소한 일에 분노했는지는 몰랐지만
룬은 그 일에 대해서 확실하게 분노했고, 그 감정이 극에 이르러 폭발
직전에 이르렀을 때 룬은 환상 속에 빠져들었다.

두근.

그 남자의 모습을 찬찬히 생각하자 머리 속이 뜨거워지고 심장이 빨
리 뛰기 시작했다. 그 남자에 대해서 생각하는 것만으로 분노가 들끓
었고 분노와 같이 떠올랐던 뭔지 모를 작은 감정은 들끓는 분노에 묻
혀 사라져 버렸다.

룬은 눈이 번쩍 떠졌다. 어둠 속에 익숙해진 룬의 눈이 밋밋한 천장

의 모습을 비추자 들끓던 분노가 급속히 식어갔다. 룬은 다시 한숨을 쉬었다.

"잠이나 자야겠군……."

어느 정도 감정이 식자 룬은 눈을 감고 잠을 청했다. 이 이상 그 남자에 대해서 생각하여 분노가 생기게 하는 것보다는 훨씬 생산적인 일일 것이다. 룬의 머리 속에 떠돌던 생각이 사라지고 허무가 찾아드는 순간 룬은 잠 속으로 빠져들었다.

*　　　*　　　*

……

콰릉—

여기는… 어디지?

—루니안.

누군가의 목소리가 들려오자 고개가 돌아갔다. 내 몸이 마음대로 움직이지 않고 있었다. 아니, 이것은 나의 의지이기도 했지만 그와 동시에 나의 의지가 아니었다. 이상한 이질감이 느껴졌다. 하지만 그런 나의 생각은 어쨌든 나의 눈은 어둠 속 저편을 바라보았다.

콰릉—

다시 한 번 벼락이 내려치자 나를 루니안이라고 불렀던 남자의 모습이 잠깐 비춰졌다.

두근.

혈관이 팽창하고 팔다리의 근육에는 힘이 들어가기 시작하며 긴장한다. 오른손은 검집에서 이터를 뽑아내고 눈은 점점 예리하게 떠지며 눈앞의 남자를 노려본다. 시선이 어둠에 익숙해지자 자연 속에 존재하지 않은 실루엣이 나의 눈에 들어왔다.

　—처음이구나, 너와 진짜로 싸워보는 것은.

　이빨이 막 물어지고 분노했다. 원수… 나의 원수. 나는 입을 열고 성대를 진동시켜서 그 남자를 향해 소리쳤다.

　—너… 엄마를……!

　—그래, 나다. 내가 한 짓이다!

　움직였다. 그 남자가 나에게로 검을 휘둘러 오고 나는 간신히 이터를 들어 그 검을 막았다. 비와 땀, 그리고 끈적끈적한 뭔가가 섞여 턱을 따라 흐른다. 나의 피가 아니다. 누군가에게서 묻어온 피. 누구의 피지? 나는 누구의 피를 이렇게나 짙게 묻히고 있는 거지? 하지만 그런 이성은 금방 분노와… 또 다른 감정에 묻혀 버렸고 나는 절규했다.

　—죽여 버릴 거야! 죽어! 죽어버려어어!!

　　　　　*　　　　　*　　　　　*

　…….

　"……!"

　눈을 번쩍 뜨자 밝은 빛이 눈을 파고들었다. 룬은 반사적으로 눈을 감고 얼굴을 찡그리며 손으로 그 빛을 가렸다. 어느새 열려 있는 창문에서는 밝은 햇빛이 방 안 여기저기로 스며들고 있었다.

　악몽은 한두 번 꿔본 것이 아니었다. 그리고 악몽의 내용을 기억하지 못하는 것도 일반적인 일이었다. 룬은 흠뻑 젖어 있는 자신의 몸을 손가락 사이로 내려다보았다. 자신이 악몽에 이렇게까지 격렬하게 반응한 적은 없었다.

"일어났어?"

"…뭐지."

"뭐가?"

"왜 잠자는 사람 옆에 서 있었냐는 말이다. 그것도 기척까지 완전히 죽이고."

룬은 자신의 발치에서 들려오는 목소리에 조용히 몸을 일으켰다. 레전트는 팔짱을 끼고 장난스러운 표정으로 룬을 바라보고 있었다.

"잠자는 사람 깨우면 안 좋을 것 같아서. 그건 그렇고 문 열고 들어와서 창문까지 열어뒀는데 잘만 자더라."

"아아……."

"계속 보고 있자니 계속 뒤척이던데 악몽이라도 꿨나 보지?"

룬은 고개를 끄덕인 후 몸에 피 냄새가 배어 있는 것을 느끼고 조금 씻는 게 좋겠다고 생각하며 침대에서 일어났다.

"자, 아침이다. 어떻게 할래?"

"뭐가?"

"그러니까, 이제 출발해야 할 거 아냐?"

어젯밤의 일이 생각나자 룬은 레전트의 얼굴을 똑바로 바라보았다. 레전트는 지금은 전혀 그런 기색을 보이고 있지 않지만 어딘가 억지로 기운 내려는 듯한 모습을 보여주고 있는 것 같았다.

"억지로 기운 내는 척하지는 마라. 기운 내는 척하려면 완벽하게 그러는 척하던가."

"…에에. 그렇게 눈에 띄나?"

"아니, 별로 눈에 띄지는 않지만 신경 쓰여."

레전트는 어색하게 웃으며 자신의 금발이 헝클어지도록 긁어댔다. 룬은 레전트의 눈에 졸음이 가득 담긴 것을 보고 한숨을 짧게 내쉬었다.

"일단 아침 식사부터 하도록 하자. 어때?"

"응? 아. 그, 그래, 그러자."

어젯밤부터 한숨도 자지 못하기는 했지만 피곤함보다 불안감이 앞서서 어쩔 줄 몰라 하던 주인은 두 명의 남자가 2층에서 내려오자 깜짝 놀라며 그대로 굳어버렸다. 짧은 검은 머리의 남자와 금발 남자는 그런 주인의 반응에도 별로 상관하지 않고 근처에 테이블을 하나 잡아 앉아버렸다. 그리고 그중 한 남자가 주인을 향해 손을 흔들었다.

"여기 주문 받아!"

당연한 의무였기에 주인은 벌벌 떨면서도 그들에게 다가가 메뉴판을 내밀었다. 손을 흔들었던 남자가 그 메뉴판을 받아 들자 여관 주인은 고개를 숙이고 재빨리 그들에게서 멀어졌다. 그는 메뉴판을 펼치며 주인이 듣지 못하도록 낮은 목소리로 중얼거렸다.

"저럴 거면 뭐 하려고 도둑질 같은 것을 돕는 건지. 안 그래?"

"우리가 너무 낯짝이 두껍다는 점도 있지."

"헤?"

"왜 그런 눈으로 보는 거냐?"

"너, 농담도 하는구나… 몰랐어."

도둑맞은 물건을 찾기 위해서 주인을 협박한 후 직접 도둑 길드에 가서 한바탕 뒤집고 온 룬과 레전트가 다시 방으로 들어가서 잤다는 것은 분명히 상식을 뛰어넘는 일이었다. 하지만 레전트는 그런 것에는 신경 쓰지 않는 듯 메뉴판을 룬에게 건네며 물었다.

"음, 뭐 먹을래?"

"알아서 시켜. 난 식사한 뒤에 일단 말부터 사러 가야겠다."

"말? 말은 왜?"

"여기서 커르니안까지 걸어갈 셈이었나?"

"날아갈 생각이었는데?"

"…그러니까 그건 불가능하다고 하지 않았나."

룬은 장난스럽게 말하는 레전트를 가볍게 노려보았다. 날 수 있는 것을 이동 수단으로 사용한다는 것은 현실적으로 거의 불가능한 이야기였다. 그것도 날아갈 수단이 와이번 같은 괴수가 아닌 사람이라면 더 더욱 그러했다. 레전트는 킥킥거리며 룬에게 내밀었던 메뉴판을 가볍게 흔들었다.

"이봐!"

"예, 옛!"

계속 둘의 눈치만 보고 있던 주인이 깜짝 놀라면서 재빨리 뛰어왔다.

"음… 아침이니까 가볍게 먹을까?"

"알아서 하라고 했었던 것으로 기억하는데."

"그럼… 에이, 귀찮다. 아무거나 2인분 가지고 와. 그런데 이봐."

"예, 예?"

"이 근처에 마 시장이 있나?"

레전트도 사실 날아갈 생각은 없었다(아주 없는 것은 아니었다). 어느 정도 짧은 거리라면 날아서 이동이 가능하지만 몇 날 며칠 동안 날아서 이동하는 거라면 체력적 한계가 극명히 드러날 게 뻔했다. 레전트는 자신의 체력적 한계를 잘 알고 있었다.

"죄, 죄송하지만 여기에는 마 시장이 없습니다… 무, 무슨 일이신데

그러십니까?"

"그건 그쪽이 신경 쓸 일 아니니까 빨리 가서 음식이나 만들어와."

주인은 다시 메뉴판을 받아 들더니 머리를 깊이 숙여서 인사하고 안쪽으로 달려 들어갔다.

"마 시장 없다는데? 역시 날아갈까?"

레전트는 장난기 가득한 웃음을 짓고 룬을 바라보았다. 하지만 레전트도 내심 걱정이 되기는 했다. 어제 하루 동안 걸은 것만으로도 발에 물집이 잡힐 정도였다. 잠시 고민하던 룬은 고개를 끄덕이며 자신의 의견을 내놓았다.

"그래도 이 정도로 큰 마을이라면 적어도 주기적으로 이곳과 다른 곳으로 이동하는 마차는 있을 거야. 차라리 그걸 이용하지."

"마차?"

룬은 레전트에게 마차에 대해서 자세히 설명했다. 장거리 이동이 아니라고 해도 마을과 마을 사이의 이동은 꽤나 잦은 편이다. 하지만 그 거리를 걸어서 이동하려면 아무래도 불편한 일이 많았고 그렇다고 서민들이 전부 말을 키우는 것도 아니었다. 그러다 보니 조금 규모가 큰 마을에서는 반나절이나 한나절 정도 걸리는 거리를 정기적으로 이동하는 마차가 있기 마련이었다. 얼마 정도의 돈을 지불하면 이용을 할 수 있기 때문에 말과 같은 이동 수단이 없는 여행자들이 걷지 않을 때 자주 사용하는 이동 수단이었다.

마침 그때 식사가 나왔기에 룬은 포크를 들면서 레전트에게 마차를 이용할 것에 대한 동의를 구했다. 빅 웜은 벗어났기 때문에 노숙을 해도 상관은 없었지만 룬은 굳이 레전트의 건강 상태에 대해서 실험하고 싶은 생각이 없었다. 가을의 밤은 인간에게나 동물에게나 차별을 두지 않고 동등한 추위를 선물했다.

룬은 접시를 가지고 온 여관 주인을 불러서—여관 주인은 룬이 자신을 부르자 깜짝 놀라는 모습을 보였다—정기 교통 수단에 대해서 물어보았고 주인은 이곳과 이곳에서 마차를 타고 반나절 정도 걸리는 그룬까지의 정기 이동 마차가 있다고 말했다. 그 마차가 하루에 두 번 출발한다는 소리를 들은 룬은 어제 사용했다가 잘려 버린 로프 같은 것을 살 겸 해서 미리 예약을 하러 나가기로 결심했다. 비록 여행자가 많지 않은 가을이었지만 그래도 손님이 꽉 차버릴 수도 있었다. 레전트는 룬이 갔다 오는 동안 짐을 챙기고 명상을 한다고 하며 여관에 남아 있기로 했다.

"올 때 맛있는 거 사와."

"명령이라면."

"…농담이야."

룬은 레전트가 한 말을 가볍게 받아치며 바깥으로 나섰다. 일단 여관 근처의 잡화점에서 10미터짜리 로프를 산 룬은 여관의 주인이 알려 준 대로 마을의 한복판에 있다는 이동 마차가 있는 곳으로 갔다.

이동 마차가 있는 곳은 꽤 한산한 모습이었다. 네 대의 마차가 지붕이 있는 간단한 건물 아래에서 출발할 준비를 하고 있었고 그 옆에 있는 마구간에는 몇 마린지 모를 말들이 서 있었다. 이동 마차도 자선 사업으로 하는 일은 아니었다. 명백하게 돈을 받고 하는 상업인만큼 손님을 끌기 위해서는 그만큼 최소한의 편의를 제공해야 했다.

꽤 많은 사람이 말과 마차를 관리하는 것을 잠시 동안 바라보던 룬은 주위를 둘러보다가 마구간 옆에 나무판을 얼기설기 엮어 만든 작은 건물이 있는 것을 발견하고 그쪽으로 걸어갔다. 사람 두 명 정도가 들어갈 수 있을 만한 넓이의 건물 안에는 한 명의 남자가 뭐라고 중얼거리고 있었다.

"어서 오십시… 오?"

"두 사람 예약하겠습니다."

룬은 그 남자의 얼굴이 눈에 약간 익어 있다는 것을 무시하고 말했다. 그 남자는 룬의 얼굴을 바라보고 룬이 아무런 행동을 하지 않자 재빨리 품속으로 손을 집어넣었다. 룬은 그가 품속으로 손을 넣는 것과 동시에 팔을 뻗어 그의 팔을 움켜잡았다. 그 남자는 룬이 자신의 팔을 움켜잡자 움찔하면서 다른 쪽 팔을 움직이려고 했지만 룬은 그쪽 팔마저 잡아버리고 낮게 경고했다.

"어제 그렇게 당하고도 아직 정신 차리지 못한 건가? 아니면 원래 상대방과 자신의 차이에 대해서 아무런 생각도 하지 못하는 저능아인가?"

"크윽! 네놈!"

"이런 데서 칼을 빼 드는 건 별로 좋지 않을 것 같은데. 주위를 좀 보시지."

조금만 있으면 정오가 될 시간이라 사람들의 눈은 적지 않았다. 그 남자는 룬의 말에 팔을 부르르 떨더니 곧 품속으로 잡고 있던 대거의 손잡이를 놓더니 천천히 손을 빼냈다. 룬은 팔을 놓고 어쩔지 모르는 상황에 대비해 남자에게서 멀찍이 떨어졌다.

"도둑 길드에서 이런 것도 운영하는 건가? 의외인데."

"네놈에게 그런 소리들을 정도! …로 타락하진 않았다."

"웃기는 소리라는 건 네 자신이 더 잘 알고 있겠지."

그 남자는 말소리를 높이려다가 주의를 의식했는지 목소리를 낮췄고 룬은 무표정한 얼굴과 음색없는 말투로 그의 말을 가볍게 무시해 버렸다.

"그럼 표나 줬으면 하는데."

그 남자는 룬의 말투에 굉장히 열받아 하면서도 어떻게 손을 쓰지 못하는 현실에 대해서 분개했다. 사실 룬의 말이 틀린 것도 아닌 데다가 무력으로도 룬에게 지는 입장인 것이다.

"두 사람에… 120피안입니다."

룬은 돈을 세어서 넘겼고 그 남자는 나무판 두 개를 룬에게 휙 집어 던지더니 대답도 하기 싫다는 태도로 고개를 돌려 버렸다. 공중에서 나무판 두 개를 낚아챈 룬은 아무 말 없이 뒤로 돌아 여관으로 향했다.

"앗, 안녕하세요."

"…어째서."

"어, 왔네. 예약은 했어?"

"그래, 그런데……."

"심심해서 같이 놀고 있었을 뿐이야. 신경 쓰지 마."

"……."

레전트는 룬이 뭐라고 말하기 전에 대답을 원천 봉쇄해 버렸다. 룬은 레전트와 마주 앉아서 놀고 있는 소녀의 모습을 바라보고 조금 묘한 기분이 되어버리고 말았다.

"무신경하군. 정말로."

룬은 그 소녀가 무슨 생각으로 레전트에게 접근한 건지 잠시 의심했다. 하지만 레전트와 실뜨기를 하고 있는 소녀의 모습에서는 별다른 위험성을 발견하지 못했다. 결국 룬은 고개를 흔들어 잡생각을 떨쳐 버리고 막 실들 사이로 손을 넣으려고 하는 레전트를 향해서 말했다.

"레전트, 그만 하고 빨리 준비나 해."

"준비?"

"짐 챙긴다거나 그 외의 준비. 다 해둔 건가?"

"아하하하하, 음… 그게 말이지……."

"어이, 눈 돌리지 마."

정오까지는 시간이 별로 남아 있지 않은 상태였다. 룬은 놀고 있는 레전트를 다그쳐 짐을 마저 챙기게 만들었다.

"출발하는 건 정오라며? 아직 한 시간이나 남았잖아."

"한 시간 '이나' 가 아니라 한 시간 '밖에' 다. 별로 넉넉하지 못해. 그런데 정오라는 건 어떻게 알아낸 거지?"

"여기 주인한테 물었지 뭐. 그럼 점심은? 정오라면 점심은 먹고 가야 할 것 아냐?"

"아침도 늦게 먹었으니까. 다음 마을에 도착하고 나서 식사를 하는 건 어떤가?"

"상관은 없지만……."

"정 못 참겠으면 가는 길에 건조 식량이라도 물고 있어라."

의외로 도둑 길드의 규모는 상당히 컸다. 룬은 여관으로 돌아오는 길에 어젯밤에 봤었던 얼굴 몇을 더 만날 수 있었다. 여관도 도둑 길드의 손이 닿아 있는 것 같았다. 여행자에게 죄를 뒤집어씌우면 자신들이 그 범죄를 은폐할 수 있는 시간을 충분히 벌 수 있다. 이미 장물 같은 것도 처리한 후라면 도둑 길드에는 혐의를 둘 수 없게 되기 마련이다.

룬으로서는 이렇게 도둑 길드의 영향력이 큰 것이 걱정이 될 수밖에 없었다. 어쨌거나 룬과 레전트는 도둑 길드의 위치를 알고 있었다. 과민 반응이라고 볼 수도 있겠지만 도둑들이 길드의 위치를 알고 있는 인간을 무사히 놔둘 거라는 것은 기대하기 힘들었다. 어쩌면 마차를 이용하는 동안에 습격을 당하게 될지도 몰랐다. 룬은 레전트에게 그런 사정을 설명하면서 무장을 마쳤다.

"포기하지 않은 걸까… 그 도둑들?"

"꼭 그렇다고는 말하지 못하겠지만, 어쨌든 이 마을을 벗어날 때까지는 조심하는 게 좋아. 마법은 사용할 수 있나?"

"음… 어제 잠을 많이 안 자서 많이는 못 쓰지만 약간이라면."

준비를 끝마친 룬과 레전트는 급히 마을 중앙의 이동 마차들이 있는 곳으로 향했다. 아까 룬과 싸울 뻔했던 남자가 룬을 떨떠름한 눈으로 보기는 했지만 룬은 그 시선을 철저히 무시해 버렸다. 서민용 마차는 잘 만들어진 마차와는 달리 거의 수레에 가깝게 만들어져 있었다. 사실 그 마차라는 것도 잘 만들어진 네 개의 바퀴가 달린 수레의 네 귀퉁이에 두꺼운 천으로 햇볕을 막을 천장을 만들어둔 것에 불과했다. 비가 내릴 경우에는 그 천장의 귀퉁이에 말려서 묶어져 있는 두꺼운 천을 내려 비를 막는 구조였다. 보통 귀족들이라면 그런 마차는 돼지나 실어 나르는 수레 정도로 생각했겠지만 서민들에게는 그 정도로도 충분했다.

"이게 서민들이 타는 마차인가?"

아무도 들을 수 없을 정도로 낮은 레전트의 중얼거림은 룬을 돌아보게 만들었다. 레전트는 손을 내저으며 웃어 보여 그 중얼거림이 아무것도 아니었다는 것을 표현하면서 출발하기 위해서 말이 매어져 있는 마차를 자세히 살폈다.

레전트가 들고 있는 나무판에는 2-5라는 숫자가 적혀져 있었다. 2번 마차의 다섯 번째 손님이라는 뜻이었다. 그리고 지금 출발 직전에 있는 마차의 뒷부분에는 2라는 숫자가 크게 적혀져 있었다.

레전트가 마차를 흥미롭게 관찰하는 동안 룬은 혹시라도 어제 봤었던 자나 낌새가 수상한 자가 없는지 살펴보기 위해서 주위를 둘러보았다. 늙은 노인들, 중년 여성이나 여행자로 보이는 남자, 평범하게 보이는 사람들이 차례차례 마차에 올라탔지만 룬은 방심하지 않았다. 위험한 사람이 얼굴에 위험하다고 써 붙이고 다니는 경우는 한 번도 본 적이 없었다. 오히려 어떤 일을 비밀리에 수행하는 이들은 너무 평범해서 눈에 띄지 않을 얼굴을 하고 있는 경우가 허다했다.

"무섭게 생긴 아저씨!"

갑작스럽게 들려온 부름에 레전트가 고개를 돌렸고 곧 레전트는 픽 웃으며 떨떠름한 얼굴로 룬을 툭툭 건드리며 뒤를 가리켰다. 룬이 고개를 돌리자 여관에서 봤었던 소녀가 마차를 보면서 빙긋빙긋 웃고 있는 게 보였다. 룬은 소녀를 위아래로 훑어보다가 딱딱한 어투로 대답했다.

"무슨 용건인가?"

"아빠가 이 말 전해주래요."

길드 마스터가? 룬은 소녀의 말에도 여전히 속을 내비치지 않은 표정으로 소녀를 내려다보았다. 그런 룬의 태도에 레전트는 룬을 향해 낮게 중얼거린 후―사람을 그렇게 못 믿는 거냐고 했다―룬이 자신의 어깨를 잡는 것에 개의치 않고 몸을 마차 바깥으로 내밀었다.

"꼬마 아가씨, 무슨 일이지?"

"음… '지금 이 아이를 따라서 오라' 고 전해달라던데요? 마차가 출발하는 것은 걱정하지 마시래요.

레전트는 아직도 마차 안의 사람들을 하나하나 주의 깊게 관찰하고 있는 룬을 향해 고개를 돌렸다. 룬도 어차피 이곳에서 결판을 내고 싶었다. 도둑 길드와 원한 관계를 지게 되면 이런저런 일에서 신경 쓰이는 일이 많아지기 마련이다. 룬은 이제 자신이 무섭지도 않은지 계속 빙긋빙긋 웃고 있는 소녀를 잠시 바라보다가 마차에서 내렸다.

"가자, 레전트."

"괜찮은 거야?"

"잘하면 앞으로의 귀찮아질 일을 한 번에 털어내 버릴 수 있을 테니까."

레전트는 룬의 말이 무슨 뜻인지 알아들었는지 고개를 끄덕이더니 룬의 뒤를 따라 마차에서 뛰어내렸다. 그러자 같이 마차를 타고 있던 사람들이 약간 당황스러워하기 시작했다. 룬은 뒤가 조금 웅성거린다는 것을 알아차리고 뒤도 돌아보지 않은 채 말했다.

"엉성해."

룬이 내리자 초조해하던 네 명의 인간의 움직임이 멈췄다. 룬은 마차 안에 타는 사람을 관찰하던 중 뭔가 어울리지 않는 몇 명의 인간을 볼 수 있었다. 얼굴에는 주름이 가득하고 검버섯이 피어 있지만 눈이 노인답지 않게 젊은 노인 둘. 여행자치고는 짐이 너무 얄팍한 남자. 잡상인으로 보이는 남자는 인체의 굴곡에 맞지 않는 뭔가를 옷 아래로 숨기고 있었다.

"안내해."

"예에~"

그들은 룬과 레전트가 소녀의 뒤를 따라가는 것을 멍하게 바라보고 있을 수밖에 없었다. 그리고 그들의 모습이 사라지자 마차에서 내려 버렸다.

"어, 손님들! 곧 출발합니다!"

그리고 뒤에서 자신들을 부르는 마부의 외침을 무시한 채 어디론가 슬그머니 사라지고 말았다.

"그런데 왜 나를 무서워하지 않는 거지?"

"어제 죽은 사람이 아무도 없었는걸요? 그리고 아빠 말이 많이 다치지 않았다고 했어요. 아빠가 생명을 소중히 여기면 나쁜 사람은 아니래요."

룬은 아무런 내색을 하지 않았지만 레전트는 픽 웃었다. 만약 레전트가 룬에게 미리 부탁을 해두지 않았다면 룬은 그 물건들을 찾기 위해서 가장 간단하고 효율적이며 뒤탈없는 방법을 택했을 것이다. 룬은 레전트의 쓴웃음이 무슨 의미인지 알고 있었기 때문에 레전트를 가볍게 한번 노려봤다. 그때 소녀가 다시 입을 열었고 레전트는 머리를 긁적이며 딴청을 피기 시작했다.

"아빠 말이 저 오빠가 공격했던 사람들이 훨씬 더 다쳤대요."

룬의 경우에는 근육이나 급소를 피해가면서 검을 휘둘렀지만 공격 마법을 검만큼 세밀하게 다루는 것은 힘들었다. 그저 상대방에게 '죽지 않을' 정도의 타격을 입혀 기절시키는 것 정도가 최선이었다.

얼마 가지 않아 소녀는 어젯밤 룬과 레전트가 찾아왔었던 그 건물 앞에 멈춰 섰다. 어젯밤에 걷어차서 부순 문은 말끔히 수리되어 있었고 창문은 여전히 꼭꼭 닫혀 있었다. 소녀는 문을 몇 번 두드리고 안쪽의 반응을 기다렸다.

"누구세요?"

어제와는 다르게 여자의 목소리가 흘러나오자 레전트는 조금 움찔하며 주위를 둘러보았다. 하지만 분명히 이곳은 어젯밤의 그곳이었다.

"저예요."

문이 끼익거리는 소리를 내면서 열렸다. 한 중년 여인이 문틈 사이로 소녀와 소녀의 뒤에 있는 룬과 레전트를 보고 고개를 갸웃거렸다.

"누구니, 그 뒤의 사람들은?"

"아빠 심부름요."

룬은 그 여성의 얼굴을 눈치 채지 못하게 관찰했지만 소녀와 별로 닮은 곳은 없어 보였다. 그럼에도 불구하고 소녀는 그 여성을 마치 엄마나 다름없이 대하고 있었다. 그녀는 룬과 레전트를 보고 고개를 끄덕하며 문을 열었다.

"들어오세요."

룬은 문이 열렸지만 함부로 집 안으로 들어가는 경솔한 행동은 하지 않았다. 룬은 문이 열려있는 집 안을 꽤 오랫동안 살펴보았고 그녀는 그런 룬의 행동을 담담히 지켜보았다. 문이 열린 집 안을 둘러보던 룬은 짤막하게 말하며 집 안으로 들어섰다.

"실례하겠습니다."

감정이 부족한 룬이었지만 리테일에게 인간으로서의 예의라는 것에 대해서 배우지 않은 것은 아니었다. 물론 용병에게서 배운 예의는 일반 사람들에 비해 거칠었지만 그래도 없는 것에 비하면 훨씬 나은 편이었다. 물론 룬은 집 안으로 들어가자마자 천장에서 느껴지는 시선을 일단 보류해 두고 방 한구석의 탁자에 앉아 책을 읽고 있는 중년 남자를 향해 말했다.

"왜 부른 겁니까? 아직도 우리에게 볼일이 있는 겁니까?"

룬의 뒤를 따라 집 안으로 들어온 레전트는 어제 일이 마음에 걸렸는지 천장을 바라봤다가 깜짝 놀라며 몸을 굳혔다. 룬은 일단 눈에 띄는 사람 외에 느껴지는 기척이 두 명이 더 있다는 것을 인식하면서도 길드 마스터를 바라보았다. 그는 룬이 자신에게 말을 걸자 책을 덮으면서 룬에게 눈길을 돌렸다.

"그런 것은 아니지만… 이야기를 나누고 싶어서 그런 거요. 앉으시겠소?"

"위험 부담을 가지고 이야기를 나누고 싶지는 않습니다만."

"아아, 미안하오. 내려와라."

룬이 턱짓으로 위를 가리키자 길드 마스터는 고개를 끄덕이며 말했고, 위에 있던 남자들은 길드 마스터의 명령에 사뿐히 아래로 내려와 길드 마스터의 양 옆으로 섰다. 룬은 그의 건너편에 있는 의자에 앉았고, 레전트도 룬과 길드 마스터를 번갈아 보다가 어쩔 수 없다는 듯이 룬의 옆에 있는 의자에 앉았다.

"갈 길이 바쁩니다."

"오래 잡고 있지는 않을 거요. 그 이동 마차도 우리 길드에서 운영하는 것이니 신경 쓰지 않아도 되오. 당신들이라면 어제 충분히 우리를 박살 낼 수 있었을 거요. 그런데 굳이 말로 우리를 설득하려고 했던 것은 왜 그런 거요?"

"그런 걸 묻고 싶어서 우리를 불렀던 겁니까?"

"다른 이유도 있지만 일단은 그렇소."

룬은 레전트를 쳐다보았고 레전트는 룬을 쳐다봤다. 그리고 레전트는 룬이 입을 열기 전에 선수를 쳤다.

"네가 먼저 말해."

룬은 잠시 레전트를 아무 말 없이 바라보다가 어쩔 수 없다는 듯 고개를 돌렸다.

"내 고용주가 되도록 사람을 죽이지 말라고 했으니까."

"그것뿐이오?"

"그렇습니다."

룬의 무표정한 얼굴은 그것이 사실이라는 것을 레전트와 길드 마스터에게 강하게 각인시켰다. 만약 인간의 생명을 어느 정도 존중하려는 레전트의 말이 없었다면 룬은 거침없이 길드원들을 쓸어버렸을 것이다. 룬으로서는 일반 평민의 목숨을, 그것도 어떻게 보면 범죄자인 도둑들의 목숨에 대해서 걱정하는 고용주의 태도에 대해서 이해할 수 없었다.

"나보고 먼저 말하라는 말의 의미는 내가 먼저 말한 다음에 네 쪽에서 말하는 것이 아니었던 건가."

"아, 뭐."

"말해."

사실상 길드 마스터의 질문에 대한 대답을 레전트에게로 넘겨 버린 룬은 레전트에게 그 대답을 할 것을 강요했다. 레전트가 우물쭈물거리는 동안 방 안에 있던 사람들의 시선이 레전트에게로 향했고 레전트는 열 개의 눈동자의 주시를 받으며 더듬더듬 입을 열었다.

"그냥… 사람 죽으면 싫잖아? 꼭 사람뿐만 아니라… 어쨌든 뭔가 죽는 건 싫거든. 그래서 그랬던 거야. 그리고 너희들도 어차피 먹고 살려고 한 짓이니까. 그게 남한테 피해를 줘서 문제지만."

이야기가 다 끝나고 나자 레전트의 말을 다 들은 길드 마스터는 품속에서 붉은 보석을 꺼내 탁자 위에 올려두었다. 룬과 레전트는 그 보석이 어제 룬이 길드 마스터에게 집어 던졌던 그 보석과 동일한 것이라는 것을 어렵지 않게 눈치 챌 수 있었다.

"이건 돌려주겠소. 이미 그 시점에서 우리가 살아남은 것 자체가 당신들한테 구해진 거나 다름없으니까."

룬은 그 보석들을 바라보다가 레전트를 바라보았다. 레전트도 그 보석을 한참 동안 바라보더니 고개를 내저었다. 원래 보석이라는 건 누구나 가지고 싶어하는 값비싼 것이지만 지금 탁자 위에 올려져 있는 보석에는 누구도 손을 대려 하지 않았다.

"가져가지 않는 거요?"

"정의의 영웅이나 뭐 그런 것 되고픈 생각은 추호도 없지만 말야, 난 줬다가 뺏어가는 짓은 안 해."

"하지만……."

레전트는 고집스럽게 고개를 흔들었고 룬은 그런 고용주의 의견을 존중하는 태도로 길드 마스터의 뒤에 있는 남자들의 움직임만 주시할 뿐이었다. 길드 마스터는 그런 룬과 레전트를 바라보다가 결국 보석에 손을 가져다 대면서 입을 열었다.

"이 마을에는 도둑 길드가 세 군데 있소. 길드마다 세력은 각각 다르고 충돌도 꽤나 자주 일어난다오. 우리들은 더 이상 당신들을 노리지 않기로 했지만 다른 곳에서는 아직도 당신들을 노리고 있을 거요. 원래대로라면 우리의 구역에서는 그런 짓을 못하게 되어 있기는 하지만……."

"조심이라면 충분히 하고 있지만 마차에서도 우리를 노리는 녀석들이 있었습니다."

"방금 뭐라고 하셨소?"

"아까 타려고 했던 마차에서도 우리를 노리는 자들이 있었다는 겁니다. 아마 당신이 말하는 다른 길드의 사람이겠지만."

길드 마스터는 고개를 끄덕였다. 다른 길드의 구역을 침범하는 것은 상당히 문제가 될 소지가 큰일이었다. 만약 그런 일이 상대편에게 들키게 된다면 상대편 길드에 상당히 큰 약점을 잡히는 게 된다. 그래서 길드들은 웬만해서는 상대편 길드의 구역에서는 '일'을 하지 않았다. 하지만 레전트가 가지고 있는 돈은 그 웬만하다는 수준을 훨씬 벗어나 있었다.

"원래 당신에게 조심하라고 하려고 했었지만… 오히려 충고를 듣게 되어버렸군. 어쨌거나 이 마을을 떠날 셈이라면 마차를 준비해 두지. 그리고 아직 점심은 먹지 않았을 텐데, 그것도 준비해 드리겠소."

"걸리는 시간은?"

"지금 당장이라도 가능한데……."

"그럼 지금 당장 떠나도록 하지요."

"그러도록 하시오. 헤일, 이분들을 그룬까지 모셔다 드리고 오도록."

이름이 호명된 남자는 앞으로 나와서 고개를 가볍게 숙였다. 조금 나이 먹어 보이기는 했지만 날렵해 보이는 몸과 예리한 눈초리는 그가 결코 젊은이들에게 뒤지지 않는다는 것을 보여주고 있었다. 룬은 그가 어제 길드 마스터의 옆에 서서 싸움을 방관하던 쪽이라는 것을 기억해 냈다.

"그럼 가시죠."

Chapter 2 여행

4

『아주 먼 과거에 거대한 존재가 있었다. 인간도 아니며 지금의 신도 아닌 거대한 존재. 아무것도 없는 공간 속에서 그는 혼자였다. 오랜 시간이 흐르자 그는 이성과 감성이라는 것을 가지게 되었다. 외로움을 알게 되었지만 그에게는 외로움을 달래기 위한 존재가 없었다. 기쁨을 알았지만 그에게 기쁨을 주는 존재는 없었다. 다시 오랜 세월 동안 그렇게 살던 그 존재는 결국 쓰러져 스스로 목숨을 버렸다.

오직 하나뿐인 존재, 그가 쓰러지자 그의 육체는 산산이 깨져 그 외에는 아무것도 없던 공간 안에 흩어졌다. 그의 살은 대지가 되고, 그의 강인한 뼈는 산맥이 되었고, 그의 몸을 따라 흐르던 혈관은 강이 되었다. 그리고 그가 쓰러지며 흘린 많은 피는 바다가 되어 이 세상이 존재하게 되었다.

그 존재가 죽은 후에도 그의 심장은 계속 뛰고 있었고 그의 눈은 세상을 바라보고 있었다. 그리고 영겁의 시간이 흘렀을 때 심장에서 온몸이 백열하여 불타오르는 존재가 태어나 자신을 아스트라 칭하고 눈에서 열은 빛으로 몸을 감싼 존재가 태어나 자신을 헤르세니안이라 칭했다. 그리고 거인의 마지막 붉은 숨결에서는 레드 드래곤이, 거인의 마지막 푸른 포효 속에서는 블루 드래곤이, 거인의 백색 뼈에서 화이트 드래곤이, 거인의 검은 골수에서는 블랙 드래곤이, 거인의 녹색 피에서는 그린 드래곤이 거인의 은빛 뇌수에서는 실버 드래곤이, 마지막으로 거인의 잔념에서는 골드 드래곤이 태어났다.

그들은 자신이 태어난 세계를 내려다보았다. 세계로 인하여 이미 무가 아니게 되어버린 공간 속에서 차츰 밤과 낮이 생겨났으며 몇몇 생명체가 탄생했다.

스스로를 태양이라고 칭한 거인의 심장에서 태어난 자와 스스로를 달이라고 칭한 거인의 눈에서 태어난 자. 아스트와 헤르세니안은 각각 밤과 낮을 관리하기 시작했고 불, 물, 대지, 대기를 존재하게 하며 관리하는 자들을 탄생시켰으니 이들을 정령왕이라 하였다.

불의 정령왕 토플디스와 물의 정령왕 키다인.

대지의 정령왕 스키디툼과 대기의 정령왕 리피브리엠.

정령왕들은 아스트와 헤르세니안의 명령에 따라 세계를 안정시키는 역할을 맡았다. 하지만 거인의 또 다른 분신인 드래곤들은 그 책무를 거부하고 지상에 내려서는 대신 한정된 목숨을 받고 자신의 힘의 대부분을 버리며 자유롭게 살아가기 시작했다.』

한참 동안 책을 읽던 룬은 갑자기 책 위에 그림자가 졌기 때문에 일단 여기까지 읽기로 하고 책을 덮었다. 어느 사이에 마차는 숲 속으로 접어들어 가고 있었다.

"도착할 때까지 얼마나 남았지요?"

"이 숲을 벗어나면 도착합니다. 세네 시간 정도 남았군요."

길드 마스터의 배려로 마차 하나를 전세내 버린 룬과 레전트는 할 일 없이 마차에 앉아 있기만 하면 됐다. 마차는 웬만해서는 좌석까지 충격이 닿지 않도록 만들어져 있었고 남의 눈 따위에는 신경 쓰지 않아도 되는 레전트는 아예 옆좌석에 발을 올리고 쭉 누운 모양으로 단잠에 빠져 있었다. 그리고 잠자기 전에 할 일 없이 밖을 내다보고 있는 룬에게 배낭에서 꺼낸 책 한 권을 넘겼다.

"펠카이트 에투피티벨의 신학록."

두꺼운 가죽으로 만들어져 있는 책 표지에 쓰여져 있는 공통어를 작게 소리 내어 읽은 룬은 버릇대로 길게 한숨을 내쉬었다. 거의 손가락 세 마디 정도의 굵기의 책은 여차할 경우 둔기로 쓰거나 화살을 막는 방패로써도 될 만큼 묵직하고 튼튼하게 만들어져 있었다. 다행히 룬은 글을 읽을 줄 알았고 책의 내용은 그다지 지루하지 않았다. 무엇보다 룬은 다른 용병들처럼 책을 읽는다는 행위가 쓸데없다고 생각하지는 않았다.

룬은 나뭇잎이 햇빛을 가려서 책을 읽을 여건이 되지 않자 책에서 나온 '그'라는 존재, 이 세상을 이룬 최초로 존재했었던 자에 대해서 생각했다.

감정을 알게 되지만 그 감정을 사용할 수 없었기 때문에 쓰러져 대지가, 바다가, 모든 존재의 태초가 된 존재. 문득 룬은 감정이라는 것에 대해서 무관심했던 자신의 예전을 생각해 냈다. 그리고 어떤 감정을 알게 되면서 조금씩 괴로움을 알게 된 자신도.

'그보다 더 괴로웠던 것일까. 그라는 존재는……'

책을 읽고 그 책의 내용에 대해서 생각하는 건 시간 때우기로 나쁜 일은 아닌 것 같았다. 룬은 그런 생각을 하면서도 주위를 경계하는 것을 늦추지 않았다. 룬이 책을 덮은 이유는 숲 때문에 그림자가 생겼기 때문만은 아니었다. 이런 숲 속에서라면 아무래도 습격당하기 쉬웠다. 만약이라고 생각되기는 하지만 그래도 조심해서 나쁠 것은 없었다.

얼마쯤 가던 마차가 멈추자 룬은 마차를 몰고 있던 헤일을 바라보았다. 헤일은 딱딱한 얼굴로 품속에 숨기고 있던 숏 소드를 뽑아 들었다. 불에 그슬려져 있는 숏 소드는 빛을 반사하지는 않았지만 날카롭기 그지없었다.

"뭔가 일이 있는 것 같습니다. 조심하십시오."

길 한가운데에는 사람 몸뚱이만한 통나무가 어지럽게 쌓여 있었다. 룬은 그 통나무들이 절대로 자연적으로 쓰러져 있는 것은 아니라는 것을 알 수 있었다. 그리고 룬은 그 통나무들의 용도도 무엇인지 잘 알고 있었다. 룬은 반사적으로 레전트를 흔들어 깨웠다.

"레전트! 일어나라."

"하암… 벌써 도착한 거야?"

룬은 레전트가 일어나기를 기다리지 않고 이터를 뽑아 들며 왼손으로 대거를 꺼내 쥐었다. 실눈을 뜨고 몸을 일으키던 레전트는 룬이 그런 반응을 보이자 눈을 급히 뜨며 재빨리 몸을 일으켰다.

"윽, 왜 그래?"

"적이다. 산적 같은 방법을 사용하지만 산적이라고 보기에는 무리가 있군."

일반적으로 산속에 산적이 많은 이유는 시체의 처리가 쉽고 상대방의 시야에 미치지 않는 곳에서의 공격이 쉽기 때문이었다. 상당수의 산적들은 협박을 해서 상대방에게 금품을 갈취하는 불확실하고 위험한 방법보다는 원거리에서 공격해 한 사람도 남김없이 섬멸하고 모든 물건을 약탈해 버리는 것을 선호했다. 그리고 공격을 하기 위해서 사람들의 발길을 멈추게 하는 방법으로 길 한복판을 막아버리는 방법을 자주 사용했다. 하지만 이곳은 사람이 많이 지나다니는 대로였다. 이런 대로 한가운데서 산적질을 하다가는 영주의 군사에게 토벌당하고 말 건 분명했다.

'이틀 연속으로 싸움이라……'

룬은 더 이상 상대방의 정체에 대해서 생각하는 것은 그만두기로 했다. 상대방은 길을 막았고 그런 행동의 뒤에는 절대로 호의적인 일이 뒤따라오지는 않았다.

"레전트, 어제 사용했던 그 쿼렐을 튕겨내는……"

"적의 위협이 나의 몸에 닿지 않게 되리라. 전지전능한 힘. 무형의 방패가 되어 나를 지켜라."

레전트는 룬의 말이 끝나지도 전에 캐스팅을 완료했다. 만난 지 불과 일주일 정도밖에 되지 않았지만 레전트는 룬이 이런 반응을 보일 때는 반드시 위험한 일이 닥쳐왔던 것을 알고 있었다. 눈이 좋은 편인 헤일은 다행히 적의 적정 공격 범위 안에 들어가기 전에 마차를 멈추었고 그것은 적들에게 상당한 빈틈을 만들어주는 역할을 했다.

"프로텍트 프롬 노멀 미사일!"

레전트가 주문을 개방하자 마차를 중심으로 사방에 연한 빛이 흩뿌려졌다. 그리고 잠시 후 숲의 여기저기에서 마차를 향해서 쿼렐이 날아왔지만 마법의 방어막을 꿰뚫지는 못했다. 룬은 경쾌한 소리를 내며 튕겨 나가는 쿼렐의 숫자를 눈과 귀로 간파하며 마차의 뒤로 몸을 날렸다.

'여섯 발… 최소 여섯 명.'

마법의 방어막은 세 명의 남자를 보호하기는 했지만 말까지는 보호하지 못했다. 몸의 여기저기에 쿼렐을 맞은 말들은 마구 난동을 부리며 마차를 흔들었고, 룬은 그런 말들의 반응에 약간 의아함을 느꼈다. 불과 거리가 100미터도 안 되는 거리였다. 100미터 거리에서의 보통 쿼렐의 위력은 플레이트 메일을 관통하는 정도인데도 불구하고 지금 날아온 쿼렐들은 분명히 말들의 몸에 박혀 있었다.

'위력을 의도적으로 줄였다?'

의도적으로 석궁의 탄력을 줄였다고 볼 수밖에 없었다. 헤일도 마차의 뒤로 뛰어내렸고 레전트도 룬을 따라 엉성하게나마 급히 마차에서 뛰어내려 몸을 숨겼다. 곧 날뛰던 말들이 조용해지자 룬은 상대방이 이쪽을 죽이려고 하는 것은 아니라는 것을 알 수 있었다.

"아무래도… 다른 길드의 녀석들인 것 같습니다. 조심하십시오."

룬은 고개를 끄덕이고 긴장한 얼굴을 하고 있는 레전트에게 고개를 돌렸다.

"레전트, 하늘 위로 올라가서 기다려라. 좀 오래 걸리긴 하겠지만 끝나면 소리를 지르도록 하겠다."

"에? 왜?"

"그 마법. 적을 눈으로 봐야 사용할 수 있지? 그 빛덩이를 날리는 마법 말이다. 그리고 그 불덩어리를 던지는 것 같은 마법을 사용했다가는 불이 날 거다. 가을의 숲은 건조하니까. 쿼렐이 닿지 않을 만큼 높이 올라가 있어. 그리고 이번에도 살인은 안 되는 건가?"

레전트는 룬의 질문에 잠깐 동안 얼굴을 찌푸렸다. 하지만 곧 입술을 깨물더니 고개를 흔들며 말했다.

"알아서 해."

상대방이 이쪽을 봐주는 식이라면 이길 가능성이 있었다. 룬은 레전트가 하늘로 날아오르자마자 숲 속으로 뛰어들어 쿼렐이 날아왔던 방향으로 달려갔다. 헤일도 룬의 반대쪽 숲으로 뛰어들어 적이 있는 곳으로 달려가기 시작했다.

쿼렐의 최대 단점은 장전 시간이 길다는 것이다. 아무리 숙달된 석궁사수라고 하더라도 쿼렐을 다시 장전하는 데 드는 시간은 상당히 오래 걸렸다. 낙엽 스치는 소리를 내면서 숲 속을 달리던 룬은 쿼렐이 날아왔던 곳 근처에 이르자 급히 나무 뒤에 몸을 숨겼다. 그리고 나무의 위에서 뭔가 부스럭거리는 소리가 들리자 빠르게 나무의 뒤에서 튀어나오며 왼손에 들고 있던 대거를 집어 던졌다.

"으윽!"

짧은 비명 소리와 함께 나무 위에서 뭔가가 큰 소리를 내며 떨어져 신음했다. 대거를 던지자마자 반사적으로 반대쪽 나무 뒤로 숨어들었던 룬은 뭔가 떨어지는 소리를 듣자마자 나무 뒤에서 뛰쳐나와 재빨리 상대방과의 거리를 가늠했다. 그리고 앞으로 튀어 나가며 막 몸을 일으키려 하는 남자의 다리를 걸어찼다. 그는 원래 관절이 없어 접히지 않아야 하는 정강이가 접혀 버리자 미처 중심을 잡지 못하고 쓰러지며 비명을 내질렀다.

"허억!"

룬은 막 쓰러지면서 발버둥을 치려고 하는 남자의 가슴을 무릎으로 밀어 건너편의 나무에 찍어 눌렀다. 머리에 이어 가슴을 다친 충격에 그 남자는 자신의 눈에 나이프가 날아와 박혔었다는 것조차 잊어버리며 계속 비명을 내질렀다.

푸욱!

이터는 강도가 약하기는 했지만 그 날카로움은 면도날과 다를 것이 없었다. 룬은 오른손으로 이터를 역수로 잡으며 왼손으로는 이터의 손잡이 끝을 있는 힘껏 눌렀다. 어깨 근육을 뚫고 늘어간 이터는 뼈 사이 사이를 스치고 지나 들어가며 폐를 찢고 간장을 부수며 반대 편 옆구리로 튀어나왔다. 룬은 무심히 이터를 비틀어 상처를 회복 불능 상태로 만들며 재빨리 상대방의 무장 상태를 살폈다.

"어… 으으… 으……."

그의 눈에서 생명의 불꽃이 흔들렸지만 룬은 그런 것에 신경 쓰는 대신 남자의 허리춤에 달려 있는 대거를 한 자루 빼 들며 눈에 박혀 있는 대거도 뽑아내서 자신의 허리춤에 꽂아 넣었다. 하나밖에 남지 않은 그의 눈에서는 룬을 원망하는 눈물이 흘러내렸지만 룬은 상대방을 편하게 만들어주려고 하지도 않았다. 룬에게 중요한 것은 상대방에게는 더 이상 공격 수단이 없다는 것이었다.

부스럭—

룬은 부스럭거리는 소리가 들려오자 고개를 돌리는 대신 급히 몸을 옆으로 달렸다. 두 발의 쿼렐이 남자의 몸에 박히며 그의 몸에서 생명을 앗아가며 그를 편하게 만들었다. 급히 반대 편 나무 뒤에 숨은 룬은 쿼렐이 날아왔던 방향을 대충 짐작했다. 하지만 몸을 피하는 게 고작이었기 때문에 정확히 어디에서 쿼렐이 날아왔는지는 알 수 없었다. 곧 있으면 다시 석궁에 쿼렐이 장전될 것이다. 룬은 나무 뒤에서 몸을 드러내며 손에 들고 있던 대거를 예상되는 지점을 향해서 던지며 다시 반대 편 나무의 뒤쪽으로 숨어 들어갔다.

"……."

하지만 불행히도 이번에는 반응이 없었다. 이런 상태라면 룬이 충분히 불리했다. 적은 룬이 어디 있는지 알고 있었기 때문에 룬은 몸을 섣불리 움직일 수 없었다. 게다가 룬이 가만히 있는다고 해도 상황이 나아지는 것도 아니었다.

덤으로 기계적인 석궁에서 발사되는 쿼렐의 정확도는 직선 사격에서 굉장히 뛰어났다. 룬이 던지는 대거에 비하면 그 정확도와 파워는 엄청난 것이다. 비록 숲 속에서 직사를 한다는 것은 어렵겠지만 그것은 룬도 마찬가지였다.

잠시 고민하던 룬은 윗옷을 껍질 벗듯이 벗었다. 건틀릿이 옷이 벗어지는 것을 방해하자 룬은 이터로 팔 부분을 찢어 윗옷을 기어코 벗어내고 말았다. 그리고 대거를 옷에 꽂은 룬은 그것을 반대 편 나무를 향해서 던지며 자신도 거의 동시에 앞으로 뛰쳐나갔다.

핑!

가차없이 두 발의 쿼렐이 룬의 윗옷을 꿰뚫었고 룬은 그 쿼렐이 날아온 곳을 어렵지 않게 볼 수 있었다. 룬은 석궁의 장전 시간을 이용해 그쪽으로 달려갔다. 불과 십 미터에 정도의 거리는 룬에게 있어서 별로 먼 거리가 아니었다. 상대방과 내가 거리가 좁아질수록 자신은 유리해지고 상대방은 불리해진다. 원거리 공격 수단이 거의 없는 룬은 그 사실을 잘 알고 있었다.

"이익!"

여자의 목소리와 함께 대거가 룬의 머리를 노리고 날아들었다. 룬은 건틀릿으로 그 대거를 쳐내며 이터를 양손으로 움켜잡고 낮게 외쳤다.

"킬 블레이드."

룬이 자신의 가까이에 다가오자 석궁을 장전하는 것을 포기하고 단검을 던졌던 여자의 표정이 묘하게 변했다. 자신을 향해서 달려오던 남자가 갑자기 자신의 검을 크게 휘두르는 것이었다. 나무 위에 있는 자신에게 검을 휘둘러 봤자 맞을 리가 없었다. 그녀는 그런 룬을 비웃으며 숏 소드를 뽑으려 했다. 하지만 이상하게도 숏 소드는 뽑혀 나오지 않았고 그녀는 이상하게 생각하며 자연스럽게 자신의 허리춤을 바라보았다.

"아?!"

그녀는 조금 전까지만 해도 팔이 달려 있던 부분에서 피가 분수같이 뿜어져 나오는 것을 보고 상황 판단을 하지 못했다. 어째서 자신의 팔과 숏 소드가 나무 아래로 떨어지고 있는지에 대해서도 이해하지 못했다. 그와 동시에 그녀가 앉아 있던 굵다란 나뭇가지가 부러지더니 그녀의 몸이 지상으로 낙하하고 말았다.

우지직— 쿵!

"아… 아……!"

룬은 자신을 향해서 남은 한 팔을 휘두르며 발버둥치는 여자의 목을 향해 킬 블레이드가 걸려 있는 이터를 내려찍었다. 목 관절이 잘라지는 느낌이 이터를 타고 룬의 온몸으로 전해졌다. 룬은 그녀가 살아날 확률은 전혀 없다는 것을 인식하며 나무 뒤로 숨으려 했다. 하지만 쿼렐이 날아오는 속력은 룬이 움직이는 것보다 훨씬 빨랐다.

푹!

룬의 눈이 꿈틀거렸다. 반사적으로 룬은 건틀릿을 든 왼손을 들어 머리와 가슴을 방어했고 쿼렐은 건틀릿을 꿰뚫고 팔 속으로 깊숙이 박혔다. 그 충격으로 룬의 몸이 뒤로 넘어갔지만 룬은 그냥 넘어져 있지 않았다. 룬은 팔에 쿼렐을 박은 채 급히 몸을 일으키며 나무 뒤로 숨었다. 원래대로의 쿼렐이라면 팔로 막을 수 없었을 테지만 위력이 보통 석궁에 비하면 약했는지 룬은 팔을 꿰뚫리는 것만으로 살아남을 수 있었다.

킬 블레이드를 발동시켜 공격하는 것은 순간이나마 머리를 어지럽게 하고 그 어지러움은 찰나의 빈틈을 만들고 만다. 룬은 의외로 석궁의 장전 시간이 짧다는 것을 인식하며 이터를 왼손으로 옮기고 팔에 박혀 있는 쿼렐을 뽑아내었다. 다행히 쿼렐에는 톱날 같은 것이 없었고 쿼렐은 매끄럽게 뽑혀 나왔다. 룬은 쿼렐의 표면에 끈적끈적한 뭔가가 묻어 있는 것을 눈치 채고 어째서 말들이 그렇게 힘없이 쓰러졌는지 몸소 체험할 수 있었다.

'이제 둘… 반대 편에서는 그 남자가 알아서 하고 있겠지.'

룬은 쿼렐에 맞은 부분이 의외로 별로 아프지 않다는 것에서 이 쿼렐에 마취제 같은 것이 발라져 있다는 것을 알 수 있었다. 오히려 통증이 점차 사라지고 있었다. 룬은 쿼렐을 바닥에 던져 버렸다. 역시 예상대로 상대편은 이쪽을 죽이는 것이 목적은 아니었던 것이다.

룬은 팔에 입을 대고 마취제가 섞여 있는 피를 빨아내 땅에 뱉었다. 독 같은 것에 있어서 상당한 내성이 있는 룬이었지만 그래도 독이 몸에 좋은 것은 아니었다. 대충 피를 다 빨아낸 룬은 구멍이 나 있는 건틀릿의 구멍으로 힐링 파우더의 가루를 뿌렸다. 이미 이 정도 시간이면 상대방은 재장전을 마쳤을 것이다. 섣불리 뛰쳐나가느니 차라리 이대로 앉아서 상처를 치료하는 것이 더 나았다.

"개자식! 너 같은 새끼가 애릴을 죽여?! 조금만 있으면 가서 네놈의 목줄기를 잡아 뜯어주마! 이 빌어먹을 자식아!"

룬은 묵묵히 그 소리를 들었다. 저런 소리를 질러서 자신의 위치를 알린다는 것은 그만큼 자신이 있다는 행위였고 사실 룬으로서도 그 자신을 부정할 수 없었다. 룬의 몸이 조금씩 굳어가고 있었다. 비록 그만큼 내성이 있기 때문에 쓰러지거나 하지는 않겠지만 그래도 몸이 굳어버리는 건 그만큼 접근전에서 불리하게 된다는 것이다.

하지만 그에 앞서 룬의 머리가 점점 뜨거워지고 심장이 빨리 뛰기 시작했다. 이대로 있을 수 없다는 현실과 저런 녀석에게 당했다는 분노가 묘하게 맞아떨어져 들어가기 시작했다. 저런 도발에 넘어가는 것은 바보 같은 행동이었다. 하지만 룬은 자신의 행동이 옳다고 생각했다. 이 상태에서는 더 나은 방법이 없다. 그렇게 스스로를 납득시키고 있었다.

룬은 잠시 고민하다가 이터를 바로 잡았다. 그리고 이터의 칼등을 건틀릿 위에 올려두고 오른손을 몸통에 붙였다. 왼쪽 어깨가 앞으로 나가고 오른쪽 어깨가 뒤로 오자 룬은 근육이 터질 것처럼 팽팽해지게 힘을 주었다. 그리고 오른쪽 다리에도 충격을 대비해 힘을 주었다.

킬 블레이드로 진공파를 형성시킬 경우 상당히 큰 단점이 존재했다. 일격에 적을 반 토막을 낼 수는 있지만 관통을 하지 못한다. 그리고 어떠한 물체가 앞쪽에서 한 번 막게 되면 그 순간 위력이 크게 줄어든다. 하지만 그 정도로도 진공파는 충분히 위협적이기 때문에 룬은 또 다른 기술을 사용하지는 않았다.

룬은 평소에 일 대 일 전투에서 자주 쓰는 찌르기의 자세를 취하고 있었다. 룬은 낮게 자신이 알고 있는 또 다른 시동어를 낮게 중얼거렸다.

"…디스트럭션(Destruction)."

머리 속으로 강하게 염원하자 킬 블레이드를 사용할 때와는 비교되지 않을 정도로 강한 마력이 이터에 흐르기 시작했다. 만약 레전트가 그것을 봤다면 깜짝 놀랐을 것이다. 이터는 룬의 체력과 정신력, 그리고 주위에 흐르는 마력을 흡수해 눈에 띌 정도의 빛을 발하기 시작했다.

키이이잉—

이터가 날카롭게 떨며 울리기 시작했다. 몸에 힘이 빠지기 시작하자 이터에 실려 있는 마력이 더 더욱 크게 룬의 몸을 압박했다. 룬은 있는 힘껏 이터를 앞으로 내뻗었다. 날카로운 마찰음이 귀를 간지럽히며 이터가 앞으로 뻗어 나갔다. 그리고 이터에 실려 있던 마력의 덩어리가 마치 공성병기에서 발사되는 돌덩이처럼 강하게 뻗어 나갔다.

팡!

룬이 쓰러지기만을 기다리던 남자는 갑자기 가슴에 느껴지는 아찔한 통증에 고개를 숙이려 했다. 하지만 이미 그 순간 그 남자의 몸에서는 생명이 떠나갔다. 찰나의 순간 그는 더 이상의 고통을 느끼지 못하고 절명했다. 두 그루의 나무를 꿰뚫고 남자의 상체를 박살 내며 앞으로 뻗어 나가던 마력의 덩어리는 어느 순간 희미하게 흩어져 갔다.

쿵!

남자의 하체가 육중한 소리를 내면서 떨어지는 소리가 나자 룬은 시야가 흐려지는 것을 느끼며 주저앉았다. 머리가 깨질 듯이 아파왔다. 룬은 이터마저 놓쳐 버리며 양손으로 머리를 감싸 쥐었다. 마취제의 효과가 퍼져 있는 상태에서 사용한 디스트럭션은 룬의 체력과 정신력을 상당히 많이 앗아갔다. 잠시 후 룬은 다시 이터를 들고 자리에서 일어서 왼팔을 바라보았다. 아무런 마법적 능력이 없는 건틀릿이 마력과의 마찰을 견디지 못하고 무언가로 깎아낸 것 같은 모습을 하고 있었다. 룬은 마찰열로 인하여 뜨겁게 달아올라 있는 건틀릿을 만지작거리다가 몸을 추스르며 주위를 둘러봤다.

언젠가 육중한 풀 플레이트 메일을 입고 싸우던 오거 로드에게 단한 번 사용했었던 기술이었다. 다른 오거들이 오거 로드의 앞을 막고 있어서 킬 블레이드로도 처리하기가 매우 힘들었었던 때. 그래서 그때 처음으로 사용한 결과 마력탄은 그 오거의 앞을 막고 있던 다른 오거 세 마리의 몸을 관통하고 그 뒤에 서 있던 오거 로드의 몸을 완전히 관통한 후에야 그 기세가 수그러졌다.

그 후로는 사용한 적이 없었던 기술이었다. 관통력이 너무 뛰어나 잘못하다가는 아군을 해칠 수도 있었고, 무엇보다 시동 시간이 오래 걸렸으며 잃는 체력과 정신력이 상당히 많았다. 무엇보다 주위에 적이 더 있을지 모르는 상황에서 이런 기술을 사용했다는 것에 이성을 되찾은 룬이 자신을 질책하게 만들었다.

"분노……."

룬은 이터의 손잡이가 으스러질 정도로 꽉 움켜잡았다. 분노에 몸을 내맡긴다는 것은 별로 좋은 느낌이 아니었다. 조금 전에도 그렇게나 주의한다고 생각했지만 신경 쓰지 않고 있으면 자신도 모르는 사이에 뛰쳐나와 뇌리를 장악했다. 룬은 과거 용병단에서 분노에 휩싸여 자신의 몸이 어떻게 되든지 상관하지 않고 적을 살해하던 광전사를 생각해냈다. 그는 결국 온몸에 수많은 화살을 맞고서 목숨을 잃었다. 이성대로 행동하지 않으면 살아남을 확률이 그만큼 줄어들기 마련이었다.

룬은 어지러운 몸을 추슬러 나무에 기대앉았다. 그리고 주위를 주의 깊게 살피며 휴식을 취하기 시작했다. 몇이나 되는 적이 더 있을지 몰랐다.

"이렇게 되면 전쟁이다! 아펠로트!"

"흥! 네놈과 저 녀석들만 죽여 버리면 이 사실은 은폐된다! 그쪽에서는 우리가 했다는 증거가 없어지니까 상관없어!"

헤일은 건너편 나무에서 들려오는 소리를 듣고 입술을 꽉 깨물었다. 그의 손에는 맨 처음 그가 처리한 남자의 손에서 뺏은 석궁이 들려 있었다. 그도 눈에 띄는 석궁을 가지고 다니지는 않았지만 사용할 수 있는 능력이 있었다. 그리고 그 석궁으로 나무 사이에 숨어 있던 세 명의 도적들을 어렵지 않게 처리할 수 있었다. 상대방은 그다지 경험이 없고 젊은 도적들이었기 때문에 가능했다.

하지만 이쪽에는 쿼렐을 날린 세 명만이 있었던 것이 아니었다. 주위를 조심스럽게 살피며 다니던 헤일은 등 뒤에서 날아온 쿼렐을 피하지 못했다. 헤일을 노리고 날아든 쿼렐을 쏜 아펠로드는 헤일만큼이나 노련했다.

아펠로드는 헤일이 자신의 부하들을 다 해치울 때까지도 눈 하나 깜짝하지 않고 그를 주시하고 있었다. 헤일 한 명의 값어치는 그에게 당한 세 명의 부하들보다 높았다. 그를 제거할 수 있다면 부하 셋을 잃어도 이쪽에서는 이득이었다. 아펠로드는 헤일이 자신의 마지막 부하를 처리할 때 틈을 노려 마취제가 듬뿍 발라져 있는 쿼렐을 발사했다.

"느껴지나? 몸이 점점 굳어가는 느낌이! 원래대로라면 저 부잣집 도련님 같은 녀석을 사로잡아서 몸값을 받아내려고 했었지!"

"이 버러지 같은 놈! 사람을 인질로 삼는다는 것이 얼마나 치사한 일인지 아는 거냐?!"

"흥, 너희 길드 마스터는 너무 물러 터졌어. 의적이라고? 부자의 돈만 훔친다고? 웃기지 마! 그런 건 다 위선이다! 도적은 도적답게 하면 되는 거야!"

헤일은 절망이 눈앞을 막는 것을 보고 있을 수밖에 없었다. 몸이 굳어가는 느낌이 들었을 때는 이미 늦어 있었다. 쿼렐에 발라져 있는 마취제는 그의 통증과 감각을 서서히 앗아가며 의식마저 흐려지게 하고 있었다. 하지만 함부로 움직일 수 없다는 사실이 그의 발목을 더 더욱 강하게 움켜잡고 있었다.

"반드시 그 두 분을 제대로 모셔드리고 돌아오게."

마스터가 넌지시 자신에게 말했던 중얼거림이 귓가에서 맴돌았다. 원래 초대 길드가 만들어질 때 그들은 사람을 해치지 않기로 약속했었다. 하지만 시간이 흘러갈수록 그런 규칙은 서서히 허물어지고 있었다.

헤일은 마스터가 그 규칙을 지키려고 노력한다는 것을 알고 있었다. 어젯밤 쿼렐이 날아가 젊은 전사의 건틀릿에 스쳐 박혔을 때 가장 가슴 졸이던 것이 마스터라는 것을 그도 잘 알고 있었다. 그도 그렇게 생각하고 있었다. 이미 누군가에게서 도둑질을 하는 것만으로도 죄를 짓고 있었다. 그런데 사람을 함부로 해치는 것은 정말로 주제넘는 짓이다.

아펠로트의 말대로 위선이라고 해도 상관없었다. 언제나 마스터와 생각있는 늙은 도둑들은 함부로 길드원들에게 인간은 다치지 않게 하라고 말했다. 그들은 허물어지고 있는 규칙을 다시 세우려고 안간힘을 쓰고 있었다.

'이렇게 있다가는 내 몸이 먼저 굳게 된다. 그 전사도 솜씨가 훌륭한 편이기는 하지만… 이런 야비한 방법에서는 무사하지 못하겠지.'

헤일은 비틀거리는 몸을 추스르고 자리에서 일어났다. 아펠로트 같은 노련한 녀석이 돌이나 물건을 던져서 소리를 내는 기초적인 트릭에 당할 리가 없었다. 살아 움직이는 인간이 아니라면 미끼로 써먹을 수가 없었다.

하지만……

'정말로 이렇게까지 하면서……'

그런 부정이 마음속 한구석에서 싹트기 시작했다. 자신이 먼저다. 다른 사람 따위는 아무래도 자기 자신이 살아남으면 된다는 부정적인 생각이 들었다. 하지만 헤일은 머리를 흔들며 그 생각을 흩어버렸다.

더 이상 지체할 시간 따윈 없다. 이 이상 버티고 있으면 몸을 움직일 수 없을 정도로 굳어버릴지도 모른다. 헤일은 그렇게 생각하며 쿼렐을 장전한 석궁을 들고 온몸의 근육에 힘을 준 채 엄폐물 바깥쪽으로 뛰쳐나갔다.

핑!

헤일이 나무 바깥으로 뛰쳐나가자마자 쿼렐 한 발이 날아와 헤일의 가슴 한복판에 꽂혔다. 불과 몇십 미터도 채 안 되는 거리에서 석궁의 정확도는 엄청났다. 헤일은 가슴 깊이 찔러 들어오는 쿼렐의 통증에 오히려 씽긋 미소 지었다.

쿼렐의 관통력이 헤일을 뒤로 넘어지게 했지만 헤일은 그 짧은 순간 석궁을 조준하고 방아쇠를 당겼다. 헤일의 석궁에서 쿼렐이 차가운 강철의 이빨을 번뜩이며 날았다. 아펠로트는 헤일이 쓰러지면서 석궁을 자신에게 조준하자 당황해하며 몸을 날리려 했다.

"이 미치… 억!"

하지만 어김없이 날아간 쿼렐의 이빨은 아펠로트의 가슴속 깊이 파고들었다. 아펠로드는 나무 위에서 굴러 떨어진 후 몸을 축 늘어뜨렸다.

숲 속에는 끝없는 정적이 흐르기 시작했다. 정지되어 있는 시간처럼 짐승의 울음소리도, 새소리도 들리지 않는 숲 속에서 시간은 계속 흘러만 갔다. 그때 나무 아래로 굴러 떨어진 아펠로트의 손이 꿈틀거리기 시작했다.

"으, 윽… 빌어먹을 놈……."

아펠로트는 비틀거리며 자신의 가슴에 꽂혀 있는 쿼렐을 뽑아내면서 중얼거렸다. 정말로 아찔한 순간이었다. 만약 그 순간 몸을 비틀지 않았다면 쿼렐은 가차없이 자신의 심장을 물어뜯었을 것이다. 아펠로드는 비틀거리면서도 계속 욕을 중얼거리며 헤일이 쓰러져 있는 곳까지 걸어갔다. 그리고 마침내 그는 사지를 뻗고 쭉 누워 죽어 있는 헤일의 앞까지 다가갔다. 놀랍게도 헤일의 얼굴은 고통에 절어 있지 않았다. 오히려 아주 희미한 미소를 짓고 있었다. 헤일의 그런 표정은 아펠로드의 심기를 더욱 뒤틀리게 만들었다.

"이! 빌어! 먹을 놈! 감히! 네 따위가! 내! 몸에! 상처를! 내?!"

그는 그렇게 외치며 이미 목숨이 끊어진 헤일의 시체를 걷어찼다. 몇십 번이나 시체를 걷어차던 아펠로트는 숨을 몰아쉬며 통증이 심한 왼쪽 가슴을 움켜잡았다. 이쪽에서는 예상하지 못한 변수 때문에 자신의 부하 3명은 죽었지만 건너편에서 그 전사를 노리던 부하들은 아마도 제대로 일을 처리했을 거라고 생각했다. 아무리 솜씨가 좋은 전사라 해도 변변찮은 무장을 하고 석궁에 맞서 싸우지는 못했을 것이다.

"제대로 처리했겠지. 그 전사 놈만 잡고 있으면 그 도련님도 쉽게 잡을 수 있을 거고. 크크크……."

설마 그 도련님이 마법을 쓸 거라고 생각하지는 못했던 그였다. 하지만 그 전사를 협박해 그 마법사가 지상으로 내려오게 유도하여 잡아 버리면 된다고 생각했다. 마법사들은 마법을 쓰기 위해서는 말을 해야 했고 손을 움직여야 했다. 그렇기에 항상 마법사는 거의 혼자서 여행을 하지는 않았다. 마법사를 잡을 계획을 세우던 아펠로드는 주위에서 뭔가 이상한 낌새를 느꼈다.

부스럭— 부스럭—

아펠로트는 갑자기 마른 숲 속에서 부스럭거리는 소리가 난다는 것을 눈치 채고 그쪽을 바라보았다. 분명히 사람의 정강이만큼이나 자라서 노랗게 말라 버린 풀들이 비정상적으로 조금씩 흔들리고 있었다.

"쳇, 맹수들인가."

아펠로트는 혀를 차며 자신의 옆에 있던 나무 위로 올라갔다. 많은 종류의 맹수는 나무 위로 올라오지 못했다. 이런 평야 지대에서 사는 맹수들은 기껏해야 늑대 같은 녀석들이었다. 늑대는 나무를 타지 못했다. 아펠로트는 막 나무 위로 올라가 그 부스럭거리는 소리가 천천히 헤일의 시체로 다가오는 것을 보았다. 고작해야 시체를 노리는 맹수. 아펠로트는 그렇게 생각하고 있었지만 그 '뭔가'가 헤일의 시체를 뜯어 먹기 시작하자 자기도 모르는 사이에 소리가 입 밖으로 나오는 것을 막지 못했다.

"뭐, 뭐야!"

작은 소리가 나무 사이에서 작게 울려 퍼지자 헤일의 시체를 뜯어

먹던 '그것'들 중 일부의 시선이 아펠로트에게 옮겨갔다. 자신들의 동료에게 자리를 뺏겨 인간의 시체 가까이에 가지 못했던 몇몇의 '그것'들은 아펠로트가 올라가 있는 나무를 향해서 기어오기 시작했다. 아펠로드는 생전 처음 보는 이상한 '그것'들의 모습에 당황해하며 굳은 팔을 놀려 허리춤에서 숏 소드를 뽑아 들었다. 그것들은 어렵지 않게 짧은 다리를 놀려 나무를 타고 올라오기 시작했다. 아펠로드는 자신의 발치로 몰려드는 그것들을 향해서 아무렇게나 숏 소드를 휘둘렀다.

"저, 저리 안 가!? 이놈들이! 감히 사람 무서운지 모르고 덤비다니!"

사각— 사각— 사각—

몇몇 '그것'들은 난폭하게 휘둘러지는 숏 소드를 피하지 못하고 맞아 땅으로 떨어졌지만 다른 '그것'들은 그 시미터에 맞서서 나무 밑으로 떨어지기도 하면서 꼬리를 물고 계속 나무 위를 기어 올라왔다. 굳어버린 아펠로드의 팔로는 더 이상 자신의 발 아래로 몰려드는 '그것'들을 쳐내지 못했다. 마침내 한 마리의 '그것'이 아펠로트의 손을 물어뜯는 데 성공했고 아펠로트는 그 고통을 이기지 못하고 손을 흔들며 '그것'을 떼어내려고 노력했다. 하지만 '그것'들은 더 더욱 집요하게 아펠로트의 몸을 노리고 달려들었다.

"으아아아아악!!"

"이건 또 뭐야?"

공중으로 날아올랐던 레전트는 숲 전체의 여기저기에서 피어 오르는 마기에 숨이 막힐 지경이었다. 그 기세는 벌레같이 약했지만 몸서리칠 만큼 바글거리는 마기가 숲 여기저기에서 불꽃처럼 피어 오르고 있었다. 물론 보통 사람이라면 느끼지 못할 기운이었지만 레전트는 대기 중에 흐르는 마력의 흐름이 그 마기의 흐름과 부딪쳐 만들어내는 파장을 느낄 수 있었다. 봄날의 아지랑이처럼 피어 오르는 그 기운은 공중에 떠 있는 레전트의 가슴을 답답하게 억눌렀다.

그리고 그 마기는 한 점을 중심으로 계속 그쪽으로 다가가고 있었다. 그리고 그 점에 무엇이 있는지 생각해 낸 레전트는 그것들이 노리는 것이 무엇인지 알아차리고 순간적으로 집중력을 잃었다가 자세를 바로잡았다.

"심장을 노리고 있는 건가?"

깜빡 잊고 마차에 짐을 그대로 두었던 게 생각났다. 라이칸슬로프 정도의 고급 마물의 심장이라면 분명히 마기를 느끼지 못하는 보통 사람도 기분이 나빠질 만한 강력한 마기가 흐르고 있었다. 그리고 수정으로 그 마기를 봉인하기는 했지만 여전히 희미한 마기는 끊임없이 수정에서 흘러나오고 있었다. 마물 중에서는 상대방의 마기를 느끼고 본능적으로 습격을 하는 저급 마물들이 상당히 있다. 레전트는 이런 느낌의 마기를 가진 마물을 급히 생각하기 시작했다. 수는 많으며 하나하나의 힘은 약하고 떼를 지어 이동하는 마물.

"으으윽! 젠장, 신학 쪽만 공부할 게 아니라 이쪽으로도 좀 더 공부해 둘걸……."

레전트는 머리를 감싸 쥐고 있다가 문득 그 마기의 주인공들이 방금 룬과 그 남자가 뛰어 들어간 숲에 있다는 것을 눈치 챘다. 아무리 룬이 강하다고 해도 저런 많은 수의 마물들을 상대한다는 것은 불가능한 일일 것이다.

"적의 위협이 나의 몸에 닿지 않게 되리라. 전지전능한 힘. 무형의 방패가 되어……."

레전트는 문득 머리가 약간 어지럽다는 것을 느꼈다. 잠도 제대로 자지 못한 상태에서 주문을 연달아 쓰자니 정신력이 받쳐 주지 않는 듯했다.

"…오늘은 두 번짼가? 하기야 어제 잠도 제대로 못 잤으니…나를 지켜라."

레전트는 주문을 억지로 끝내고 머리를 흔들었다. 그리고 가쁜 숨을 몰아쉬며 머리를 감싼 채 급히 숲으로 하강하기 시작했다.

"기다리라고. 크윽……."

쏴아아아─

기분 나쁜 바람과 함께 무언가가 피부에 직접 느껴졌다. 라이칸슬로프와 싸울 때 느꼈던 그런 기분 나쁜 끈적거리는 감촉. 룬은 자리에서 일어서서 주위를 둘러보았다. 잘 갈고 닦여진 룬의 감각은 그 감각이 무엇을 뜻하는지 알아챌 수 있게 만들었다.

'하나나 둘이 아니다…….'

그 라이칸슬로프에 비하면 턱없이 약한 느낌이 주위의 숲 전체를 짙게 감싸고 있었다. 하지만 약하다고 해도 그 기운은 숲 전체에서 그 느낌이 전해지고 있었다. 절대로 상대방은 굉장한 다수였고, 이쪽을 배려할 마음은 없을 것이 분명했다. 그나마 다행인 것은 그 기운에서 살기는 느껴지지 않는다는 정도였다.

룬은 잠시 관절을 이리저리 돌리며 몸 상태를 점검했다. 디스트럭션을 사용한 탓인지 몸 전체에서 힘이 상당히 빠져나가 있었다. 그나마 마취제의 기운이 대부분 사라져서 몸이 굳어 있지 않다는 것이 다행이었다.

하지만 그 기분 나쁜 기운은 룬 주위의 모든 방향에서 몰려오고 있었다. 걸어서 도망치는 것은 확실히 무리였다.

'날개라도 달려 있지 않는 이상은… 날개?

날다?

문득 레전트가 룬의 머리 속에서 떠올랐다. 레전트라면 아직 공중에서 룬이 부르기를 기다리고 있을 것이다. 레전트를 부르면 어떻게든 될 것 같다는 생각이 들었지만. 레전트를 부른다고 해도 그 소리에 저 것들이 더욱 자극받아 버릴 가능성이 있었다. 룬은 차라리 위에서 아래쪽을 볼 수 있는 곳으로 가는 게 좋겠다고 생각했다. 레전트는 아마도 아래쪽을 계속 주시하고 있을 것이다.

룬은 헤일이 반대 편을 전부 정리하지 못했을 가능성도 있을 거라고 생각하고 조심스럽게 마차 쪽으로 다가가기 시작했다. 도로에는 위로 부터 아래를 가려줄 엄폐물이 전혀 없었다. 만약 아래를 관찰하고 있다면 그곳으로 나가는 게 가장 눈에 띄기 쉬울 것이다.

바스락—

갑자기 뒤에서 뭔가 바스락거리는 소리가 났다. 바람 때문에 나는 소리가 아닌 어떤 움직이는 물체가 움직였을 때 나는 소리라는 것을 인식한 룬은 급히 몸을 뒤로 돌렸다. 그리고 그와 동시에 검을 그쪽으로 내밀었다.

"……?"

공포에 질린 얼굴에는 피가 흐르고 있었다. 찢겨진 머리 가죽에서는 끊임없이 피가 흘러나오고 있었고, 뭔가에 뜯어 먹혀 사라진 어깨에서는 심장 박동에 맞춰 피가 뿜어져 나왔다. 그는 필사적으로 한 손으로 어깨를 움켜잡아 출혈을 막으려 하면서 룬을 향해 걸어왔다.

"…어… 어… 사… 살려……."

몸의 여기저기에 난 상처에서는 피가 흘러내리고 있었다. 이대로 놔 둬도 과다 출혈로 인한 쇼크사로 죽을 정도였다. 룬은 무심하게 눈을 돌리고 발을 옮겼다. 더 이상 발을 지체할 수는 없었다. 지금 이 남자 는 자신에게 피해를 줄 수 있는 능력이 없었고 그걸로 끝이었다.

"제, 제발……! 제발! 살려줘……! 뭐든지……."

부스럭— 부스럭—

룬은 걸음을 멈춰 섰다. 그 남자의 목소리 때문이 아니었다.

"히! 히익! 노, 놈들… 놈들이……."

그 남자는 주위를 둘러보며 절망에 찬 비명 소리를 내질렀다. 룬은 묵묵하게 자신의 주위에서 부스럭거리는 소리를 들으며 자세를 바로잡 았다. 마른풀과 낙엽이 흔들리는 소리가 사방에서 룬의 귀로 들려왔고 룬은 상대방이 절대 다수라는 것을 확실히 인식하며 눈을 조금 찌푸렸 다.

캉!

룬은 뭔가가 자신에게 튀어 오자 급히 왼팔을 들어 그것을 막았다. 룬의 건틀릿과 부딪힌 그것은 쇳소리를 내면서 그 남자에게 튕겨져 나 갔고 그 남자는 깜짝 놀라며 그 자리에 주저앉아 하나밖에 남지 않은 팔을 내저었다.

"저! 저리 가! 저리 가!'

룬은 그 남자가 다시 풀숲 너머로 던져 버리는 그것에 눈을 돌렸다 가 여기저기에서 기어나오는 검은 덩어리들을 보고 몸을 움츠렸다. 룬 이 서 있던 곳으로 수많은 검은 덩어리들이 튀어 올랐다. 룬은 그 검은 덩어리들이 그 기분 좋지 않은 느낌의 근원이라는 것을 금방 눈치 챌 수 있었다.

다리는 전부 여섯 개. 그리고 작은 머리에는 비정상적으로 커다랗고 단단해 보이는 턱이 달려 있고 더듬이가 두 개 나 있다. 그것들의 모습은 일반적인 갑충과 같았지만 그것들의 크기가 거의 스몰 실드 정도라는 것이 문제였다. 룬은 그 벌레가 날아와서 부딪힌 팔에서 느껴지는 통증을 무시하고 급히 주위를 둘러보았다.

'…귀찮은 녀석들한테 걸렸군.'

룬의 주위에 몰려든 갑충들은 룬과 쓰러져서 버둥거리는 남자를 둘러보았다. 룬은 이 괴물과 상대해 본 적이 있었기 때문에 엎드린 상태로 숨소리조차 죽이며 최대한 기척을 지웠다.

데몬스케일은 마물이었다. 굳이 분류를 하자면 마충이라고 불리는 이 마물의 껍질은 엄청나게 단단했다. 잘 제련되지 않은 강철과 비슷할 정도의 강도를 가진 데몬스케일의 껍질은 일반 칼로 치면 날이 나가 버릴 정도로 단단했다. 이 마물을 잡을 때는 검이 아닌 메이스나 플레일 같은 둔기류의 무기를 사용해야 할 정도였다.

하지만 그것에 앞서 이 마물의 가장 큰 무서움은 절대로 혼자 행동하지 않는다는 것이다. 데몬스케일의 집단은 최소 삼사십 마리 정도의 집단을 이루었고 이들의 식욕은 소 한 마리를 단 몇 분 만에 해치울 정도였다. 유일한 단점은 눈이 나쁘다는 것 정도였다. 데몬스케일들의 시력은 바로 눈앞의 적을 알아차리지 못할 정도로 나빴다. 하지만 데몬스케일들은 그 약점을 청각과 후각으로 대신했다. 룬은 피 냄새를 좋아해서 피를 흘리고 있는 존재에게 몰리는 데몬스케일의 습성을 이용해 입을 다물고 숨을 죽여 그것들의 주의를 쓰러져서 버둥거리는 남자에게 돌렸다.

"아, 아아아악! 으아아악!"

그것들은 쓰러진 남자의 몸 위에 올라타서 몸 여기저기를 뜯어 먹기 시작했다. 그 남자는 버둥거리면서 저항했지만 오래 버틸 것 같지 않았다. 피 냄새를 맡았는지 주위에서는 또 다른 부스럭거리는 소리가 들려오고 있었다. 룬은 그 소리가 적어도 지금 이곳에서 남자의 몸을 뜯고 있는 데몬스케일의 숫자와 비슷하다고 생각했다. 그리고 건너편에서는 그것보다 훨씬 많은 느낌이 이곳을 향해서 몰려들고 있었다.

탁!

룬은 순간 몸을 빠르게 움직여 그곳에서 벗어났다. 소리가 나자 몇 마리의 데몬스케일이 룬을 향해 고개를 돌리더니 쫓아오기 시작했고, 룬은 뒤도 돌아보지 않고 앞으로 뛰었다. 룬은 끈덕지게 달라붙은 저 검은색 벌레들을 전부 처리할 능력이 없었다.

"룬! 어디 있냐!"

룬은 위에서 들려오는 목소리에 고개를 치켜들었다. 그리고 그와 동시에 기분 나쁜 느낌들이 이곳을 향했다는 것을 눈치 챘다. 어차피 이대로라면 잡힐 것이다. 룬은 나무의 뒤에 몸을 숨기며 크게 소리를 질렀다.

"여기다!"

룬은 나무 뒤로 몸을 숨기며 뒤로 돌았다. 어차피 시력으로 룬을 따라오고 있었던 게 아니던 데몬스케일들은 바로 방향을 바꾸어 나무를 지나쳐 룬을 향해 달려들려고 했다.

빠작!

"넷."

룬은 막 한 놈의 등을 있는 힘껏 밟아 눌렀다. 갑작스러운 위에서부터의 충격은 데몬스케일의 내장을 터뜨렸고 연녹색의 끈적끈적한 체액을 사방으로 내뿜었다.

"키이이이익!"

룬은 재빨리 뒤로 물러섰다. 나머지 네 마리는 룬을 보면서 소리를 지르고 있었다. 성대가 없는 데몬스케일은 목소리를 내지 못했지만 그 이외에 다른 수단으로 소리를 낼 수 있었다. 데몬스케일은 적에게 한 번에 튀어 오르기 위해서 다리를 최대한 움츠린다. 그리고 그 와중에 각질과 각질이 마찰을 일으키고 그 마찰은 듣기 끔찍할 정도로 고막을 자극하는 쇳소리로 변했다.

"킬 블레이드."

룬은 바로 이터를 수평으로 휘둘렀다. 그리고 그와 동시에 네 마리의 데몬스케일이 룬을 향해 뛰어들었다. 두 마리의 데몬스케일은 뛰기도 전에 진공파가 등을 자르자 경련을 일으키며 침묵했다.

룬은 머리가 아찔해지는 것을 인식하며 몸을 최대한으로 숙였다. 한 마리의 데몬스케일이 룬의 머리 위로 지나갔고 룬은 급히 왼팔을 앞으로 내밀었다. 막 엎드린 룬의 정면으로 달려든 데몬스케일은 건틀릿을 물고 늘어졌다. 데몬스케일의 턱 힘은 뼈조차도 부숴 버릴 정도로 강력했다. 룬은 건틀릿의 철판에 금이 가기 시작하자 급히 팔을 뒤집어 이터의 손잡이 끝으로 데몬스케일의 배를 내려찍었다.

"키릭!"

"키이이이!"

룬은 급히 몸을 일으켰다. 이것으로 한숨 돌렸다고는 생각할 틈이 없었다. 어느새 풀숲을 헤치고 나타난 데몬스케일 스무 마리가량이 룬을 둘러싸고 그 기분 나쁜 울음소리를 내고 있었다.

"룬!!"

룬은 위에서 들려오는 목소리에 얼른 고개를 들어 레전트가 있는 것을 확인했다.

"늦진 않았군……."

룬은 머리가 어찔해지는 것을 참으며 다시 수평으로 이터를 휘둘렀다. 정강이 부분에서 강하게 형성된 진공파가 룬의 주위로 퍼져 나갔고 룬은 데몬스케일들이 연녹색 체액을 뿌리며 넘어지는 것을 흘려보며 급히 위로 손을 뻗었다. 곧 위에서 내려온 레전트가 룬의 손을 강하게 움켜잡으며 위로 날아올랐다.

'세 번째… 무리일지도 모르지만.'

"프로텍트 프롬 노멀 미사일!"

룬은 막 킬 블레이드를 다시 외치려고 하다가 주위에 엷은 빛이 흩뿌려지자 입을 다물었다. 이쪽으로 날아오던 데몬스케일들이 빛에 부딪혀 사방으로 튕겨 나갔고, 레전트는 그 틈을 타서 하늘 높이 날아올랐다.

"미안해. 짐 좀 가져오느라고 늦었다. 저거… 음… 저거 이름 뭔지 알아?"

"데몬스케일."

"아, 맞다. 그런 이름이었지. 어쨌든 저것들 라이칸슬로프의 심장… 거기서 나오는 마기에 홀린 것 같아."

레전트는 룬을 한 손으로 잡고 있으면 떨어뜨릴 것 같았는지 근처의 나무의 줄기에 내려앉았다. 그리고 룬의 몸통을 고쳐 잡았다. 룬은 자신의 짐과 레전트의 짐이 둘 다 레전트의 어깨에 걸려 있는 것을 보고 한숨을 쉬며 입을 열었다.

"마기에 홀리다니?"

"음… 그러니까 마기를 노리는 거지. 마물들은 저런 마기를 흡수하면 더 강해지거든. 그래서 본능적으로……."

"잠깐, 그렇다는 것은 저거 가지고 가는 동안에는 마수의 습격을 계속 받는다는 건가?"

레전트는 룬이 중간에서 말을 끊으며 질문하자 빙긋 웃었다. 룬은 그런 레전트의 미소에서 뭔지 모를 불안감을 느껴야 했다. 레전트는 가만히 고개를 돌리며 말했다.

"어쨌든 빨리 가지고 도망가자. 더 이상 여기 있어봤자 이득도 없잖아."

"맞나 보군."

"……."

침묵은 때로는 진실에 대해서 강하게 말하는 방법 중 하나로 쓰이기도 한다. 룬은 레전트의 침묵에 무심히 중얼거렸다.

"버리고 가면 안 되나?"

"여기까지 온 이유가 저거 찾으려는 이유였는데 말이 되는 소리냐?"

룬은 묵묵히 자신의 배낭에서 로프를 꺼내 자신과 레전트의 몸을 단단히 묶었다. 힘이 그다지 좋지 못한 레전트가 자신을 꽉 움켜잡고 있을 거라는 보증을 할 수 없었다. 평소 때는 자신이 매달려 있으면 그만이었지만 지금 룬은 이터를 쥔 손마저 부들부들 떨릴 정도로 체력이 소모되어 있었다. 이런 상태로는 날아가다가 떨어져 죽게 될지도 몰랐다. 룬은 그렇게 죽는 것은 절대로 사양하고 싶었다.

"저 녀석들 어디까지 쫓아올까?"

"내가 그걸 알 것 같아서 묻는 거냐?"

"하지만 나도 알 리가 없… 는 게 문제가 아니구나. 일단 도망치자."

레전트는 말을 하다가 급히 위로 상승했다. 벌레들이 룬과 레전트가 있는 나무를 기어오르려고 하며 턱을 부딪치고 있었다. 룬은 하늘로 날아 올라가는 레전트의 얼굴을 잠시 동안 주시하다가 눈살을 찌푸렸다.

"괜찮나?"

"응? 뭐가?"

"얼굴빛이 안 좋은데."

레전트는 비틀거리며 웃었다. 그냥 걸으면서 비틀거리는 것도 불안한데 날아다니면서 비틀거리는 레전트는 룬으로 하여금 상당한 불안감을 심어주고 있었다. 룬은 잘못하면 레전트가 떨어지지 않을까 걱정했다. 데몬스케일들 때문에 낮게 나는 것은 불가능한 상황이었다. 지금 레전트가 지상으로 떨어진다면 말 그대로 박살이 나고 말 판이었다.

"괜찮아. 무리하게 주문을 써서… 좀 피곤해서 그런 것뿐이니까."

레전트는 자신의 망토를 건드리며 말했고 룬은 그 말에 고개를 끄덕이며 약간의 불안감을 씻어냈다. 레전트가 정신을 차리고 있는 동안이라면 망토는 작동한다. 룬은 하늘에서 까마득히 아래쪽에 있는 숲을 내려다보았다. 데몬스케일들은 나무 사이에 숨어서 잘 보이지는 않았다. 하지만 그 기운을 직접적으로 느낄 수 있는 레전트는 그 마기들이 자신을 따라오는 것을 느끼며 얼굴을 찡그렸다.

룬은 앞으로의 상황에 대해서 고민하며 레전트를 올려다보았다. 이대로라면 어떻게 할 방법이 없었다. 만약 그 라이칸슬로프의 마기에 저 벌레들이 반응하는 거라면 피할 방법이 없었다. 이대로 마을에 들어가는 것은 확실히 미친 짓이었다.

"응? 왜? 괜찮다니까… 떨어뜨리지 않을 테니까 걱정 마."

대인마법을 사용한다면 어떻게든 처리가 가능할지도 모르지만 레전트의 표정은 결코 밝지 않았다. 결국 둘은 어쩔 수 없이 그렇게 계속 하늘을 나는 수밖에 없었다.

Chapter 2 여행

5

"노마인, 이러고 있어도 되는 건가?"

굵직한 목소리가 눈을 감고 가만히 앉아 있는 노마인을 불렀다. 셋 중 가장 거대한 덩치를 가진 알은 노마인이 여유있게 앉아서 쉬고 있는 것이 아무래도 마음에 들지 않았다. 그들의 임무 목표는 바로 눈앞에 있었다. 하지만 노마인은 태연했다.

"걱정 마십시오, 알. 그보다 조금 쉬어두시는 것이 어떻습니까?"

"쉰다니? 너도 인간들의 그 나쁜 버릇에 물들어 버린 건가?"

"그럴 리가요. 그저 지금은 이렇게 앉아서 체력을 보충하는 것이 좋을 것 같아서 한 말입니다. 아직 그것도 그쪽으로 오려면 먼 듯싶고. 티아스도 지쳐 보이지 않습니까?"

씩씩거리며 노마인을 바라보던 알은 결국 바닥에 주저앉았다. 머리가 둔한 편인 알은 아무리 해도 말로서는 노마인을 이길 수 없었다. 게

다가 티아스는 정말로 지쳐 있었는지 가쁜 숨을 내쉬며 얌전히 앉아 있었다.

"아직 익숙하지 않은 건가, 티아스?"

"……."

후드가 작게 움직였다. 노마인은 얼굴을 가리고 있던 후드를 젖혀 버리며 빙긋 웃었다. 저녁노을이 그의 흰 피부를 붉게 물들였다.

"티아스는 아직 아스트의 시간에 활동하는 게 익숙하지 않을 테니까요. 티아스, 쉬고 있어도 괜찮습니다. 알과 저라면 충분할 테니까요."

후드가 다시 작게 움직이자 노마인은 빙긋 웃었다. 아직 일이 어색하기만 한 그녀에게는 아스트의 시간 동안 활동하는 것 자체가 피곤한 일일 것이다. 원래 그들은 인간들이 낮이라고 부르는 시간에는 휴식을 취해야 했다.

한참 동안 휴식을 취하던 노마인은 갑자기 눈을 번쩍 뜨고 숲이 시작되는 부분을 바라보았다. 평지와 숲이라는 지형을 나누는 경계선이라고 할 수 있는 부분. 노마인은 약간 의아한 표정으로 그곳을 뚫어져라 주시했다.

"하나나 둘이 아니군요."

"어째서지? 그것이 부하를 부리는 건가?"

"그럴 리가요… 그것은 혼자서 활동하지 부하는 부리지 않습니다. 무엇보다 수가 너무 많군요… 어쨌든 준비하도록 하지요."

둘은 겨우 숨을 몰아쉬고 있는 티아스를 내버려 두고 자리에서 일어나 대비했다. 하지만 잠시 후 그들은 약간 어이없는 얼굴로 서로를 바라봐야 했다.

"인간인 것 같군요."

"인간이 날기도 하는 건가?"

"마법을 쓰는 인간들은 간혹 날기도 합니다. 그런데……."

노마인은 그들에게서 뭔가를 느꼈다. 그들이 목표로 삼아왔던 그것은 그 인간들이 어깨에 메고 있는 주머니 안에 들어가 있었다.

"느껴지는군요."

"그렇다. 우리의 목표가… 설마 저 인간들이 그것에게 홀린 건가?"

"글쎄요. 자세한 사정은 모르겠군요. 그렇다면……."

노마인은 다시 평소처럼 여유있는 표정을 짓고 자신들을 향해서 속력을 올리는 인간들을 바라보았다.

"직접 물어보는 게 좋겠지요."

"어? 저건……."

"인간인 것 같군."

"피하라고 말해 주는 게 좋겠지?"

룬은 차라리 모른 척하고 싶었다. 그렇다면 데몬스케일들의 상당수가 저 인간들에게 달려들 테고, 그러면 어느 정도 시간을 끌 수도 있을 것이다. 하지만 그의 고용주는 상대방에게 그 위험을 깨우쳐 주길 바랐다. 룬은 그것이 별로 마음에 들지 않았다.

룬은 그들에게서 별로 좋지 않은 기운을 느꼈다. 본능적으로 상대방의 강함을 몸으로 느끼는 룬은 그들에게 가까이 다가갈수록 몸이 위축되고 있었다. 하지만 레전트는 그런 것에는 신경 쓰지 않고 그들의 가까이로 날아가 머리 위에 멈춰 섰다.

"이봐! 곧 있으면 여기로 마물들이 올 테니까 빨리 피해! 여기 계속 이러고 있으면 말려들고 말 거야!"

하지만 그들은 레전트의 말에도 별다른 반응을 보이지 않았고, 그런 그들의 행동은 레전트를 당황하게 했다. 로브를 온몸에 걸치고 있는 거대한 덩치의 남자는 숲을 주시하고 있었고, 약간 깡말라 보이는 남자는 룬과 레전트를 주시했다. 룬은 문득 그 깡말라 보이는 남자의 머리카락이 푸른색을 띠고 있다는 것을 눈치 챘다. 순수한 인간에게서는 가을의 하늘과 같은 푸른 머리카락을 찾아볼 수 없었다. 룬은 상대방이 이종족, 혹은 이종족과 피가 섞인 혼혈인이라는 것을 유추해 낼 수 있었다.

"당신들입니까, 마물을 죽인 인간들이?"

그 깡마른 남자가 입을 열자 약간은 어색하지만 별로 눈치 챌 정도는 아닌 인간의 말이 쏟아져 나왔다. 레전트도 그의 머리카락을 보고 약간 당황했는지 공중에 떠워져 있는 몸이 흔들거렸다. 레전트도 실전에서 그런 것을 터득한 룬과는 다르지만 어쨌든 그런 상식에 대해서 알고 있었다. 하지만 레전트는 상대방이 인간이 아니라는 것에 앞서 그가 한 말에 대해서 더욱 당황해했다.

"무슨 소리지?"

그러자 그는 손을 들어 레전트를 가리켰다. 레전트는 움찔했지만 곧 그의 손이 자신의 어깨에 매달려 있는 가방을 향하고 있다는 것을 알아차렸다.

"그 가방 안에서. 마물의 마기가 느껴집니다."

"설마… 라이칸슬로프 말인가? 우리가 처리하기는 했지만… 도대체 어떻게 그런 걸 알고 있는 거지? 너희들, 정체가 뭐야?!"

그때 바람을 타고 사각거리는 소리가 귀가 예민한 룬에게 들려왔다. 룬은 그 사각거리는 소리가 무엇을 뜻하는지 알고 있었다. 룬이 막 입을 열려고 했을 때 그중 가장 덩치가 큰 남자가 앞으로 나섰다.

"저런 약한 마물들에게 쫓겨 도망쳐 온 건가?"

"말이 지나칩니다, 알."

알이 룬과 레전트를 비웃는 듯한 말을 하자 노마인이 재빨리 그를 말리려 했다. 노마인은 가장 인간과 많이 만났고 그만큼 인간의 예법에 밝았다. 하지만 알은 그 인간의 예법이라는 것이 맘에 들지 않았다.

"지나칠 게 뭐가 있는가? 저자들이 그 마물에게 홀린 게 아니라면 그 정도로 강한 마물을 처리할 힘을 가졌으면서 저런 잡스러운 마물에게 쫓기고 있을 리가 없지 않는가?"

"알, 이야기는 제가 합니다. 당신은 가만히 계십시오."

그때 데몬스케일들이 숲에서 모습을 드러내기 시작했다. 그리고 룬은 아까 자신이 예측했었던 데몬스케일들의 수를 완전히 부정당하고 말았다. 마치 검은 물감을 뿌린 것같이 느껴질 정도로 엄청난 수의 데몬스케일들이 나무 사이사이를 넘어 초원으로 나오고 있었다. 초원의 풀은 엄청난 수의 데몬스케일들에 의하여 처참히 깔려 뭉개졌다.

"조금 숫자가 많군요. 위에 계신 분들은 안심하십시오."

안심하라는 말의 의미에 대해서 잠시 고민하던 레전트는 커다란 덩치의 사내가 앞으로 나서자 깜짝 놀랐다. 다수로 달려드는 상대를 처치하는 건 단지 힘만으로 되는 것이 아니다. 비록 싸움에 대해서는 무지한 레전트지만 상대방과의 차이가 너무 많이 나 보였다. 아무리 강한 사자라고 하더라도 수천, 수만 마리의 개미를 이기지 못한다.

"그만둬!"

"그럼 부탁드려 보지요."

레전트는 바로 아래에서 들려오는 조용한 목소리에 고개를 돌렸다가 오싹한 기분이 온몸에 스며드는 것을 느꼈다. 무표정한 룬의 얼굴은 감정을 드러내지 않았지만 레전트는 룬이 어떤 생각을 하고 있는지 어렵지 않게 눈치 챌 수 있었다. 하지만 레전트는 룬을 함부로 다그치지는 않았다. 대신 입술을 꽉 깨물며 룬을 바라보았다.

"이미 한 명이 희생됐다. 그 헤일이라는 남자, 살아남았을 리가 없겠지. 그 남자에 대해서는 생각하지 않고 있나?"

"하지만……."

"한 명을 희생했으니까 계속 희생을 치르겠다는 소리는 아니다. 너는 나의 고용주고, 나는 최대한 고용주의 의견을 존중한다. 다만 저들은……."

룬은 조용히 아래에 있는 남자들을 바라보았다. 알은 온몸을 덮고 있던 로브를 벗어버렸고 노마인은 로브의 아래로 한 손을 앞으로 내뻗어 나지막이 중얼거렸다.

"헤르세니안의 이름으로."

간단한 말 한마디가 그의 주위에 파문을 일으키며 흩어져 가자 레전트는 몸을 반사적으로 움츠렸다. 최초의 여신. 밤의 존재들의 어머니이자 아스트의 극에 서서 영겁의 시간을 걸어온 동반자. 대부분의 인간들은 헤르세니안을 그렇게 따르지 않았고 무엇보다 인간 세계에서는 헤르세니안의 신전이 존재하지 않았다. 당연히 성직자나 신도가 있을리가 없는 것이다.

레전트의 머리가 아무런 소음 없이 재빨리 굴러가는 동안 노마인의 팔 주위에 푸른 빛 덩어리가 생겨 맴돌기 시작했다. 레전트는 그것이 마법이 아니라는 것을 알 수 있었다. 마법을 사용한다면 술사의 주위에 마력의 흐름이 재배치되기 때문에 마법사는 마법사를 알아볼 수 있다. 하지만 노마인의 몸 주위에는 레전트가 본 적도 없고 느껴본 적도 없는 힘이 휘몰아치고 있었다.

"역시……."

"뭐?"

"보통은 아닐 거라고 생각했다."

룬은 조금씩 형체를 갖추어가는 빛 덩어리들을 보며 중얼거렸다. 형체를 갖추어가기 시작한 빛 덩어리들은 탄탄한 네 다리를 대지로 뻗고 머리를 치켜들며 길게 울부짖었다.

아우우우우—

늑대. 그것들은 분명히 늑대의 모습을 하고 있었지만 그 크기는 절대 늑대라고 봐주기는 힘들 정도로 거대했다. 그 남자가 손짓을 하자 빛에 휩싸인 늑대들이 아직 이곳까지는 다가오지 못한 데몬스케일들의 사이로 뛰어들었다. 늑대들이 데몬스케일들을 이빨로 물어뜯고 날카롭고 강인한 발톱으로 후려칠 때마다 데몬스케일들은 진노란 체액을 뿜으며 사방으로 날아갔다.

"소, 소환사(召喚士)?"

레전트는 질린 듯한 목소리로 중얼거렸다. 데몬스케일들이 자신을 공격하는 그 늑대들에게 달려들었지만 늑대들은 상처 하나 입지 않은 채 계속 데몬스케일들을 확실히 죽여 나갔다. 룬은 상대방이 생각보다 훨씬 대단한 힘을 가지고 있다는 것을 인식했다. 저들의 위험성은 데몬스케일에 비할 바가 아니었다.

"흠!"

몇몇 데몬스케일들은 좀 더 쉬운 상대를 노리려는 듯 이쪽을 향해서 기어왔다. 그러자 알이 로브를 벗어 던지며 앞으로 나섰다. 로브를 벗어 던진 그의 몸은 거의 알몸이라고 할 수 있을 정도로 겨우 가릴 곳만 가린 모습이었다. 하지만 룬은 그의 몸을 자세히 관찰했다. 마치 수많은 철사를 꼬아서 만들어놓은 것 같은 근육은 그 질 자체가 인간에 비할 수 없을 만큼 강인해 보였다.

　"우오오오오!!"

　그 남자가 크게 울부짖자 그의 모습이 변하기 시작했다. 마치 라이칸슬로프와 같이 변화하는 모습에 룬은 반사적으로 이터를 움켜잡았다. 알은 점점 곰과 같은 모습으로 변해갔다. 얼마 지나지 않아 알의 하체 부분은 곰치고는 날렵한 모습으로 변하고 상체 부분은 거의 완전한 곰의 그것으로 변했다. 룬은 그에게서 라이칸슬로프에게서 느껴지던 기분 나쁜 느낌은 느껴지지 않는다는 것을 알고 이터를 잡고 있던 손을 풀었다. 그가 앞으로 나서자 데몬스케일들은 그에게 눈길을 돌리고 기분 나쁜 소리를 내며 튀어 올랐다.

　"쿠어어엉!"

　알은 마치 곰의 포효 소리와 같은 소리를 내지르며 앞발을 휘둘러 자신에게 날아오는 데몬스케일들을 쳐냈다. 그리고 기어서 자신에게 기어오르려 하는 데몬스케일들을 발로 밟아 우그러뜨리며 이빨로 물어뜯었다.

　"도대체 뭐 이런……."

　레전트는 입을 딱 벌리고 아래를 쳐다보았다. 룬도 이미 이곳에서 인간의 한도를 뛰어넘는 일이 벌어지고 있다는 것을 인식했다. 철판도 우그려 버리는 데몬스케일의 턱은 알의 몸에 상처 하나 내지 못했다.

그리고 일부 데몬스케일들은 노마인을 향해서 기어갔지만 노마인의 주위에 단단한 장벽이라도 쳐진 것처럼 그의 주위를 맴돌기만 할 뿐 더이상 접근하지는 못했다. 그리고 셋 중 가장 체형이 작은 티아스는 그런 노마인의 옆에 붙어 가만히 앉아 있었다.

벌레들은 상당히 저능하지만 적이 자신보다 강하다고 생각될 경우 도망갈 정도의 본능은 있다. 데몬스케일들은 상대방이 자신들에 비하여 너무나 강하다는 것을 알아차렸는지 서서히 뒤로 물러서서 아까 자신들이 횡단해 온 숲으로 후퇴하기 시작했다.

"알, 쫓지 마십시오."

노마인이 말하자 그 곰의 형상을 하고 있던 알이 고개를 끄덕인 후 원래대로의 모습으로 돌아와서 땅에 떨어져 있는 로브를 툭툭 털어 몸에 걸쳤다. 노마인은 도망가는 데몬스케일들을 바라보고 있는 빛에 휩싸인 늑대들에게 다음 명령을 내렸다.

"멸절하라."

그 늑대들은 엄청나게 빠른 속도로 도망가는 데몬스케일들의 뒤를 쫓아 달리기 시작했다. 레전트는 자신의 몸이 천천히 아래로 내려가고 있다는 것을 인식하지도 못한 채 데몬스케일들보다 압도적으로 우세한 전투를 치른 그런 그들의 모습을 내려다보았다.

"이제 이야기를 좀 할 생각이 드셨습니까, 두 분?"

룬은 눈살을 약간 찌푸렸다. 거의 협박에 가까운 말이었다. 백 단위가 넘어가는 데몬스케일들을 이렇게나 가볍게 처리해 버리는 존재들이라면 확실히 위협적이었다. 마법사라면 가능할지도 몰랐다. 그것도 하위급의 마법사가 아닌 중급 이상의 마법사라면. 아무리 전사가 강해도 이런 많은 수의 데몬스케일을 이런 식으로 깨부수는 것은 불가능했다.

하지만 저들은 그 불가능한 것을 해냈다. 노마인은 룬의 표정을 보더니 잠시 동안 고개를 갸우뚱거리며 자신이 한 말에 대해서 생각하다가 짧은 탄성을 지르며 고개를 가볍게 숙였다.

"아, 제가 실례했다면 사과드립니다. 인간과는 말을 할 기회가 별로 없어서 말입니다. 단어를 잘못 골라서 실례를 범한 것 같군요."

룬과 레전트는 서로의 얼굴을 마주봤다. 레전트가 고개를 끄덕이자 룬은 무심히 고개를 돌려 '맘대로 해라' 라는 의견을 표출했다. 레전트는 천천히 땅으로 내려가기 시작했고 룬은 땅에 발이 닿자 다리에 힘이 빠져 넘어질 뻔했지만 곧 중심을 잡고 일어섰다. 노마인은 다시 한 번 둘에게 공손히 고개를 숙여 인사를 했고 레전트도 엉겁결에 가볍게 고개를 숙여 인사를 했다.

"저희는 어머니 헤르세니안의 사제. 그 마물을 잡기 위해서 여행 중이었습니다."

룬은 그의 말에 의문을 품었다. 룬이 알기로는 헤르세니안에게는 성직자가 없었다. 게다가 이런 말도 안 되는 능력을 가진 성직자들은 예전에도 본 적이 전혀 전무했다. 아스트의 성직자들이 검을 불타오르게 만들고 드라문의 성직자들이 환상을 만드는 것같이 성직자들은 나름대로 특이한 능력을 가지고 있기는 했지만 이렇게나 공격적인 능력을 가지는 것은 아니었다. 만약 성직자가 그런 힘을 가지고 있다면 굳이 전투 마법사들이 귀해지는 이유가 없을 것이다. 하지만 룬의 반응과는 달리 레전트는 아까보다 더욱 눈을 크게 뜨고 입을 쩍 벌린 채 신음 소리를 내뱉듯이 말했다.

"수인족(獸人族)?"

"예, 인간들은 저희를 저렇게 부르지요."

"수, 수인족이 왜 이런 곳에… 아니, 어째서 당신들은 우리에게 그렇게 정체를 쉽게?"

룬은 어느새 대화에서 소외되어 버렸다. 하지만 룬은 대화에서 소외 당해도 가만히 있는 법을 몰랐다. 그리고 자신의 궁금함을 그다지 참고 싶은 생각도 없었다. 룬은 입을 벌리고 바보 같은 얼굴을 하고 있는 레전트를 툭툭 건드리며 물었다.

"수인족이 뭔데?"

"……."

"수인족이 뭐냐니까?"

레전트는 딱딱하게 굳어버린 목을 억지로 돌려서 룬을 바라보았다. 그러더니 대뜸 자신의 가방을 뒤적거려 아까 룬에게 보라고 줬었던 책을 집어서 룬에게 던졌다. 룬은 반사적으로 자신에게 날아오는 책을 피하려다가 받아내고 레전트를 바라보았다. 하지만 레전트의 눈은 이미 다시 전방을 향하고 있었다.

"그거 읽어봐."

룬은 잠시 동안 책을 바라보았다. 그리고 대략적으로 이 책에 쓰여 있는 단어가 몇 개나 될까라는 생각을 했다.

'그러니까 이거 어디를 읽어보라는 소리야?'

룬은 그런 눈빛으로 레전트를 바라봤지만 레전트는 자신의 앞에 서 있는 남자를 꼼꼼히 살피고 있었다. 룬은 책을 읽어서 답을 찾아내는 것을 포기하고 레전트와 같이 노마인을 바라보았다.

노마인은 인간의 관점에서 봤을 때 그다지 잘생겼다거나 예쁘게 생기지는 않았다. 애초에 인간과 다른 종족의 미적 감각이 틀리니 어쩔 수 없는 것일지도 모른다. 대신 그에게서는 말로 표현하지 못할 위압

감 같은 것이 느껴지고 있었다. 룬은 노마인의 웃고 있는 얼굴을 보며 그 뒤에 숨겨져 있는 서슬 퍼런 야수의 이빨을 느꼈다.

레전트는 그런 위압감에 압도되었는지 아무런 말도 못하고 있었다. 하지만 룬은 그 위압감에 압도되지는 않았다. 오히려 레전트보다 한 발 앞으로 나서면서 노마인을 똑바로 쳐다보았다.

"그 마물이라면 라이칸슬로프를 말하시는 겁니까?"

"인간의 언어로는 그렇게 불린다고 알고 있습니다만… 저희는 그냥 마물이라고 부릅니다."

"우리가 그 라이칸슬로프를 처치한 것은 맞습니다. 그런데 당신들은 그 라이칸슬로프가 출현했다는 것을 알고 있었다는 겁니까?"

룬은 첫 번째 의문을 거침없이 털어놓았다. 어째서 이들이 자신과 레전트가 라이칸슬로프의 심장을 가지고 있는 걸 알고 있었던 건지 알 수 없었다. 어쩌면 이들도 마물들처럼 마기를 노리고 있는지도 몰랐다. 그런 가정을 한 룬은 반걸음 뒤로 물러나며 전방을 경계했다. 하지만 노마인은 그런 룬의 태도에 별다른 반응을 보이지 않았다. 룬은 그런 노마인의 태도가 강한 힘을 가진 자가 가지는 여유라는 것을 알고 있었다.

"마물의 출현을 방지하고 마물을 처리하는 것이 저희가 하는 일이지요. 하지만 이번에는 시간이 상당히 늦어져 큰일이라고 생각하고 있던 중입니다. 그런데 당신들이 이렇게 마물을 처리해 주셨으니 감사할 노릇이지요."

노마인이 말을 하는 동안 레전트가 룬의 뒤통수를 퍽 하고 후려쳤다. 살기가 없는 공격이었기에 그것을 피하지 못한 룬은 뒤통수를 어루만지며 얼굴을 찌푸린 채 레전트에게 고개를 돌렸다. 레전트는 룬

에게서 책을 뺏어가더니 맨 뒷장에서 뭔가를 찾아 그 페이지를 보여
줬다.

『수인족. 달의 여신 헤르세니안의 종자. 개개인마다 인간을 상회하는 커
다란 능력을 지니고 있으며 육체적 능력이나 마력 또한 강력하다. 흔히 마수
와 같은 종족으로 분류하기는 하지만 이것은 절대로 틀리다. 최고 수령은 인
간의 두 배 정도이고 어떠한 수인족들은 라이칸슬로프와 같은 수화 능력을
가지고 있기도 한다. 이런 능력은 인간이 가지는 재능과 비슷한 것으로 보이
지만 자세한 것은 알 수 없다. 인간과의 교류는 끊겨 있는 상태이다.』

"그 라이칸슬로프의 마기가 담긴 물건을 우리에게 주셨으면 합니다.
그런 강한 마기를 가진 물건을 가지고 있으면 마물들이 당신들을 노리
게 될 것입니다. 방금도 그러지 않았습니까?"
노마인은 자신에게서 부주의하게 눈을 돌리고 책을 보는 룬의 태도
에도 별로 트집을 잡지 않았다. 룬은 책에서 고개를 들어 노마인을 바
라보았다.
'말하자면 위험한 물건이니 자신들이 맡겠다고 하는 건가.'
룬도 할 수 있다면 그러고 싶었지만 레전트가 곤란한 표정을 짓고
있었다. 레전트로서는 이것을 가지고 길드까지 가야 하는 것이다. 이
유는 몰랐지만 그런 이유까지는 알 필요가 없었다. 중요한 것은 레전
트는 그것을 원하고 있지 않았고 자신은 그런 레전트의 의지를 지킬
수 있는 데까지는 지켜야 했다. 룬은 우물쭈물하는 레전트를 대신해서
말했다.
"우리도 이것이 필요합니다. 그러므로 죄송하지만 당신들에게 드릴

수는 없습니다."

"하지만 인간들이 가지고 있기에는 너무나도 위험한 물건입니다. 마물들은 그 마기를 노리고 계속 당신들을 공격할 겁니다."

그때 둘의 이야기를 듣고 있던 알이 앞으로 나서며 외쳤다.

"쓸데없는 소리 하지 마라! 노마인, 너도 인간 같은 것한테 어째서 그렇게 낮은 자세로 나가는 건가? 어차피 이 인간들이 그것을 좋은 목적에 사용한다고는 할 수 없지 않나?"

"알, 가만히 계십시오."

"이런 인간 따위는 쳐 죽여 버리면 되잖은가!"

알은 은근슬쩍 룬을 향해서 살기를 뿜어냈다. 룬은 눈치 채지 못했지만 알은 룬을 협박하고 있었다. 정말로 죽일 작정이었다면 굳이 공통어로 말을 해서 룬이 알아듣게 만들지는 않았을 것이다. 하지만 룬은 알의 협박에 순순히 굴복할 만큼 일반인의 범주에 속해 있는 인간이 아니었다.

"물러서라."

이터가 소리없이 검집에서 빠져나왔다. 룬은 왼팔로 레전트를 뒤로 밀어내며 딱딱하게 굳은 얼굴로 알을 주시했고, 알은 예상외의 행동에 약간 당황해했지만 내색은 하지 않았다. 오히려 알은 조금씩 화가 나기 시작했다. 보통 인간들은 자신을 보기만 해도 몸을 벌벌 떨기 마련이었는데 이 인간은 그런 소리를 듣고서도 오히려 전투를 준비하고 있었다.

레전트는 뒤로 밀려나면서도 그런 룬의 행동을 단 한 마디로 일축해서 말했다.

"제정신이야?"

"충분히 제정신이다. 나는 네 고용인으로서 널 지킬 의무가 있으니까."

알은 대뜸 룬을 향해 팔을 휘둘렀다. 노마인은 급히 알을 말리려고 했지만 이미 룬의 머리를 향해 날린 알의 주먹은 룬의 코앞까지 다가가 있었다. 레전트는 그때까지 무슨 일이 일어났는지 모르고 있었고 노마인은 얼굴을 찌푸렸다. 인간과 싸운다면, 그것도 마법사와 싸운다면 자신들도 큰 피해를 받게 될 것이다.

하지만 노마인의 생각과는 달리 룬은 재빨리 레전트의 머리를 아래로 내리누르며 몸을 숙였다. 보통 사람의 눈에는 알의 주먹질이 속도와 힘을 겸하고 있다고 생각했겠지만 룬의 눈에는 알의 움직임이 라이칸슬로프에 비하면 꽤 느려 보였다.

레전트는 머리 위로 엄청난 바람이 일어나는 것을 느끼며 겨우 뭔가가 자신의 머리 위로 지나갔다는 것을 알아차렸고 알은 룬이 자신의 공격을 피하며 자신의 동료까지 지키는 모습에 놀라 하며 자신들의 언어로 소리쳤다.

"인간 따위가!"

룬은 그 말을 알아듣지 못했지만 그 목소리에 상당한 분노가 실려 있다는 것을 알 수 있었다. 그렇기에 급히 레전트의 허리를 안고 뒤로 물러섰다. 알은 정말로 화난 얼굴로 룬을 향해 걸어가기 시작했다. 룬은 레전트의 머리를 내리누르는 데 썼던 책을 레전트에게 넘겨주며 이터를 양손으로 잡았다.

"알! 그만두라고 하지 않았습니까! 대사제님께 인간과 직접 말할 권한을 임명받은 건 저뿐입니다!"

"시끄럽다, 노마인! 저런 저질 종족이 내 공격을 피했다는 것이 나에게 있어서 얼마나 큰 불명예인지 아는가!"

룬은 노마인이 하는 말은 알아들었지만 그에 따른 알의 대답은 알아듣지 못했다. 알은 흥분해서 공용어로 말하는 것을 잊어버리고 있었다. 하지만 절대적으로 좋은 의미가 아니라는 것은 눈치로 알 수 있었다.

노마인은 알이 얼마나 단순한 성격이고 그만큼 화가 금방금방 풀어진다는 것을 알았기 때문에 급히 뒤로 물러선 룬을 향해 소리쳤다.

"두 분, 이쪽으로 오십시오. 저는 당신들과 이야기를 하고 싶어서 그러는 겁니다. 무의미한 싸움을 할 필요는 없습니다."

"노마인!"

알은 노마인이 기어코 자신을 막으려 한다는 것을 눈치 채고 버럭 화를 내며 뒤를 돌아보았다. 하지만 노마인은 얼굴을 딱딱하게 굳히고 눈을 부릅떴다.

"대사제님의 권한을 무시하겠다는 겁니까, 알!"

알은 노마인의 모습을 보고 잠시 움찔했다. 그가 소리를 지르자 순식간에 주위가 얼어붙는 듯한 느낌이 닥쳐왔다. 그의 곁에서 땅에 주저앉아 있던 티아스도 깜짝 놀라 하며 위를 올려다보았다. 룬도 그 느낌을 느끼고 자신도 모르게 한 발자국 뒤로 물러섰다. 인간에게서는 찾아볼 수 없는 엄청난 살기와 기세가 노마인에게서 보였다.

"흥! 난 대사제님이 너에게 그런 권한을 줬다는 것을 인정하지 않는다! 저런 연약한 인간 따위 수백이든 수천이든 죽어 나가봤자 우리에게 무슨 피해가 있는가!"

알은 그렇게 코웃음 치며 계속 룬을 향해 전진했다. 노마인은 알이 자신의 말을 완전히 무시해 버리자 약간 다급해졌다. 육체적인 면에서는 노마인은 알을 이길 수 없었다. 흥분한 알을 제지하기 위해서는 성수를 이용한 속박을 해야 했다. 하지만 성수는 전부 데몬스케일들을 잡기 위해서 저 멀리 사라져 있었다. 노마인은 최대한 늦지 않기를 바라면서 재빨리 성수 몇을 호출했다.

"그렇게 만만해 보인다면 덤비시지."

갑작스럽게 꺼낸 룬의 말에 주위에 있던 모든 표정을 지을 수 있는 존재들의 얼굴이 각자 이상한 표정을 지었다. 레전트는 입을 딱 벌렸고 노마인은 약간 놀라는 듯한 표정으로 바뀌었으며 티아스의 후드 아래로 살짝 드러나는 입술이 약간 벌어졌다. 알은 우습다는 듯 코웃음을 치며 자세를 잡았다.

"흠! 인간 따위가 나를 이길 수 있을 거라고 생각하는 거냐!"

속력만으로는 힘을 가지고 있는 상대를 이기기는 힘들다. 그만큼 결정적인 일격을 입히기는 힘이 들기 때문이다. 하지만 룬은 일 대 일의 전투. 그리고 상대방이 인간형이라면 거의 진 적이 없었다. 룬은 머리 속으로 알의 전투력을 판단했다.

'이길 수 있다.'

이 남자의 전투력은 상당히 뛰어난 것 같았지만 그것은 대인용. 많은 적을 상대로 발하는 힘이었다. 그에 비하면 룬은 개인 대 개인의 전투에서 강했다. 힘의 사용법의 차이였다.

룬은 알의 뒤에서 서 있는 노마인이 무언가 하려는 것을 알았기 때문에 레전트를 옆으로 밀며 낮게 말했다.

"레전트, 저 남자의 곁에 가 있어라."

"이길 수 있을 리가 없잖아!"

"이기려고 하는 싸움은 아니니까 상관없다. 빨리 가. 그렇지 않으면 내가 이런 일을 한 의미가 없다."

알의 걸음걸이가 빨라지자 룬은 이터를 앞으로 쳐들었다. 레전트는 울상을 지으면서도 급히 룬의 곁에서 물러났다. 룬은 도박을 하고 있었다. 노마인이 뭔가를 하려고 한다는 것은 단지 느낌일 뿐이었다. 그렇기에 일단 레전트의 목숨을 보장하기 위해서 알을 더욱 흥분시켜 주의를 자신에게로 끌어놓았다.

"우오오오!!"

알이 수화도 하지 않은 채 룬을 향해 뛰어 들어갔다. 단순하고 무식할 만큼 억세 보이는 공격이었다. 궁극의 검술은 찌르고 베는 것이라고 하는 이유. 싸우기 위해서 자세를 잡고 기술이 존재하는 것은 상대방과의 실력 차를 잔기술로 모면해 보고자 하는 인간들의 생각일 뿐. 진짜로 강하고 빠른 공격이라면 상대방이 피하거나 막을 엄두조차 내지 못하게 만들어 버리는 것이다.

하지만 다행히도 알의 공격은 강하기는 했지만 결코 빠르지는 않았다. 룬의 눈에는 확실히 공격이 보였고, 룬의 몸이 움직이기까지의 시간은 충분했다. 오히려 룬은 자신을 향해 뻗어오는 주먹을 받침대로 삼아 몸을 띄우며 온몸의 무게를 실어 그의 머리에 강렬한 킥을 날렸다.

퍼억—

원래 상대방의 팔을 받침대로 사용하는 것은 확실히 무리다. 몸무게만큼 팔은 아래로 처지게 되고 그만큼 자신의 공격 목표가 어긋나게 되기 때문이다. 하지만 룬은 몸을 띄우며 자신에게 뻗어온 알의 팔을 단지 자세를 잡는 데 사용했다. 그렇기 때문에 룬은 정확히 알의 머리를 향해 킥을 찔러 넣을 수 있었다.

룬은 재빨리 자세를 바로잡고 땅에 착지를 하며 튀듯이 뒤로 물러섰다. 보통 사람이라면 머리가 완전히 뒤로 돌아갈 정도의 공격이었지만 알은 머리는 멀쩡했다. 하지만 알은 인간이 자신의 얼굴에 발을 갔다 댔다는 것과 자신이 그 공격을 허용했다는 것에 대해서 흥분했다. 고작 인간에게 공격을 허용했다는 것이 그의 자존심에 깊은 상처를 만들었다.

얼굴은 일그러지고 붉어지다 못해 피가 뿜어져 나올 것같이 달아올랐다.

"이 인간 자식이!"

막 알이 다시 룬에게 달려들려고 할 때 푸른 빛이 그를 덮쳤다. 알은 당황해하며 몸을 흔들다가 몸이 굳어가는 것을 느끼며 노마인을 향해서 소리쳤다.

"노마인! 방해할 셈이냐!"

다시 늑대로 변한 빛들이 알의 팔다리를 물고 있었다. 물고 있다고는 하지만 피 한 방울 흘러내리지 않는, 그저 속박할 뿐이었다. 노마인은 한숨을 돌리는 심정이 되어 다시 표정을 원래대로 회복했다. 하지만 룬은 그에 안심하지 않고 계속 그를 경계했다.

"진정하십시오, 알. 무례한 행동을 취한 것은 이쪽이 먼저가 아닙니까. 죄송합니다. 대화로 해결했으면 했는데 이렇게 일이 되어버렸군요."

노마인은 아직도 이터를 쳐들고 알을 경계하는 룬을 향해서 손짓했다.

"알은 더 이상 경계하지 않아도 됩니다. 속박의 명령을 받은 펜릴들은 제가 그 명령을 취소하기 전까지는 계속 알을 붙잡고 있을 테니까요."

룬은 노마인의 말에 이터를 내렸다. 하지만 검집에 이터를 넣지는 않았다. 룬은 만에 하나라도 알이 저 속박을 풀어버릴지도 모른다는 생각에 약간 멀리 우회해서 노마인에게로 다가갔다. 노마인은 자신에게 다가온 룬을 향해서 미소를 지으며 정중히 인사했다.

"저는 노마인이라고 합니다. 아까 말했듯이 헤르세니안의 사제지요. 그럼 이야기를 하고 싶은데 괜찮으시겠습니까?"

룬은 고개를 끄덕거렸다. 그러자 그는 웃는 얼굴로 레전트를 바라보았다.

"당신들은 동료인가요?"

"고용주와 고용인의 관계입니다."

레전트는 여전히 우물쭈물거리고 있었기 때문에 룬이 대신 답했다. 하지만 노마인은 잠시 고개를 갸우뚱거렸다. 그도 인간의 말을 다 알고 있는 것은 아니었다.

"고용주와 고용인이라… 그렇군요. 어쨌든 당신들은 서로 돕고 있는 겁니까?"

조금 다르다는 느낌이 들기는 했지만 상대방이 인간이 아니라면 사상을 가르칠 수는 없는 노릇이었다. 룬은 그렇게 생각하며 일단 고개를 끄덕거렸다.

"그 마기를 노리는 마물들이 앞으로도 계속 당신들을 습격할 것입니다. 저와 알이 처리한 저런 하급 마충 정도의 마기는 대지가 자연스럽게 정화해 주지만 당신들이 가지고 있는 그 마기는 정화되는 데 오랜 시일이 걸립니다."

룬은 레전트를 바라봤다. 그 문제로 넘어간다면 룬은 아무래도 상관이 없는 것이다. 레전트가 선택해야 할 일이었다. 레전트는 당황해하며 룬과 자신을 바라보고 있는 노마인을 번갈아 바라보았다. 룬은 그렇게 당황해하는 레전트의 어깨를 툭 치며 귀에 대고 작게 말했다.

"말이 통하는 존재다. 그리고 이런 건 내가 결정할 문제가 아니라는 것은 네가 더 잘 알고 있다고 생각한다."

레전트는 룬의 말을 듣고 눈살을 찌푸리며 뭔가를 생각하는 듯하더니 이내 고개를 끄덕였다. 그리고 노마인을 똑바로 바라보며 말했다.

"이건 내가 내 스승님으로부터 받은 임무요. 당신들이 당신 나름대로의 임무를 가지고 있는 것은 알지만 그래도 이쪽도 이쪽 나름대로의 사정이 있다는 것을 알아주었으면 합니다."

노마인은 고민했다. 자신들의 임무를 끝내야 했다. 저들이 저들의 임무에 충실한 것처럼. 그리고 노마인은 절충안을 생각해 냈다.

"한 가지 묻겠습니다."

"예?"

"그 마기는… 악용될 수 있습니다. 원래대로라면 악용될 수는 없는 마기지만 인간은 영악하니까 어떤 용도로든 악용할 수 있다고 생각합니다."

독사에게 독을 채집해서 같은 인간을 죽이는 용도로도 사용하고, 땅에 묻혀 있는 금속도 인간의 손에 의하여 파내어져 같은 인간을 죽이는 데 사용된다. 인간은 어떠한 물건이든 자신의 임의대로 바꾸어 무기로 만들고 악용한다. 룬과 레전트는 그 사실에 각자 다른 생각으로 동의했다.

"걱정하지 않으셔도 됩니다. 이것을 악용할 생각 따위는 없습니다. 다만……."

레전트는 말끝을 흐렸다. 자신도 그것이 무엇에 사용될 것인지는 알 수 없었다.

'믿을 수 있나, 스승님을?'

잠시 그런 의문을 가졌던 레전트였지만 곧 입가에 미소를 걸쳤다. 이기적에다가 성질 더러운 스승이지만 믿을 수 있었다. 레전트는 단언 하듯이 말했다.

"걱정 마십시오. 절대로 악용은 되지 않을 겁니다."

그런 레전트를 바라보던 노마인은 가볍게 웃으며 고개를 끄덕였 다.

"어쩔 수 없군요. 저희들의 임무는 그 라이칸슬로프를 제거하고 마 기의 근원을 제거하는 일입니다. 라이칸슬로프는 당신들이 처리해 주 었으니 당신들에게 신세를 진 셈이지요. 그 마기가 밖으로 새어 나가 지 않게 해드리겠습니다."

노마인은 인간에 비해서 압도적인 힘을 가지고 있고 그 힘을 사용하 는 데 있어서 사용법을 잘 알고 있는 말 그대로 강한 자였다. 레전트는 그런 그의 태도에 배낭에서 수정을 꺼내서 앞으로 내밀었다. 그러자 노마인은 그 수정 위에 손을 올려놓고 눈을 감았다.

스으으……

그의 손. 정확히는 팔에 새겨져 있던 문신이 꿈틀거리더니 마치 살 아 있는 것처럼 수정의 전체를 감싸기 시작했다. 그 문신은 일반적인 빨간색이나 검은색이 아닌 은빛을 띠고 있었다. 문신이 빛으로 변해서 완전히 팔에서 떨어져 나왔을 때 룬과 레전트는 그 문신의 정체를 확인할 수 있었다.

"마기봉인(魔氣封印)."

펜릴이라고 불렸던 그 늑대의 형상이 수정을 감쌌다. 둘은 모르고 있었지만 지금 노마인이 소환한 펜릴은 뭔가를 봉인하기 위한 힘을 가지고 있는 봉인자였다. 뭔가를 공격하고 속박하기 위한 힘을 가진 속박자와는 쓰임새가 달랐다.

펜릴은 가는 은빛의 띠로 변했다. 그 은빛의 띠는 수정을 감쌌고 곧 수정에서 느껴지던 기분 나쁜 느낌이 사라지며 수정은 겉을 은으로 도금한 것처럼 변했다.

"노마인이라고 했습니까?"

"그렇습니다, 인간 마법사여."

레전트는 약간 묘한 표정이 되었다. 봉인이라고 하긴 했지만 레전트는 그 봉인에 소환수가 이용되는 것을 눈앞에서 본 것이다.

"소환수는… 소환사에게서 어느 이상 떨어지면 안 된다고 들었습니다. 그렇다면 당신들은 우리를 따라올 생각입니까?"

하지만 노마인은 레전트의 말에 빙긋 웃으며 고개를 흔들었다.

"펜릴은 소환수가 아닌 성수입니다. 그리고 저는 소환사가 아닌 성수사(聖獸士). 헤르세니안의 권능을 입은 종자일 뿐이지요."

"성수사라고요?"

성수사는 신의 권능을 입어 성수를 수족처럼 부리는 자들이다. 단, 그 신에 대한 절대적인 신앙이 없다면 성수사가 될 수 없고 성수와의 파장이 잘 맞아야 했다. 하지만 대부분의 인간은 성수를 부리지 못한다. 신의 한 조각이자 종으로 불리는 성수를 부리는 건 엄청난 권능을 자랑한다는 소리였다. 레전트는 아까 데몬스케일들을 공격하는 데 사용되었던 성수들의 숫자를 생각하고 혀를 내둘렀다.

한편 룬은 레전트와는 다른 의미로 성수사에 대해서 정의를 내리고 있었다. 룬이 알기로는 성수들은 자존심이 매우 강한 존재들이었다. 그 강함은 마수의 그것을 가볍게 뛰어넘고 지성조차 인간 이상이라고 알려져 있다. 그런 성수를 다루는 성수사는 소환사에 비해서 좀 더 잘난 존재. 룬은 단순히 자신의 눈앞의 존재를 그렇게 생각했다.

룬은 멍하게 노마인을 바라보는 레전트를 바라보다가 결국 레전트의 손에서 책과 수정을 빼앗아 가방에 찔러 넣은 다음 가볍게 고개를 숙여 인사했다.

"도움에 감사드립니다."

이만 가봐야겠다는 소리. 룬이 그렇게 말하니 레전트는 조금 울상이 돼서 룬을 바라보았지만 룬은 그런 레전트를 도리어 왜 그러냐는 듯 바라보았고 레전트는 곧 고개를 돌려 버렸다. 그리고 노마인에게 가볍게 고개를 숙여 인사했다.

"그럼, 부디 무사하시기를."

노마인은 둘의 인사를 받고 그렇게 말하더니 가볍게 손가락을 튕겼다. 그러자 알을 묶고 있던 늑대들이 빛이 되어 그의 팔로 되돌아왔다. 그 빛들은 노마인의 팔에 짙은 은빛 문신을 새기며 그 모습을 감췄고 룬은 재빨리 알이 다른 행동을 할까 봐 다시 경계를 하려 했지만 그는 의외로 아무런 행동도 하지 않았다. 그리고 룬과 레전트를 무시한 채 아무런 말도 하지 않고 로브를 걸쳐 입었다.

그들 셋은 룬과 레전트가 가는 길과는 전혀 다른 곳으로 걷기 시작했다. 인간이 만든 길과는 다른 길로 걷는 존재들. 룬과 레전트는 수인족들이 시야에서 완전히 사라지자 길을 따라 걷기 시작했다.

"아아, 수인족들은 살아생전에 한 번 보기도 힘든데."

"그렇게나 대단한 존재들인가?"

레전트는 룬을 힐끔 바라보더니 다시 앞을 보면서 책을 읽듯이 말했다.

"최초로 여신이 만든 종자. 인간보다 신에 가까운 존재. 인간보다 먼저 태어나 자연에 더욱 가까운 자들. 뭐 엘프하고도 비슷하다고 하기는 하는데… 속성 자체가 달라."

"엘프는 빛의 여신 샤이니아가 창조한 생명체지. 알고 있어."

"에? 그건 알고 있어?"

"엘프에 대한 이야기는 흔하니까. 본 적도 있고."

하지만 룬은 수인족에 대한 이야기는 이상할 정도로 들어본 적이 없었다. 용병 생활을 하다 보면 별의별 소문과 이야기를 다 듣는 편이고 희한한 종족을 만나기도 한다. 반마족(半魔族)이나 하프 엘프(Half Elf), 정말로 특이한 경우지만 성마(聖魔)라고 불리는 반성수의 경우도 본 적이 있다. 그런데도 룬은 수인족에 대해서는 들어본 적이 없었다. 지금까지는.

"그런데 도대체 왜 수인족이라는 종족에 대해서… 사람들이 이렇게나 모르는 거지? 그 책에도 나와 있을 정도라면 소문 정도는 퍼질 만한데."

"아, 이 책? 금서야. 대륙 내에서 대충 100권 정도 있을까? 그것도 전부 왕국 도서관이나 길드 도서관에 비치되어 있고."

"금서?"

"응."

"…금서라면 내가 알고 있는 그 금서에 대한 이야기가 맞느냐고 물어보고 싶은데."

"아마 맞을걸?"

금서를 읽다가 들키는 경우에는 귀족 이하의 신분은 눈알을 도려낸 다음 참수형을 해서 화장한다. 그리고 귀족이라면 신분이 한 등급 아래로 낮추어짐과 동시에 눈알을 파내 버리는 형벌을 받게 된다. 물론 네스트라는 나라의 특성상 그런 금서에 대한 단속은 거의 하지 않기는 하지만 룬은 레전트가 그런 사실을 알고 있음에도 불구하고 자신에게 그런 책을 던져 주었다는 것에 대해서 경악했다.

"네가 나에게 불만이 적을 거라고 생각하지는 않았지만, 그렇다고 눈알을 도려내고 참수형시켜 불에 태우고 싶어하는지는 몰랐다."

"걱정 마. 그게 금서로 지정된 지가 언젠데 안의 내용을 보겠냐? 어쨌든 볼 만하잖아? 안 들키면 그만이지."

룬은 점점 레전트의 정체가 궁금해지고 있었다. 도대체 왕족이면서 자신의 신분을 그렇게 내놓으려고 하지 않고 서민적이며 전 대륙에서 100권밖에 없다는 금서를 가지고 있는 건지. 룬은 레전트라는 인간에 대해서 뭔가 단단히 속고 있는 건 아닐까라는 생각을 하면서 저녁놀을 받으며 길을 걸었다.

"그게 정말인가, 노마인?"

"예, 그 마기는… 우리가 처치하기 위해서 갔던 라이칸슬로프의 것이 아닙니다. 아마도 그 라이칸슬로프가 감염시킨 다른 인간의 것 같군요. 그다지 대단한 마기는 아닙니다. 펜릴로 감싸두었으니 20일 정도면 마기가 사라지겠죠."

"그렇다면? 아, 아까는 미안했다, 노마인. 너무 흥분을 한 것 같다."

"괜찮습니다. 앞으로 주의해 주세요. 우리가 찾는 마기는 그 자리에 그대로 있는 것 같습니다. 그런데 아무런 조짐도 없는 걸로 봐서 마기가 기생할 만큼의 육체가 남아 있지 않는 것 같군요."

"그렇다면 그 인간 놈이 라이칸슬로프 하프의 육체를 완전히 소멸시켰다는 건가, 노마인?"

"그건 불가능했겠죠. 아마도⋯ 어떤 이유로 그 육체에 마기가 깃들지 못하는 상황이 됐을 겁니다."

노마인이 공중으로 오른손을 내뻗어 딱 하고 튀기자 그의 주위에서 얌전히 주위를 살피던 펜릴들이 순수한 빛의 띠가 되어 그의 팔을 감기 시작했다. 마지막 펜릴이 그의 피부에 머물자 그는 손을 로브의 아래로 숨기고 주위를 둘러보았다. 펜릴들은 마지막 데몬스케일까지 전부 처리했는지 주위에는 온통 움직이지 않는 데몬스케일의 체액과 껍질이 널려 있었다.

"그럼 우리의 목표는 변하지 않는 건가?"

"예, 마기의 저주에 다른 이가 걸리기 전까지 그곳에 가서 마기를 회수해야겠지요. 그리고⋯ 티아스?"

노마인은 자신의 옆에서 아까부터 아무 말도 하지 않고 있던 수인족의 이름을 불렀다. 그는 눈도 잘 보이지 않을 정도로 후드에 푹 파묻힌 채 고개를 노마인 쪽으로 돌렸다. 노마인은 미소를 지은 얼굴로 말했다.

"그들에게 성수의 봉인을 해제하는 방법도 알려주지 않았군요. 제 불찰이지만 그들에게서 성수를 회수해 오실 수 있겠습니까? 물론 그들이 원할 때 해오십시오."

두 수인족은 노마인의 발언에 깜짝 놀라고 말았다. 알은 바로 노마인에게 무슨 소리를 하려고 했지만 곧바로 정신을 통해서 노마인이 자신에게 말을 걸어오자 입을 다물었다.

'어떤 일이 발생할지 모릅니다. 실체가 없는 마기와 싸우는 것은 오히려 티아스에게 위험하다는 것을 아실 텐데요.'

'그렇다고 티아스를 그런 인간들에게 맡길 생각인 건가?'

'나쁜 인간들 같지는 않더군요. 그 정도면 안심할 수 있을 겁니다. 애초에 우리의 정체를 알고 있는 인간들을 만나기도 힘들지 않습니까.'

텔레파시였다. 아까도 알은 룬에게 머리를 한 대 얻어맞고 나서 정말로 열이 받아서 미칠 뻔했지만 노마인이 텔레파시로 중요한 사실을 알렸기 때문에 참았던 것이다. 원래 그들의 목적은 그들의 고향의 깊숙한 곳에 위치한 템플 오브 헤르세니안(Temple of Hersenian)에 있는 카오스 크리스털로 여기저기에 흩어진 마기를 회수해 오는 일이었다. 카오스 크리스털은 마기를 받아들여 스스로 정화하는 능력이 있는 보물이다. 하지만 어이없게도 누군가가 헤르세니안의 신전에 침입해 그 카오스 크리스털을 훔쳐서 달아나 버렸고 그 와중에 그는 카오스 크리스털의 마기에 감염이 되어 그 모습을 상실한 채 마물이 되어버렸다. 게다가 크리스털 안에서 천천히 정화되고 있던 마기들의 일부가 밖으로 흩어지고 말았다. 인간 도굴꾼들은 결국 죽었고 대륙에 큰 이변이 생길지도 모른다고 생각한 대사제는 그들에게 그 마기를 회수해 오는 일을 맡긴 것이다. 알은 크리스털을 훔쳤던 자가 인간이라는 사실을 알고 있었기 때문에 인간에게 티아스를 맡기려고 하는 노마인이 이해가 되지 않았다.

'정말로 인간에게 티아스를 맡길 생각인가? 티아스를? 티아스는 아직 어리다. 인간의 생활에 물들어 버릴 가능성도 있어.'

'아직 순수하기에 마기에 더욱 물들어 버릴 수도 있지요. 걱정 마십시오.'

노마인은 그렇게 대답하고 나서 티아스를 바라보았다.

"그리고 펜릴을 회수하는 즉시 숲으로 돌아가 주세요. 적어도 두 달 정도면 충분할 겁니다."

티아스라고 불린 수인족은 왠지 내키지 않는 듯 머뭇거렸다. 하지만 노마인은 여전히 웃는 얼굴로 티아스를 바라보았다.

"싫은가요?"

도리도리.

"그렇다면 다녀오세요. 나중에 보도록 하죠."

티아스는 자신보다 직위가 높은 노마인의 말을 거역할 수는 없었다. 아니, 평소 때의 노마인이라면 거역할 수 있을지는 몰라도 대사제의 권한을 대신 받고 있는 지금의 노마인에게는 거역할 수 없었다. 티아스가 고개를 흔들자 노마인은 그럴 줄 알았다는 듯이 손짓을 했고 티아스는 노마인과 알에게 고개를 숙여서 인사를 한 후 빠른 속도로 아까 맡았던 인간들의 냄새를 추적해서 뛰어가기 시작했다. 달빛을 받으며 숲 속으로 빠르게 사라지는 티아스의 뒷모습을 바라보던 노마인은 빙긋 웃으며 원래의 목적지를 향해 걷기 시작했다.

"정말로 믿을 만한 인간들인가?"

"예, 신념을 가지고 있는 인간은 믿을 만한 법이지요."

"그들이 신념을 가지고 있었다는 건가?"

노마인은 아까 만났던 그 인간 전사의 모습을 머리에 떠올렸다.

"충분히 제정신이다. 나는 네 고용인으로서 널 지킬 의무가 있으니까."

인간의 관계는 그로서도 잘 모르는 일이었지만 자신의 목숨을 걸고
남을 지킬 수 있는 존재라면 믿을 수 있다는 것은 확실했다. 물론 그것
은 거의 감에 가까웠지만. 노마인은 자신의 감을 믿고 있었다.

〈2권으로 이어집니다〉

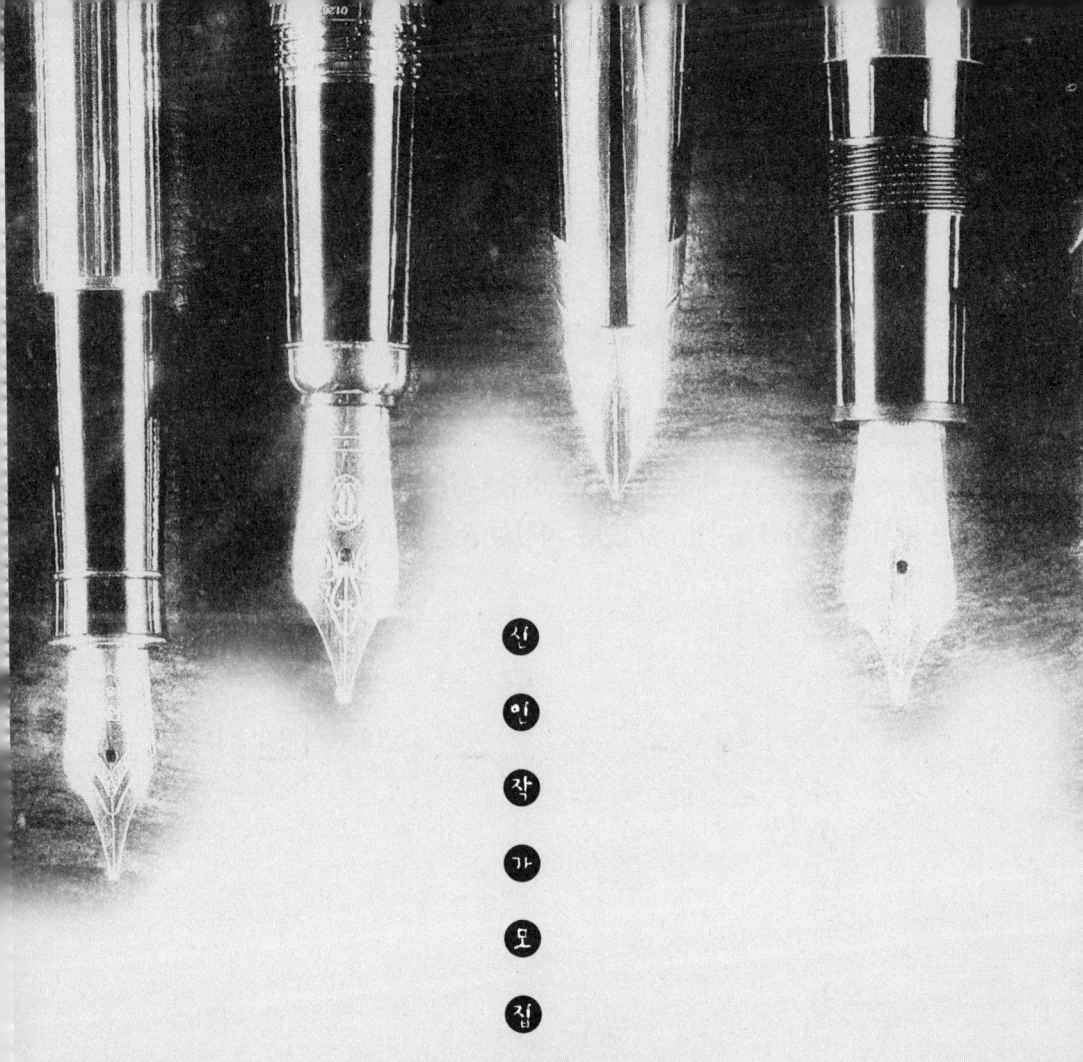

신
인
작
가
모
집

시작이 반이라고 했습니다.
작가의 길에 대한 보이지 않는 벽을 과감히 깨뜨리십시오!
청어람은 작가 지망생 여러분들의
멋진 방향타가 되어드리겠습니다.

저희 도서출판 청어람에서는
소설 신인 작가분들을 모집합니다.
판타지와 무협을 사랑하시는 분들의 많은 참여를 바랍니다.
소정의 원고(A4용지 150매)를 메일이나 우편으로 보내주시면
검토 후 출판 여부를 알려드리겠습니다.

주소:경기도 부천시 원미구 심곡1동 350-1 남성B/D 3F 우편번호420-011
TEL:032-656-4452 · **FAX**:032-656-4453
http://**www.chungeoram.com**
e-mail:chungeoram@chungeoram.com